Balzac

Kehrseite der Geschichte unserer Zeit

Verone

Balzac

Kehrseite der Geschichte unserer Zeit

1st Edition | ISBN: 978-9-92500-169-9

Place of Publication: Nikosia, Cyprus

Erscheinungsjahr: 2016

TP Verone Publishing House Ltd.

Reproduktion des Originals in Großdruckschrift.

Balzac

Kehrseite der Geschichte unserer Zeit

Frau des la Chanterie

An einem schönen Septemberabend des Jahres 1836 stand ein Mann von ungefähr dreißig Jahren an die Brüstung gelehnt auf dem Quai, von dem man die Seine gleichzeitig stromauf vom Botanischen Garten bis zu Notre-Dame und stromabwärts über das weite Ufergelände bis zum Louvre überblickt. Es gibt keinen zweiten solchen Punkt in der Hauptstadt des Geistes. Man befindet sich hier wie auf dem Heck eines gigantischen Schiffes. Die Geschichte von Paris steigt vor einem auf von den Römern bis zu den Franken, von den Normannen bis zu den Burgundern, das Mittelalter, die Valois, Heinrich IV., Ludwig XIV., Napoleon und Louis Philipp. Jede Herrschaft hat irgendeine Spur hinterlassen oder Monumente, die an sie erinnern. Sainte-Geneviève überragt mit ihrer Kuppel das Quartier latin. Hinter einem erhebt sich der herrliche Chor der Kathedrale. Das Hôtel de Ville erzählt von allen Revolutionen, das Krankenhaus von allem Elend der Stadt Paris. Wenn man die Herrlichkeiten des Louvre betrachtet hat, kann man ein paar Schritte davon die zerfallenen Häuserreste zwischen dem Quai de la Tournelle und dem Hôtel de Ville sehen, die die modernen Schöffen der Stadt jetzt verschwinden lassen.

Im Jahre 1835 besaß dieses wundervolle Bild noch eine Besonderheit mehr: Zwischen dem an die Brüstung gelehnten Pariser und der Kathedrale war das Terrain, wie der alte Name dieser einsamen Gegend lautete, noch mit den Ruinen des erzbischöflichen Palais bedeckt. Angesichts so vieler Bilder, die die Fantasie anregen, wo der Geist Vergangenheit und Gegenwart der Stadt Paris umfasst, scheint die Religion hier eine Stätte gefunden zu haben, von der aus sie beide Hände über die Schmerzen beider Ufer des Flusses ausbreitet und den Raum vom Faubourg Saint-Antoine bis zum Faubourg Saint-Marceau umfasst. Wir wollen hoffen, dass eine so erhabene Harmonie durch die Errichtung eines erzbischöflichen Palais in gotischem Stil vervollkommnet wird, das an die Stelle des baufälligen, charakterlosen Gebäudes zwischen dem Terrain, der Rue d'Arcole, der Kathedrale und dem Quai de la Cité tritt.

Dieser Punkt, das Herz des alten Paris, ist zugleich seine einsamste und melancholischste Stelle. Die Wogen der Seine prallen hier geräuschvoll an, die Kathedrale wirft bei Sonnenuntergang ihren Schatten darüber hin. Man versteht, dass hier bei einem Manne, der an einer seelischen Krankheit litt, ernste Gedanken lebendig wurden. Wahrscheinlich gefesselt von dem Einklang zwischen seinen momentanen Gedanken und denen, die der Anblick so verschiedener Bilder in ihm wachrief, blieb der Spaziergänger, die Hände auf die Brüstung gestützt, stehen, versunken in die zwiefache Betrachtung von Paris und von sich selbst! Die Schatten wuchsen länger, Lichter wurden in der Ferne angezündet, er aber ging nicht weiter, versunken in tiefes Nachdenken über die Zukunft, die das Überdenken der Vergangenheit so ernst macht. In diesem Augenblick hörte er, wie zwei Personen sich näherten, deren Stimmen er schon von der steinernen Brücke her vernommen hatte, die die Cité-Insel mit dem Quai de la Tournelle verbindet. Die beiden Personen glaubten ohne Zweifel, dass sie allein seien und sprachen daher lauter, als sie es an besuchten Orten oder in Gegenwart eines Fremden getan hätten. Von der Brücke her ließen die Stimmen erkennen, wie aus einigen an das Ohr des unfreiwilligen Zeugen der Szene gelangten Worten hervorging, dass es sich um eine Bitte, Geld zu borgen, handelte. Als sie in die Nähe des Spaziergängers gelangt waren, trennte sich der, der wie ein Arbeiter gekleidet war, von dem andern mit einer verzweifelten Gebärde. Der andere wandte sich um, rief den Arbeiter zurück und sagte zu ihm: »Sie haben ja keinen Sou Brückengeld. Hier,« fuhr er fort und gab ihm ein Geldstück, »und denken Sie daran, dass es Gott selbst ist, der zu uns spricht, wenn wir einen guten Gedanken haben.«

Diese letzten Worte ließen den Träumer erzittern. Der Mann, der sie gesprochen hatte, ahnte nicht, dass er, um einen sprichwörtlichen Ausdruck zu gebrauchen, zwei Fliegen mit einer Klappe schlug, und dass er sie an ein zweifaches Elend gerichtet hatte: an einen verzweifelten Arbeiter und an eine kranke Seele ohne Kompass; ein Opfer dessen, was die Hämmel Panurgs »Fortschritt« nennen und die Franzosen »Gleichheit«. Die an sich so einfachen Worte erhielten eine gewisse Größe durch den Ton dessen, der sie gesprochen hatte und durch seine reizvolle Stimme. Gibt es nicht solche sanften, süßen Stimmen, die auf uns wie der Anblick des Ultramarins wirken?

An der Kleidung erkannte der Pariser einen Priester und erblickte bei dem letzten Licht der Dämmerung ein bleiches, erhabenes, aber abgezehrtes Antlitz.

Der Anblick eines Priesters, der in Wien aus dem schönen Stephansdom heraustrat, um einem Sterbenden die letzte Wegzehrung zu bringen, bestimmte den berühmten Dramatiker Werner, katholisch zu werden. Fast ebenso ging es dem Pariser beim Anblick des Mannes, der ihm eben, ohne es zu ahnen, Trost gebracht hatte; an dem mit dunklen Wolken drohenden Horizont seiner Zukunft erblickte er einen langen hellen Streifen, in dem das Blau des Äthers hindurchschien, und er ging diesem Lichte nach wie die Hirten des Evangeliums der Stimme, die ihnen von oben her zurief: »Der Heiland ist geboren!« Der Mann, der das Heil bringende Wort gesprochen hatte, ging an der Kathedrale entlang und lenkte seine Schritte, dem Zufall gehorchend, der manchmal so planvoll ist, der Straße zu, aus der der Spaziergänger gekommen war, und in die ihn die Fehler, die er in seinem bisherigen Leben begangen hatte, zurückführten.

Dieser Spaziergänger hatte den Namen Gottfried. Der Leser dieser Geschichte wird verstehen, aus welchen Gründen nur die Vornamen der vorkommenden Personen genannt werden. Es soll nun berichtet werden, warum Gottfried, der in dem Viertel der Chaussée d'Antin wohnte, sich um diese Stunde am Chor von Notre-Dame befand.

Sohn eines Detailhändlers, der durch Sparsamkeit ein ziemliches Vermögen zusammengebracht hatte, konzentrierte sich der ganze Ehrgeiz von Vater und Mutter auf ihn, die ihn als Pariser Notar zu sehen hofften. Er wurde daher mit sieben Jahren in dem Institut des Abbé Liautard untergebracht, zusammen mit Kindern vieler vornehmer Familien, die unter der Regierung des Kaisers aus Anhänglichkeit an die Religion, die in den Lyzeen ein wenig vernachlässigt wurde, ihre Söhne in dieser Schule erziehen ließen. Die sozialen Unterschiede konnten sich unter den Kameraden noch nicht geltend machen; aber im Jahre 1821 musste Gottfried, der nach Vollendung seiner Studien bei einem Notar in Stellung getreten war, sehr bald gewahr werden, welcher Abstand ihn von denjenigen trennte, mit denen er bisher so vertraut zusammengelebt hatte.

Als er sein Rechtsstudium begann, gehörte er zu der Masse von Bürgersöhnen, die ohne Vermögen und ohne vornehme Herkunft alles nur von ihrer persönlichen Fähigkeit oder ihrem hartnäckigen Fleiß zu erwarten haben. Die Erwartungen, welche Vater und Mutter, die sich inzwischen vom Geschäft zurückgezogen hatten, auf ihn setzten, spornten seine Eigenliebe an, ohne ihm doch den nötigen Ernst zu verleihen. Die Eltern lebten nach holländischer Weise sehr bescheiden und verbrauchten nur den vierten Teil ihrer Rente von zwölftausend Franken; ihre Ersparnisse und die Hälfte ihres Kapitals hatten sie zum Ankauf eines Notariats für ihren Sohn bestimmt. Da er sich selbst in dieses sparsame häusliche Leben fügen musste, hielt er ein solches Dasein den Zukunftshoffnungen seiner Eltern und seinem eigenen für so wenig entsprechend, dass er verzagte. Bei schwachen Naturen entsteht aus solchem Kleinmut Neid. Während andere, bei denen die harte Notwendigkeit, der Wille und die Einsicht die Begabung ersetzen, geradeaus und entschlossen den Weg verfolgen, der den ehrgeizigen Ansprüchen des Bürgertums vorgezeichnet ist, empörte sich Gottfried dagegen; er wollte glänzen, erschien überall, wo es hoch herging und fühlte sich dann verletzt.

Er versuchte emporzukommen, aber alle seine Anstrengungen ließen ihn nur seine Ohnmacht erkennen. Als ihm endlich das Missverhältnis zwischen seinen Ansprüchen und dem, was er erreicht hatte, klar wurde, ergriff ihn ein Hass gegen die sozialen Vorrechte, er wurde ein Liberaler und versuchte, sich durch ein Buch berühmt zu machen; aber der Erfolg war nur, dass er das wirkliche Talent mit denselben Augen ansah wie den Adel. Da seine Versuche mit dem Notariat, der Anwaltschaft, der Literatur nacheinander gescheitert waren, wollte er Beamter werden.

Da starb sein Vater. Weil die alte Mutter mit einer Rente von zweitausend Franken auskommen konnte, so überließ sie ihm fast das ganze Vermögen. Mit fünfundzwanzig Jahren im Besitz einer Rente von zehntausend Franken hielt er sich für reich und war es auch im Vergleich mit seinen bisherigen Verhältnissen. Bis dahin war sein Leben von einem Handeln ohne Energie, von ohnmächtigen Ansprüchen erfüllt; um mit seiner Zeit mitzugehen, um zu handeln und eine Rolle zu spielen, versuchte er es jetzt, in irgendeinen Gesellschaftskreis mithilfe seines Vermögens hineinzugelangen. Er stieß zuerst auf den Journalismus, der ja stets seine Arme dem ersten besten Kapital, das sich ihm nähert, entgegenstreckt. Besitzer einer Zeitung sein, das bedeutet, dass man eine Persönlichkeit geworden ist: Man beutet die

In unserer Zeit würden von tausend jungen Männern in Gottfrieds Lage neunhundertneunundneunzig auf den Gedanken gekommen sein, diese Frau zu heiraten.

Ein Möbelhändler, der auch ein wenig Tapezierer und hauptsächlich Vermieter möblierter Zimmer war, gab Gottfried ungefähr dreitausend Franken für alles, was er verkaufen wollte, und überließ ihm die Möbel noch für die Tage, während deren die hässliche Wohnung in der Rue Chanoinesse in Ordnung gebracht wurde, in die sich der Gemütsleidende nun sofort begab. Er ließ einen Maler, dessen Adresse ihm Frau de la Chanterie nannte, kommen, der es übernahm, binnen einer Woche die Decke weiß anzustreichen, die Fenster zu säubern und das Holzwerk und den Fußboden neu zu malen. Gottfried maß die Zimmer aus, um sie vollständig mit billigem grünem Teppichstoff ausschlagen zu lassen. Er wünschte, seine Zellen mit schlichtester Einförmigkeit auszustatten. Frau de la Chanterie stimmte dem zu. Sie berechnete mit Manons Hilfe, wie viel Schirting für die Fenstervorhänge und für die eines bescheidenen eisernen Bettes erforderlich war; dann übernahm sie die Anschaffung und Herstellung für einen Preis, dessen Billigkeit Gottfried überraschte. Mit den mitgebrachten Möbeln kostete ihn die Ausstattung seiner Wohnung nicht mehr als sechshundert Franken.

»Ich werde also ungefähr tausend Herrn Mongenod übergeben können.«

»Wir führen hier«, sagte Frau de la Chanterie, »ein christliches Leben, das, wie Sie wissen, sich mit dem vielen überflüssigen Luxus, an dem Sie noch zu sehr hängen, schlecht verträgt.«

Intelligenz der andern aus und genießt die Annehmlichkeiten ihrer Stellung, ohne ihre Arbeit verrichten zu müssen. Nichts ist für untergeordnete Köpfe verlockender, als so, auf die Fähigkeiten anderer gestützt, emporzukommen. Paris hat mehrere solcher Parvenüs erlebt, deren Erfolg eine Schande für ihre Zeit und für diejenigen ist, die sich zu solchen Diensten hergegeben haben.

In dieser Sphäre wurde Gottfried von dem groben Machiavellismus der einen oder der Verschwendung der andern, von reichen ehrgeizigen Kapitalisten oder geistvollen Redakteuren in den Schatten gestellt; er wurde aber bald in das ungebundene Leben, zu dem die Beschäftigung mit der Literatur und der Politik Anlass gibt, hineingezogen, in das Treiben der Kritiker hinter den Kulissen und in die Zerstreuungen, die stark beschäftigte geistige Arbeiter brauchen. Er bewegte sich also in schlechter Gesellschaft, wo man ihm übrigens klar machte, dass er ein unbedeutendes Gesicht habe und dass eine seiner Schultern sichtlich höher sei als die andere, ohne dass dieses Missverhältnis durch Bosheit oder durch Herzensgüte wettgemacht würde. Mit dem schlechten Ton machen sich die Künstler im Voraus bezahlt, wenn sie die Wahrheit sagen. Klein, schlecht gewachsen, ohne Geist und ohne klares Ziel – damit war einem jungen Mann das Urteil gesprochen in einer Zeit, wo in jeder Karriere der Erfolg selbst bei höchsten Fähigkeiten noch vom Glück abhängig ist oder von der Hartnäckigkeit, die das Glück herbeiruft.

Die Revolution von 1830 war Balsam für Gottfrieds Wunden, und er fasste wieder den Mut zu hoffen, der dem Mut der Verzweiflung gleichkommt; er ließ sich, wie so viele unbekannte Journalisten, einen Posten in der Verwaltung übertragen, auf dem ihn seine liberalen Anschauungen, die in Widerspruch zu den Anforderungen der neuen Regierung gerieten, zu einem widerspenstigen Instrument machten. Vom Liberalismus durchdrungen, verstand er nicht, wie verschiedene hervorragende Männer, sich für die Partei zu entscheiden. Den Ministern gehorchen, das hieß für ihn, seine Ansichten wechseln. Außerdem schien ihm die Regierung den Prinzipien, aufgrund deren sie ans Ruder gekommen war, nicht zu entsprechen. Gottfried bekannte sich als Anhänger des »Fortschritts«, als es darauf ankam, diesen aufzuhalten, und er kehrte fast arm, aber den Doktrinen der Opposition getreu, nach Paris zurück.

Erschreckt durch die Übergriffe der Presse und noch mehr erschreckt durch die Attentate der republikanischen Partei, zog er sich in das Dasein zurück, das allein für den passt, dessen Begabung mangelhaft ist, der keine Kraft fühlt, um den starken Stürmen des politischen Lebens standzuhalten, dessen Leiden und Kämpfe sich geräuschlos abspielen, der durch das Scheitern seiner Pläne ermattet ist, der keine Freunde hat, weil Freundschaft hervorragende Vorzüge oder Mängel verlangt und der ein mehr unklares als tiefes Empfinden besitzt. War das nicht das einzige, was einem jungen Menschen übrig blieb, den die Erwartung von Freuden schon mehrfach getäuscht hatte und den die Berührung mit einer ebenso unruhigen wie beunruhigenden Gesellschaft bereits hatte altern lassen?

Seine Mutter, deren Leben in dem friedlichen Dorfe Auteuil zu Ende ging, rief ihren Sohn zu sich, einerseits um ihn bei sich zu haben, dann aber auch, um ihm einen Weg zu weisen, auf dem er das gleichmäßige harmlose Glück finden konnte, das für solche Seelen angemessen ist. Sie hatte schließlich Gottfrieds Wesen richtig erkannt, da sie sah, wie er mit achtundzwanzig Jahren so viel Vermögen eingebüßt hatte, dass seine Rente nur noch viertausend Franken betrug, wie seine Wünsche kraftlos geworden, seine angeblichen Fähigkeiten erschöpft, seine Arbeitskraft erloschen, sein Ehrgeiz gedemütigt und sein Hass gegen alles, was berechtigterweise emporkam, durch seine getäuschten Hoffnungen nur noch verstärkt war. Sie versuchte, Gottfried mit einem jungen Mädchen, der einzigen Tochter eines Kaufmannsehepaars, das sich vom Geschäft zurückgezogen hatte, zu verheiraten, die sollte der kranken Seele ihres Sohnes Hilfe bringen; aber der Vater besaß jenen nüchtern rechnenden Verstand, der einen früheren Kaufmann bei der Festsetzung von Ehekontrakten nicht im Stiche lässt, und nachdem Gottfried ein Jahr lang als Nachbar sich um das Mädchen bemüht hatte, wurde sein Antrag abgelehnt. Nach der Ansicht dieser eingefleischten Bourgeois' musste der Bewerber in Anbetracht seines früheren Lebens ein durchaus unmoralischer Mensch sein; außerdem hatte er im Verlaufe dieses Jahres noch mehr von seinem Kapital verbraucht, weil er den Eltern zu imponieren und der Tochter zu gefallen wünschte. Diese, übrigens sehr verzeihliche Prunksucht gab den Ausschlag für die Ablehnung vonseiten einer Familie, bei der eine solche Verschwendung Schrecken erregte, nachdem sie erfahren hatte, dass Gottfried in sechs Jahren hundertfünfzigtausend Franken von seinem Vermögen verloren gegangen waren.

Dieser Schlag traf sein schon so schwer verwundetes Herz umso stärker, als das junge Mädchen durchaus keine Schönheit war. Gottfried hatte aber, von seiner Mutter darauf hingewiesen, an seiner Zukünftigen ein ernsthaftes Wesen und den großen Vorzug eines gesunden Verstandes schätzen gelernt; er hatte sich an ihr Gesicht gewöhnt und sich in seinen Ausdruck vertieft, er liebte den Klang ihrer Stimme, ihr Gebaren und ihren Blick. Diese Neigung war sein letzter Einsatz für seine Lebensaussichten gewesen; umso bitterer war seine Enttäuschung. Als die Mutter nun starb, sah er, dessen Bedürfnisse sich dem steigenden Luxus angepasst hatten, sich im Besitze von fünftausend Franken Rente als ganzem Einkommen und der Gewissheit, niemals irgendeinen Verlust wieder gutmachen zu können, da er sich unfähig fühlte, den Fleiß zu entwickeln, den das furchtbare Wort: »Geldverdienen« erfordert.

Eine solche ungeduldige und grämliche Schwachmütigkeit kann sich nicht entschließen, sogleich klein beizugeben. Daher versuchte Gottfried während seiner Trauerzeit in Paris sein Glück: er speiste an der Table d'hôtel, ließ sich in unvorsichtiger Weise mit Fremden ein, verkehrte in der Gesellschaft und fand nur Gelegenheiten, Geld auszugeben. Wenn er auf den Boulevards spazieren ging, litt er innerlich so sehr, dass schon der Anblick einer von einer heiratsfähigen Tochter begleiteten Mutter ihm die gleiche schmerzhafte Empfindung verursachte wie der eines jungen Mannes, der ins Bois ritt, oder eines Parvenüs in einer eleganten Equipage oder eines ordengeschmückten Beamten. Das Bewusstsein seiner Ohnmacht sagte ihm, dass er weder auf eine anständige Stellung zweiten Ranges noch auf irgendeinen unschwer auszufüllenden Platz hoffen dürfte; und er besaß ein genügendes Feingefühl, um dadurch beständig verletzt zu werden, und genug Geist, um Trauerlieder voller Galle darüber anzustimmen.

Unfähig zum Kampfe mit den Dingen und sich bewusst, dass er wohl eine höhere Begabung besitze, aber nicht die Willenskraft, sie in Tätigkeit umzusetzen, in dem Gefühl dieser Unvollkommenheit ohne Kraft, etwas Großes zu unternehmen, wie ohne Widerstand gegen die Ansprüche, die er von seinem früheren Leben, seiner Erziehung und seiner Sorglosigkeit her beibehalten hatte, wurde er von mehreren krankhaften Zuständen aufgezehrt, von denen ein einziger genügt hätte, einem jungen Manne, der den religiösen Glauben verloren hatte, das Dasein zu vergällen. Und so zeigte Gottfried jenes Gesicht, das man bei so vielen Männern findet, dass es für den Pariser typisch geworden ist; man liest auf ihm getäuschten oder erloschenen Ehrgeiz, durch das tägliche Schauspiel des Pariser öffentlichen Lebens genügend beschäftigten und dadurch abgestumpften Hass, eine Blasiertheit, die nach Anreiz verlangt, ein Sichbeklagen ohne Berechtigung, eine Grimasse der Kraftanstrengung, eine von früheren Misserfolgen vergiftete Gesinnung, die dazu antreibt, sich über alles zu mokieren, alles, was aufwärts strebt, zu verhöhnen, die unumgänglichsten gesetzlichen Vorschriften zu missachten, sich zu freuen, wenn sie auf Schwierigkeiten stoßen, und keine Gesellschaftsordnung anzuerkennen. Dieses Pariser Laster bedeutet für die tatkräftige, andauernde Verschwörung der Leute mit Energie dasselbe wie der Splint für den Saft des Baumes: Es behütet sie, es unterstützt sie, und es hält sie geheim.

Seiner selbst überdrüssig, wollte Gottfried eines Morgens ein neues Leben beginnen, nachdem er einem Kameraden begegnet war, der die Rolle der Schildkröte in Lafontaines Fabel gespielt hatte, während er selbst der Hase gewesen war. Während sich zwischen ihnen eine Unterhaltung entspann, wie sie unter Schulkameraden, die sich wieder begegnen, vor sich zu gehen pflegt, und sie in der Sonne auf dem Boulevard des Italiens auf und ab gingen, war er betroffen, zu vernehmen, dass der andere, der anscheinend weniger begabt und weniger wohlhabend, als er war, seinen Weg gemacht hatte, weil er an jedem Morgen noch dasselbe wie am Abend vorher gewollt hatte. Der Bedrückte beschloss daher, dieses einfache Tun nachzuahmen.

»Das soziale Leben ist wie die Erde«, hatte sein Kamerad zu ihm gesagt, »sie bringt uns umso mehr Früchte, je mehr wir sie bearbeiten.«

Gottfried hatte bereits Schulden gemacht. Als erste Strafe, als erste Buße hatte er sich auferlegt, bescheiden im Verborgenen zu leben und von seinem Einkommen seine Schulden zu bezahlen. Für einen Mann, der gewöhnt war, sechstausend Franken auszugeben, wenn er nur fünftausend einnahm, war es kein kleines Unternehmen, seinen Unterhalt mit zweitausend Franken bestreiten zu wollen. Er las alle Morgen die »Kleinen Anzeigen , weil er hoffte, darin ein Asyl zu finden, wo er seine Ausgaben begrenzen und die Einsamkeit finden könnte, die für einen Menschen erforderlich waren, der sich sammeln, sich prüfen und einen andern Weg für sich finden wollte. Das Leben in den bürgerlichen Pensionen des Quartier latin verletzte seine Empfindlichkeit, die Sanatorien hielt er für ungesund, und er verfiel bereits wieder in die fatale Unschlüssigkeit der Leute ohne festen Willen, als sein Auge von folgender Anzeige gefesselt wurde:

»Kleines Logis für siebzig Franken monatlich, für einen Geistlichen geeignet. Es wird ein ruhiger Mieter gewünscht; er kann Verpflegung und Möblierung der Wohnung zu mäßigen Preisen nach Übereinkunft erhalten.

Man wende sich an den Kolonialwarenhändler Millet, Rue Chanoinesse, in der Nähe der Notre-Dame- Kirche, der alle erforderlichen Auskünfte erteilt.«

Angezogen von der biederen Form dieser Anzeige und der bürgerlichen Atmosphäre, die sie verriet, war Gottfried gegen vier Uhr bei dem Kolonialwarenhändler erschienen, der ihm sagte, dass Frau de la Chanterie jetzt bei Tisch sei und niemanden empfangen könne. Die Dame sei abends nach sieben Uhr und morgens von zehn bis zwölf Uhr zu sprechen. Während er das sagte, warf Herr Millet prüfende Blicke auf Gottfried und stellte, wie der amtliche Ausdruck lautet, eine erste Vernehmung mit ihm an. »Ist der Herr Junggeselle? Die gnädige Frau möchte jemanden haben, der ein regelmäßiges Leben führt: Das Haus wird spätestens um elf Uhr geschlossen. Der Herr scheint übrigens«, sagte er schließlich, »in den Jahren zu sein, wie es Frau de la Chanterie wünscht.«

»Für wie alt halten Sie mich denn?«, fragte Gottfried. »So etwa um vierzig«, erwiderte der Kaufmann. Diese naive Antwort verursachte bei Gottfried einen Anfall von Menschenhass und Trübsinn. Er speiste am Quai de la Tournelle und kehrte dann zurück, um Notre-Dame zu betrachten in dem Moment, wo die Strahlen der untergehenden Sonne sich an den vielen Strebebögen des Chors brachen und sie mit ihrem Licht übergossen. Der Quai liegt schon im Schatten, wenn die Türme noch vom Glanze umstrahlt sind, und dieser Gegensatz ergriff Gottfried, der noch unter dem bitteren Eindruck der grausamen naiven Äußerung des Kolonialwarenhändlers stand.

Der junge Mann schwankte noch zwischen verzweifelten Entschlüssen und den zu Herzen gehenden frommen harmonischen Klängen der Kirchenglocken, als er mitten in der Dunkelheit, der Stille und beim Schein des Mondes die Worte des Priesters vernahm. Obgleich wenig gläubig, wie die Mehrzahl seiner Zeitgenossen, empfand er doch ein Gefühl der Rührung und kehrte wieder in die Rue Chanoinesse, wohin er eigentlich nicht mehr hatte gehen wollen, zurück.

Der Priester und Gottfried waren gleicherweise erstaunt, als sie beide in die Rue Massillon, gegenüber dem kleinen Portal der Kathedrale, und dann zusammen in die Rue Chanoinesse einbogen, dort, wo sie, in der Gegend der Rue de la Colombe, Rue des Marmousets heißt. Als Gottfried vor der rundbogigen Tür des Hauses, in dem Frau de la Chanterie wohnte, stillhielt, wandte sich der Priester nach ihm um und betrachtete ihn beim Schein einer Laterne, die zweifellos eine der letzten sein wird, die im Herzen des alten Paris verschwindet.

»Wollen Sie zu Frau de la Chanterie, mein Herr? Fragte der Priester.

»Jawohl«, erwiderte Gottfried. »Die Worte, die ich Sie eben an den Arbeiter richten hörte, haben mich überzeugt, dass dieses Haus, wenn Sie darin wohnen, für meinen Seelenfrieden Heil bringend sein muss.«

»Sie waren also Zeuge meines Misserfolges?«, sagte der Priester und erhob den Türklopfer; »ich habe ja nichts erreicht.«

»Es schien mir im Gegenteil, dass es der Arbeiter war, der ziemlich energisch Geld von Ihnen verlangte.«

»Ach«, antwortete der Priester, »es gehört mit zu dem schlimmsten Unglück, das die Revolutionen über Frankreich gebracht haben, dass jede von ihnen eine neue Prämie für den Ehrgeiz der unteren Klassen gestiftet hat. Um sich aus seinem Stande herauszuarbeiten und ein Vermögen zu erlangen, was man heute als die einzige Sicherheit in sozialer Beziehung betrachtet, gibt sich dieser Arbeiter mit ungeheuerlichen Plänen ab, die, wenn sie nicht von Erfolg gekrönt sind, ihn nebst seinen Spekulationen in Konflikt mit der menschlichen Gerechtigkeit bringen müssen. Das kommt manchmal bei einem Liebesdienst heraus.«

Der Pförtner öffnete eine schwere Tür, und der Priester sagte zu Gottfried: »Kommen Sie vielleicht wegen der kleinen Wohnung?«

»Jawohl, mein Herr.«

Der Priester und Gottfried durchschritten nun einen ziemlich großen Hof, in dessen Hintergrund sich im Dunkeln ein hohes Haus abzeichnete, neben dem sich ein viereckiger, sichtlich sehr alter Turm noch über die Dächer erhob. Wer die Geschichte der Stadt Paris kennt, weiß, dass hier das Terrain vor und rings um die Kathedrale sich so erhöht hat, dass keine Spur mehr von den zwölf Stufen vorhanden ist, über die man einstmals zu ihr hinaufstieg. Heute befindet sich die Basis der Säulen der Vorhalle in gleicher Höhe mit dem Pflaster. Das ursprüngliche Erdgeschoss des Hauses stellte daher jetzt den Keller dar. Vor dem Eingang zum Turm befand sich eine Freitreppe, von der man zu einer Wendeltreppe gelangte, die um einen Stamm in Form einer Rebe hinaufführte. Der Stil erinnerte an den Ludwigs XII. bei den Treppen im Schlosse Blois und geht ins vierzehnte Jahrhundert zurück. Von diesen unzähligen Zeichen des Altertums gefesselt, konnte sich Gottfried nicht enthalten, lächelnd zu dem Priester zu sagen: »Von gestern stammt der Turm nicht her.«

»Er hat, wie es heißt, dem Angriff der Normannen widerstanden und soll einen Teil des ersten Königspalastes in Paris gebildet haben; nach der Tradition war er aber wahrscheinlicher die Wohnung des berühmten Domherrn Fulbert, des Oheims der Héloise.«

Während er so sprach, öffnete der Priester die Tür der Wohnung, die das Erdgeschoss zu sein schien und die sich, nach dem ersten und zweiten Hof zu – denn es war daselbst noch ein kleiner innerer Hof–, im ersten Stock befand.

Im ersten Zimmer arbeitete bei einer kleinen Lampe ein Dienstmädchen mit einer Batisthaube, die mit getollten Falten als einzigem Schmuck besetzt war; sie steckte die eine Nadel ins Haar und behielt ihr Strickzeug in der Hand, während sie sich erhob, um die Tür eines nach dem inneren Hof zu gelegenen Salons zu öffnen. Ihre Kleidung glich der der Grauen Schwestern.

»Gnädige Frau, ich bringe Ihnen einen Mieter«, sagte der Priester und führte Gottfried in das Zimmer, wo drei Personen auf Sesseln neben Frau de la Chanterie saßen.

Diese drei und auch die Hausherrin erhoben sich; als der Priester dann einen Sessel für Gottfried herangeschoben und der künftige Mieter auf ein Zeichen der Frau de la Chanterie und ihre altmodische Äußerung: »Lassen Sie sich nieder!« Platz genommen hatte, glaubte sich der Pariser meilenfern von Paris, in der südlichen Bretagne oder in Hinterkanada.

Die Stille hat wohl verschiedene Grade. Gottfried, schon unter dem Eindruck der Stille in den Rues Massillon und Chanoinesse, durch die nicht zwei Wagen im Monat fahren, und der Stille im Hofe und im Turme, musste sich wie im Mittelpunkte des Schweigens in diesem Salon fühlen, der von so viel alten Straßen, alten Höfen und alten Mauern beschirmt war.

Dieser Teil der Seineinsel, Le Cloître genannt, hat seinen allen Klöstern eigenen Charakter bewahrt; er erscheint feucht und kalt und verharrt auch in den lärmendsten Tagesstunden im tiefsten mönchischen Schweigen. Es muss auch erwähnt werden, dass dieser ganze Teil der Cité, der zwischen der Seitenfront von

Notre-Dame und dem Fluss eingeklemmt ist, nach Norden zu und im Schatten der Kathedrale liegt. Der Wind weht hier, ohne auf ein Hindernis zu stoßen, und die Seinenebel werden gewissermaßen von den schwarzen Seitenwänden der alten Metropolitankirche festgehalten. Daher wird sich niemand wundern, dass Gottfried in diesen alten Räumen in Gegenwart der vier schweigenden Personen, die ebenso feierlich wie ihre Umgebung wirkten, ein eigenartiges Gefühl empfand. Er blickte nicht um sich, weil sich seine Neugier auf Frau de la Chanterie konzentrierte, deren Namen ihm schon zu denken gegeben hatte. Diese Dame stammte augenscheinlich aus einem andern Jahrhundert, um nicht zu sagen, aus einer andern Welt. Ihr Gesicht hatte einen milden Ausdruck, einen matten kühlen Teint, eine Adlernase, eine Stirn, auf der Güte thronte, braune Augen und ein Doppelkinn: Das Ganze umrahmt von silbernen Locken. Ihr Kleid hätte man als Futteral bezeichnen können, so eng lag es an, entsprechend der Mode des achtzehnten Jahrhunderts. Der Stoff, karmeliterbraune Seide mit dichten schmalen grünen Streifen, schien ebenfalls noch aus dieser Zeit herzustammen. Der obere Teil, mit dem unteren aus einem Stück geschnitten, war unter einem Umhang aus matter, mit Spitzen garnierter Seide verborgen, der über der Brust von einer Nadel mit einem Miniaturbilde zusammengehalten wurde. Die Füße in schwarzsamtenen Hausschuhen ruhten auf einem kleinen Kissen. Ebenso wie ihre Dienerin strickte Frau de la Chanterie Strümpfe und hatte unter ihrer Spitzenhaube eine Nadel in ihre gekräuselten Locken gesteckt.

»Haben Sie mit Herrn Millet gesprochen? Sagte sie zu Gottfried mit einer Kopfstimme, wie sie den alten Herzoginnen eigen war, um den fast stumm Gewordenen zum Sprechen zu veranlassen.

»Jawohl, gnädige Frau.«

»Ich fürchte, dass Ihnen die Wohnung nicht zusagen wird«, fuhr sie fort und warf einen Blick auf den eleganten, neuen, frischen Anzug ihres zukünftigen Mieters.

Gottfried trug Lackstiefel, gelbe Handschuhe, wertvolle Hemdknöpfe und eine schöne Uhrkette auf feiner schwarzseidenen blaugeblümten Weste. Frau de la Chanterie zog eine kleine silberne Pfeife aus der Tasche. Auf ihren Pfiff trat das Dienstmädchen herein.

»Manon, mein Kind, zeig dem Herrn die Wohnung. Wollen Sie den Herrn begleiten, mein lieber Vikar?« wandte sie sich an den Priester. »Wenn die Zimmer«, sagte sie, indem sie sich wieder erhob und Gottfried ansah, »Ihnen doch gefallen sollten, können wir ja über die Bedingungen reden.«

Gottfried verbeugte sich und ging hinaus. Er vernahm das Klappern von Schlüsseln, die Manon aus einer Schublade hervorholte, und sah, wie sie die Kerze in einem großen Handleuchter aus gelbem Kupfer anzündete. Ohne ein Wort zu sagen, ging Manon voraus. Als Gottfried sie auf der Treppe einholte und in die oberen Stockwerke hinaufstieg, kamen ihm Zweifel, ob er in der Wirklichkeit lebe; er träumte im Wachen, er betrachtete die Welt um sich wie einen der fantastischen Romane, die er in müßigen Stunden gelesen hatte. Jeder Pariser, der wie er aus einem der neuen Viertel, aus luxuriös möblierten Häusern, aus eleganten Restaurants und Theatern, aus dem bewegten Treiben der inneren Stadt hierher gekommen wäre, hätte ebenso empfunden. Der Leuchter in der Hand des Dienstmädchens erhellte nur schwach die Wendeltreppe, über die Spinnen ihre verstaubten Netze gezogen hatten. Manon trug einen weiten faltigen Rock aus grobem Wollstoff; ihre Taille war vorn und hinten viereckig, ihr ganzes Kleid aus einem Stück geschnitten. Als sie im dritten Stock, der als der zweite galt, angelangt waren, hielt Manon still, schloss ein altes Türschloss auf und öffnete eine Tür, deren Anstrich in plumper Weise astiges Mahagoniholz imitierte.

»Hier«, sagte sie und trat zuerst hinein.

War es ein Geizhals oder ein verhungerter Maler oder ein Zyniker, der sich um die Welt nicht bekümmerte, oder irgendein Geistlicher, der ganz zurückgezogen lebte, gewesen, der diese Räume bewohnt hatte? Man musste sich solche Fragen vorlegen, wenn man die Atmosphäre des Elends einatmete, die Fettflecke an den verräucherten Tapeten, die geschwärzte Decke, die Fenster mit den kleinen staubigen Scheiben, die dunkel gewordenen Steine des Fußbodens und die Holzteile mit ihrem klebrigen Überzug betrachtete. Eine feuchte Kälte entströmte den Kaminen mit gemalten Skulpturen, deren Spiegel aus dem siebzehnten Jahrhundert flammten. Die Wohnung umfasste, wie das Haus, rechtwinklig den inneren Hof, den Gottfried, da es Nacht war, nicht erkennen konnte.

»Wer hat denn hier gewohnt?«, fragte Gottfried den Priester.

»Ein früherer Parlamentsrat, ein Großonkel der gnädigen Frau, ein Herr von Boisfrelon. Kindisch geworden zur Zeit der Revolution, ist der alte Mann 1832 im Alter von sechsundneunzig Jahren gestorben, und die Hausherrin konnte sich nicht gleich entschließen, einen Fremden hier einziehen zu lassen; sie kann aber nicht länger den Mietzins entbehren.

»Oh, die gnädige Frau wird die Wohnung reinigen lassen und so möblieren; dass der Herr zufrieden sein wird«, bemerkte Manon.

»Es wird darauf ankommen, was Sie mit ihr vereinbaren«, sagte der Priester. »Es ließe sich hier ein hübsches Sprechzimmer, ein großes Schlafzimmer und ein Kabinett einrichten, die rückwärts nach dem Hof gelegenen beiden kleinen Räume könnten gut als Arbeitszimmer dienen. So ist meine Wohnung, die unter dieser liegt, eingerichtet und ebenso die darüber gelegene.

»Ja«, sagte Manon, »Herrn Alains Wohnung ist dieselbe wie die Ihrige, aber sie hat die Aussicht auf den Turm.«

»Ich meine, man müsste die Wohnung und das Haus noch einmal am Tage ansehen ...«, sagte Gottfried ängstlich.

»Das kann geschehen«, erwiderte Manon.

Der Priester und Gottfried gingen wieder hinab, während die Dienerin die Türen schloss und dann nachkam, um ihnen zu leuchten. Als Gottfried in den Salon zurückgekehrt war, konnte er, da er sich an die Umgebung gewöhnt hatte, während er sich mit Frau de la Chanterie unterhielt, die Personen und die Sachen um ihn herum einer Prüfung unterziehen.

Der Salon hatte alte rote Fenstervorhänge, die mit seidenen Schnüren zurückgenommen waren. Rote Fliesen waren rings um einen alten gewebten Teppich sichtbar, der den Fußboden nicht völlig bedeckte. Die Holztäfelung war grau angestrichen. Die Decke wurde durch einen mächtigen Balken in zwei Teile geteilt, der vom Kamin ausging und eine dem Luxusbedürfnis nachträglich gemachte Konzession zu sein schien. Die Sessel aus weiß gestrichenem Holz waren mit Stickereien bezogen. Eine elende Uhr zwischen zwei Leuchtern aus vergoldetem Kupfer war der Kaminschmuck. Neben Frau de la Chanterie stand ein alter Tisch mit Kirschfüßen, auf dem Wollknäuel in einem Weidenkorbe lagen. Eine hydrostatische Lampe erleuchtete den Raum.

Die vier Männer, die steif, unbeweglich und schweigend wie Bronzefiguren dasaßen, hatten, ebenso wie Frau de la Chanterie, offenbar ihr Gespräch abgebrochen, als sie den Fremden zurückkommen hörten. Alle zeigten kalte, verschwiegene Gesichter, die in Einklang mit dem Salon, dem Hause und dem Stadtviertel standen. Frau de la Chanterie hielt die Bemerkungen Gottfrieds für gerechtfertigt und erwiderte ihm, dass sie nichts machen lassen würde, bevor sie nicht die Wünsche ihres Mieters oder besser gesagt ihres Pensionärs erfahren hätte. Wenn der Mieter sich den Gewohnheiten des Hauses anpassen wolle, könne er ihr Pensionär werden, aber diese Gewohnheiten seien von den in Paris üblichen so sehr verschieden! Man lebe in der Rue Chanoinesse wie in der Provinz: Um zehn Uhr müssten alle zu

Hause sein; man dulde keinen Lärm; weder Frauen noch Kinder dürften hier verkehren, die die hier übliche Lebensweise stören würden. Frau de la Chanterie wünschte vor allem einen Mieter, der ein bescheidenes, bedürfnisloses Leben führe; sie könne die Wohnung nur mit dem unbedingt Notwendigen möblieren. Herr Alain (sie wies dabei auf einen der vier Herren) sei übrigens damit zufrieden, und sie würde ihren neuen Mieter ebenso wie die alten behandeln.

»Ich glaube nicht«, sagte jetzt der Priester, »dass der Herr bereit ist, Mitglied unserer Klostergemeinde zu werden.

»Ei, warum denn nicht?«, fragte Herr Alain; »wir befinden uns hier wohl, es geht uns doch durchaus nicht schlecht.«

»Gnädige Frau«, erklärte Gottfried und erhob sich, »ich werde mir die Ehre geben, Sie morgen wieder aufzusuchen.«

Obwohl er ein junger Mann war, erhoben sich auch die vier alten Herren und ebenso Frau de la Chanterie, und der Vikar begleitete ihn bis auf die Freitreppe. Ein Pfiff ertönte. Auf dieses Zeichen erschien der Pförtner mit einer Laterne, nahm Gottfried in Empfang, führte ihn auf die Straße und schloss dann die riesige gelbliche, schwere, gefängnisartige Tür, die mit Schlössern in Arabesken, die aus einer schwer zu bestimmenden Zeit herrührten, versehen war.

Als Gottfried in seinem Kabriolett nach den belebten, hellen, erwärmten Teilen von Paris gelangte, erschien ihm alles, was er gesehen hatte, wie ein Traum, und seine Eindrücke hatten, als er auf dem Boulevard des Italiens promenierte, bereits die Form einer Erinnerung an weit Entferntes angenommen. Er fragte sich: »Werde ich morgen wieder zu diesen Leuten hingehen?«

Als er am andern Morgen inmitten der Raffiniertheiten des modernen Luxus und des englischen Komforts erwachte, erinnerte sich Gottfried an alle Einzelheiten seines Besuchs im Kloster Notre-Dame, und machte sich die Bedeutung der Dinge, die er gesehen hatte, klar. Die vier Unbekannten, deren Kleidung, Haltung und Schweigsamkeit noch jetzt auf ihn wirkten, mussten ebenso wie der Priester Pensionäre sein. Das feierliche Wesen der Frau de la Chanterie erschien ihm als die schweigende Würde, mit der sie ein großes Unglück ertrug. Aber trotzdem er sich das so erklärte, konnte Gottfried sich doch nicht enthalten, hinter diesen verschwiegenen Gesichtern irgendetwas Geheimnisvolles zu vermuten. Er musterte seine Möbel, um festzustellen, welche er behalten wollte, welche ihm unentbehrlich waren; aber wenn er sie im Geiste in die abscheuliche Wohnung in der Rue Chanoinesse versetzte, musste er bei der Vorstellung, wie merkwürdig sie sich dort ausnehmen würden, lachen, und er beschloss, alles zu verkaufen, schon um Schulden zu bezahlen, und sich von Frau de la Chanterie einrichten zu lassen. Er musste ein neues Leben beginnen, und alle Gegenstände, die ihn an seine frühere Lage erinnern könnten, würden ihm einen unangenehmen Anblick gewähren. In seinem Verlangen nach Umgestaltung, denn er gehörte zu den Leuten, die sich gleich mit dem ersten Sprung weit vorwärts in eine neue Situation stürzen, anstatt wie andere Schritt für

Schritt vorzurücken, kam er während des Frühstücks auf neue Gedanken: Er wollte sein Vermögen flüssigmachen, seine Schulden bezahlen und den Rest seines Kapitals bei dem Bankhause anlegen, mit dem schon sein Vater in Verbindung gestanden hatte.

Dieses Haus war die Firma Mongenod und Kompanie, gegründet im Jahre 1816 oder 1817, deren ehrenhaftes Renommee inmitten der kaufmännischen Verderbtheit, in die mehr oder weniger gewisse Pariser Firmen verfallen waren, niemals auch nur im geringsten angezweifelt worden war. Daher wurden, trotz ihres ungeheuren Reichtums, die Firmen Nucingen und Du Tillet, die Gebrüder Keller, Palma und Kompanie heimlich oder, wenn man will, von Mund zu Mund beredet, verachtet. Mit den übelsten Mitteln hatten sie so glänzende Resultate erreicht, und ihre politischen Erfolge, ihre dynastischen Grundsätze verhüllten ihre unsaubere Herkunft so gut, dass im Jahre 1834 niemand mehr an den Schmutz dachte, in dem diese majestätischen Stämme, diese Stützen des Staates, wurzelten. Und trotzdem gab es unter diesen Bankiers keinen einzigen, für den der lobenswerte Ruf des Hauses Mongenod nicht eine brennende Wunde war. Gleich den englischen Bankiers entfaltete das Haus Mongenod keinerlei äußeren Luxus; alles vollzog sich dort geräuschlos, man begnügte sich damit, Bankgeschäfte mit kluger Vorsicht und einer Ehrlichkeit zu machen, die den Operationen von einem Ende der Welt bis zum andern Sicherheit gewährten.

Der gegenwärtige Chef, Friedrich Mongenod, war der Schwager des Vicomte von Fontaine. Dessen zahlreiche Familie war auch durch den Baron von Fontaine mit dem Herrn Grossetête, dem Generalsteuereinnehmer, dem Bruder des Inhabers der Firma Grossetête und Kompanie in Limoges, mit Vandenesse und Planat de Baudry, dem anderen Generalsteuereinnehmer, verbunden. Diese Verwandtschaft, die dem verstorbenen alten Mongenod von großem Nutzen bei seinen Finanzoperationen unter der Restauration gewesen war, hatte ihm das Vertrauen der vornehmsten alten Adelsfamilien eingetragen, deren Kapitalien und ungeheuren Ersparnisse in seiner Bank angelegt wurden. Fern davon, nach der Pairschaft zu streben, wie die Kellers, die Nucingens und die Du Tillets, hielten sich die Mongenods von der Politik fern und wussten von ihr nicht mehr, als ein Bankhaus wissen muss.

Die Firma Mongenod war in einem prächtigen Hause in der Rue de la Victoire zwischen Hof und Garten untergebracht, wo auch die alte Frau Mongenod und ihre beiden Söhne, alle drei Geschäftsteilhaber, wohnten. Die Vicomtesse von Fontaine war beim Tode des alten Mongenod im Jahre 1827 ausbezahlt worden. Friedrich Mongenod, ein schöner junger Mann von etwa fünfunddreißig Jahren, von kühlem, schweigsamem Wesen, zurückhaltend wie ein Genfer, gepflegt wie ein Engländer, hatte sich bei seinem Vater alle für seinen schwierigen Beruf erforderlichen Eigenschaften angeeignet. Besser gebildet als die meisten anderen Bankiers, hatte ihn seine Erziehung mit den umfassenden Kenntnissen, die der polytechnische Unterricht verleiht, ausgerüstet; wie viele Bankiers hatte er eine Liebhaberei außerhalb seines Berufs, eine Vorliebe für Mechanik und Chemie. Der zweite Mongenod, um zehn Jahre jünger als Friedrich, arbeitete bei seinem älteren Bruder wie der erste Gehilfe eines Notars oder eines Anwalts; Friedrich bildete ihn, wie ihn selbst sein Vater ausgebildet hatte, in allen Fächern des richtigen Bankiers aus, der für das Geld dasselbe bedeutet wie der Schriftsteller für die Ideen: Der eine wie der andere muss über alles Einschlägige unterrichtet sein. Als er seinen Familiennamen nannte, merkte Gottfried, welche Achtung sein Vater hier genossen hatte, denn er durfte durch die Bureaus hindurch sich bis an das Arbeitszimmer Mongenods begeben. Dieses Zimmer hatte nur Glastüren, sodass Gottfried, der nicht die Absicht hatte, zu horchen, das Gespräch, das drinnen geführt wurde, mit anhören musste.

»Gnädige Frau, Ihre Abrechnung beläuft sich in Einnahme und Ausgabe auf eine Million sechshunderttausend Franken, sagte der jüngere Mongenod. »Ich kenne die Absichten meines Bruders nicht, er allein kann beurteilen, ob ein Vorschuss von hunderttausend Franken möglich sein wird ... Sie waren nicht vorsichtig ... Man steckt doch nicht eine Million sechshunderttausend Franken in Handelsgeschäfte ...«

»Nicht so laut, Louis, sagte eine weibliche Stimme, »dein Bruder hat dir doch angeraten, immer nur leise zu sprechen. Es kann doch jemand in dem kleinen Salon nebenan sein.«

In diesem Augenblick öffnete Friedrich Mongenod die Verbindungstür zwischen seiner Wohnung und seinem Arbeitszimmer, bemerkte Gottfried und durchschritt das Arbeitszimmer, während er die Person, mit der sein Bruder sprach, respektvoll grüßte. »Mit wem habe ich die Ehre ...?«, sagte er zu Gottfried und ließ ihn vorangehen.

Als Gottfried seinen Namen genannt hatte, ließ ihn Friedrich Platz nehmen, und während der Bankier seinen Schreibtisch öffnete, erhoben sich Louis Mongenod und eine Dame, die niemand anders als Frau de la Chanterie war, und gingen auf Friedrich zu. Alle drei traten in eine Fensternische und sprachen leise mit Frau Mongenod, der alle Geschäftsangelegenheiten unterbreitet wurden. Diese Frau hatte seit dreißig Jahren ihrem Gatten wie ihren Söhnen so viele Beweise ihrer Fähigkeiten gegeben, dass sie tätiger Geschäftsteilhaber mit dem Recht, die Firma zu zeichnen, geworden war. In einem Kasten sah Gottfried Akten mit der Aufschrift: »Konto de la Chanterie« mit den Nummern 1 bis 7. Als die Besprechung mit der Aufforderung des Bankiers an seinen Bruder: » Also geh zur Kasse« beendet war, wandte sich Frau de la Chanterie um, erblickte Gottfried, konnte noch eine Gebärde des Erstaunens zurückhalten und richtete mit leiser Stimme Fragen an Mongenod, auf die er mit wenigen Worten ebenso leise antwortete.

Frau de la Chanterie trug kleine dunkelblaue Schuhe und grauseidene Strümpfe, dasselbe Kleid wie am Abend vorher und darüber eine Art venezianischen Umhang, der wieder in Mode gekommen war, ferner einen Kapotthut »bonne femme« aus grüner Seide, der mit weißer Seide gefüttert war. Sie hielt sich sehr gerade, und ihre Haltung verriet, wenn nicht eine vornehme Abstammung, so doch, dass sie gewohnt war, in aristokratischer Umgebung zu leben. Ohne ihre außergewöhnliche Liebenswürdigkeit würde sie wohl als unnahbar erschienen sein. Jedenfalls machte sie einen imponierenden Eindruck.

»Es ist weniger ein Zufall, als ein Wink der Vorsehung, der uns hier zusammenführt, mein Herr«, sagte sie zu Gottfried; »ich war schon fast entschlossen, einen Pensionär abzulehnen, dessen Lebensgewohnheiten zu denen meines Hauses nicht zu passen schienen; aber Herr Mongenod hat mir eben Auskünfte über Ihre Familie gegeben, die mich ...«

»Oh, gnädige Frau ... Mein Herr,« sagte Gottfried, indem er sich gleichzeitig an Frau de la Chanterie und an den Bankier wandte, » ich habe keine Familie mehr; ich kam nur her, um den früheren Bankier meines Vaters um Rat zu fragen, mit welcher neuen Lebensweise ich mich meinen Vermögensverhältnissen anpassen müsste.«

Und mit wenigen Worten erzählte Gottfried von seinem bisherigen Leben und äußerte den Wunsch, ein anderes anzufangen.

»Früher«, sagte er, »wäre ein Mann in meiner Lage ins Kloster gegangen; aber wir haben ja keine Mönchsorden mehr ...«

»Ziehen Sie nur zu der gnädigen Frau, wenn sie Sie als Pensionär aufnehmen will«, sagte Friedrich Mongenod, nachdem er mit Frau de la Chanterie einen Blick gewechselt hatte; »verkaufen Sie Ihre Rentenpapiere nicht, sondern lassen Sie sie mir. Geben Sie mir ein genaues Verzeichnis Ihrer Verpflichtungen, ich werde die Zahlungsfristen mit Ihren Gläubigern vereinbaren, Sie werden dann ungefähr hundertfünfzig Franken monatliches

Einkommen haben. Zwei Jahre dauert es, bis Ihre Angelegenheiten geordnet sein werden. Während dieser zwei Jahre werden Sie an Ihrem neuen Aufenthaltsorte genügend Muße haben, an einen anderen Beruf zu denken, vor allem im Zusammenleben mit Persönlichkeiten, die Ihnen gute Ratschläge geben können.«

Louis Mongenod brachte jetzt hundert Banknoten zu tausend Franken und übergab sie Frau de la Chanterie. Dann reichte Gottfried seiner zukünftigen Wirtin den Arm und führte sie zu ihrem Wagen.

»Also auf baldiges Wiedersehn«, sagte sie in freundlichem Tone. »Um welche Zeit treffe ich Sie zu Hause, gnädige Frau?«, fragte Gottfried.

»In zwei Stunden«.

»Dann habe ich Spielraum, meine Möbel inzwischen zu verkaufen«, sagte er und empfahl sich.

Während der kurzen Zeit, wo er Arm in Arm mit Frau de la Chanterie gegangen war, sah Gottfried sie immer mit der Glorie umstrahlt, die die Worte Louis Mongenods: »Ihr Saldo beträgt eine Million sechshunderttausend Franken« über diese Frau ausgegossen hatten, deren Leben sich in der Verborgenheit des Klosters Notre-Dame abspielte. Der Gedanke: Sie muss reich sein! Ließ sie ihn mit völlig andern Augen betrachten. ›Wie alt mag sie wohl sein?‹, fragte er sich. Und vor seinem Geiste spielte sich schon ein Roman während seines Aufenthaltes in der Rue Chanoinesse ab. ›Sie hat ein so vornehmes Auftreten! Sollte sie Bankgeschäfte machen?‹ sagte er sich.

Während sie ihrem zukünftigen Pensionär Ratschläge gab, betrachtete sie einen Diamanten, der in dem Ring funkelte, mit dem Gottfrieds blaue Krawatte zusammengehalten wurde.

»Ich spreche mit Ihnen nur davon«, fuhr sie fort, »weil ich sehe, dass Sie die Absicht haben, mit dem Leben der Zerstreuungen, über das Sie sich gegen Herrn Mongenod beklagt haben, zu brechen.«

Gottfried betrachtete Frau de la Chanterie, während er sich an dem Wohlklang ihrer klaren Stimme erfreute; er prüfte ihr ganz weißes Gesicht, das einem jener ernsten kalten holländischen ähnelte, die der Pinsel der Flämischen Schule so gut wiedergegeben hat und auf denen man sich keine Runzeln denken kann.

›Sie ist weiß und rund!‹, sagte er sich, als er fortging; ›aber sie hat sehr viel weiße Haare ...‹

Wie alle schwachen Naturen hatte sich Gottfried schnell damit ausgesöhnt, ein neues Leben, das er für ein glückliches erachtete, zu führen, und so wollte er seinen Umzug nach der Rue Chanoinesse beschleunigen; dennoch konnte er sich der Vorsicht oder, wenn man will, des Misstrauens nicht ganz entschlagen. Zwei Tage vor seinem Umzug begab er sich wieder zu Herrn Mongenod, um noch einige Erkundigungen über das Haus, in dem er seinen Aufenthalt nehmen wollte, einzuziehen. Während der kurzen Augenblicke, die er in seiner künftigen Wohnung verweilt hatte, um die Umgestaltungen nachzuprüfen, hatte er ein Kommen und Gehen mehrerer Personen beobachtet, deren Wesen und Haltung, wenn auch nicht etwas Geheimnisvolles, so doch die Ausübung irgendeines Berufes, irgendeiner heimlichen Tätigkeit der Hausbewohner vermuten ließ. Es war zu dieser Zeit viel die Rede von Versuchen der älteren Linie des Hauses Bourbon, wieder auf den Thron zu gelangen, und Gottfried glaubte an irgendeine Verschwörung. Als er in dem Arbeitszimmer des Bankiers und unter dessen forschendem Blick seine Fragen stellte, schämte er sich seiner selbst, da er ein sardonisches Lächeln die Lippen Friedrich Mongenods umspielen sah.

»Frau Baronin de la Chanterie«, antwortete dieser, »ist eine der unbekanntesten, aber zugleich eine der ehrenhaftesten Persönlichkeiten von Paris. Haben sie einen bestimmten Grund, um sich bei mir über sie zu erkundigen?«

Gottfried beschränkte sich auf eine banale Antwort: Er solle für lange Zeit mit Fremden zusammenleben, man müsse doch wissen, mit wem man in so enge Verbindung trete, usw. Aber das Lächeln des Bankiers wurde immer ironischer, und Gottfried, der mehr und mehr in Verlegenheit geriet, schämte sich seines Schrittes, der von keinerlei Erfolg begleitet war, denn er wagte keine Fragen mehr zu stellen, weder in Bezug auf Frau de la Chanterie noch auf ihre Hausgenossen.

Zwei Tage danach, an einem Montagabend, nachdem er zum letzten Mal im Cafe Anglais gespeist und die beiden ersten Stücke im Théâtre des Variétés gesehen hatte, erschien er um zehn Uhr in der Rue Chanoinesse und wurde von Manon in seine Wohnung geführt. Die Einsamkeit hat Reize, die mit denen des Lebens in der Wildnis verglichen werden können, die jeder Europäer, der einmal dort weilte, empfunden hat. Das mag seltsam erscheinen in einer Zeit, wo jeder so sehr für den andern lebt, dass sich einer über den andern den Kopf zerbricht und ein Privatleben bald nicht mehr existieren wird, so keck und so wissbegierig dringen die Augen der Zeitung, dieses modernen Argus, in es ein; trotzdem wird diese Ansicht durch die Autorität der ersten sechs Jahrhunderte des Christentums gestützt, in denen kein Einsiedler in das gesellige Leben zurückkehrte. Es gibt wenige Seelenwunden, die die Einsamkeit nicht zu heilen vermag. So wurde auch Gottfried zuerst von der tiefen Ruhe und der vollkommenen Stille seiner neuen Wohnung gefangen genommen, ganz wie ein müder Reisender sich in einem Bade ausruht.

Am Tage, nachdem er sich bei Frau de la Chanterie in Pension gegeben hatte, sah er sich zu einer Selbstprüfung genötigt, da er sich von allem Bisherigen getrennt fühlte, selbst von Paris, obwohl er sich noch im Schatten der Kathedrale befand. Aller weltlichen Eitelkeiten beraubt, sollte er für sein Handeln keine andern Zeugen mehr haben als sein Gewissen und die Hausgenossen der Frau de la Chanterie. Das hieß, die breite Straße des Weltlebens verlassen und einen unbekannten Weg betreten; aber wohin würde ihn dieser Weg führen? Was für eine Tätigkeit sollte er aufnehmen?

Seit zwei Stunden hatte er sich diesen Überlegungen hingegeben, als Manon, die einzige Dienerin des Hauses, an seine Tür klopfte und ihm sagte, dass das zweite Frühstück aufgetragen sei und man ihn erwarte. Es schlug zwölf Uhr. Der neue Pensionär ging sofort hinab, voll Verlangen, die fünf Personen, unter denen sich von jetzt ab sein Leben abspielen sollte, näher kennenzulernen. Als er den Salon betrat, fand er dort alle Bewohner des Hauses stehend und ebenso gekleidet vor, wie an dem Tage, als er hier seine ersten Erkundigungen eingezogen hatte.

»Haben Sie gut geschlafen?«, fragte ihn Frau de la Chanterie.

»Ich bin erst um zehn Uhr aufgewacht«, antwortete Gottfried und verbeugte sich vor den vier Hausgenossen, die alle seinen Gruß ernst erwiderten.

»Das haben wir uns gedacht«, sagte lächelnd der Alte, der den Namen Alain trug.

»Manon hat mich zum zweiten Frühstück gerufen«, fuhr Gottfried fort, »mir scheint, dass ich ohne Absicht gegen die Hausordnung gefehlt habe ... Wann pflegen Sie aufzustehen?«

»Wir stehen nicht ganz so früh auf, wie die ehemaligen Mönche«, erwiderte Frau de la Chanterie liebenswürdig, »aber so früh wie die Arbeiter ... im Winter um sechs, im Sommer um einhalb vier Uhr. Und wir gehen auch mit der Sonne zu Bett. Wir schlafen im Winter stets um neun, im Sommer um elf Uhr. Morgens nehmen wir alle ein wenig Milch, die von unserm Pachtgut kommt, zu uns, nachdem wir gebetet haben, mit Ausnahme des Herrn Abbé de Vèze, der im Sommer um sechs, im Winter um sieben Uhr die erste Messe in Notre-Dame liest, die diese Herren täglich hören, ebenso wie Ihre ergebenste Dienerin.«

Frau de la Chanterie beendete diese Auseinandersetzung bei Tisch, nachdem die fünf Teilnehmer Platz genommen hatten.

Das Speisezimmer, ganz in Grau gemalt und mit Holztäfelung im Stil Ludwigs XIV. versehen, stieß an den vorzimmerartigen Raum, in dem sich Manon aufhielt, und war dem Zimmer der Frau de la Chanterie parallel gelegen, das seinerseits jedenfalls mit dem Salon verbunden war. Das Esszimmer hatte keinen andern Schmuck als alte Wandborde. Das Mobiliar bestand aus sechs Stühlen mit ovaler Rücklehne, deren Stickereien offenbar von Frau de la Chanterie verfertigt waren, zwei Büfetts und einem Mahagonitisch, auf den Marion zum Frühstück kein Tischtuch auflegte. Das Frühstück, von klösterlicher Einfachheit, bestand aus einer kleinen Steinbutte mit weißer Soße und Kartoffeln, Salat und vier Schüsseln mit Früchten: Pfirsiche, Weintrauben, Erdbeeren und grünen Mandeln; als Vorgericht Honig in der Wabe, wie in der Schweiz, Butter, Radieschen, Gurken und Sardinen. Aufgetragen wurde es auf Porzellan, das mit Kornblumen und kleinen grünen Blättern verziert war und unter Ludwig XVI. sicher als sehr luxuriös galt, das aber die erhöhten Ansprüche des modernen Lebens sehr gewöhnlich gemacht haben.

»Wir haben Fastenessen«, sagte Herr Alain. »Da wir jeden Morgen die Messe hören, werden Sie begreifen, dass wir blindlings alle, selbst die strengsten Vorschriften der Kirche befolgen.«

»Und Sie werden damit beginnen, es ebenso zu machen«, sagte Frau de la Chanterie und warf einen Seitenblick auf Gottfried, den sie neben sich gesetzt hatte.

Von den fünf Tischgenossen kannte Gottfried bereits die Namen der Frau de la Chanterie, des Abbé de Vèze und des Herrn Alain; es blieb ihm also noch übrig, die

Namen der beiden letzten Personen zu erfahren. Diese verhielten sich schweigend und aßen mit der Aufmerksamkeit, die Geistliche auch den geringsten Einzelheiten ihrer Mahlzeiten zuzuwenden pflegen.

»Kommen diese schönen Früchte auch von Ihrem Pachtgut, gnädige Frau?«, sagte Gottfried. »Jawohl«, erwiderte sie. »Wir haben, ganz wie die Regierung, unser kleines Mustergut, dort ist unser Landhaus; es liegt drei Meilen von hier an der Straße nach Süden, nahe bei Villeneuve-Saint-Georges.

»Es ist eine Besitzung, die uns allen gehört, und die auf den letzten Überlebenden von uns übergeht«, sagte der biedere Alain.

»Oh, es hat keinen erheblichen Wert«, fügte Frau de la Chanterie hinzu, die zu fürchten schien, dass Gottfried diese Erklärung für einen Köder halten könnte.

»Es sind«, sagte der eine der beiden Unbekannten, »dreißig Morgen Ackerland, sechs Morgen Wiesen und vier eingefriedigte Morgen um unser Haus, vor dem das Pächterhaus liegt.«

»Aber ein solches Gut«, entgegnete Gottfried, »muss einen Wert von mehr als hunderttausend Franken haben.«

» Oh, wir haben nicht viel anderes davon als unsern Bedarf an Lebensmitteln«, antwortete dieselbe Persönlichkeit.

Es war ein großer, hagerer, würdevoller Mann. Auf den ersten Anblick schien er ein früherer Soldat zu sein, seine weißen Haare verkündeten deutlich genug, dass er die Sechzig überschritten hatte, und sein Gesicht trug die Spuren schweren Kummers, der von der Religion gemildert war.

Der andere Unbekannte, der gleichzeitig einem Gymnasialprofessor und einem Geschäftsmann ähnelte, war von mittlerem Wuchs, dick, aber trotzdem beweglich; sein Gesicht trug den Stempel von Gemütlichkeit, wie ihn die Pariser Notare und Anwälte zur Schau tragen.

Die Kleidung der vier Männer zeigte die Sauberkeit, die durch peinliche Sorgsamkeit erreicht wird. Man erkannte Manons Hand an den kleinsten Einzelheiten. Die Anzüge waren vielleicht zehn Jahre alt und geschont, wie sich die Kleidungsstücke der Pfarrer durch die heimliche Kunst der Dienerin bei ständigem Gebrauch erhalten. Diese Männer trugen sozusagen die Livree einer systematisch geordneten Lebensweise, sie gehorchten alle demselben Gedanken, in ihren Blicken ließ sich dieselbe Anschauung lesen, ihr Gesichtsausdruck verkündete stille Ergebung und eine sich den andern mitteilende Seelenruhe.

»Wäre es indiskret, gnädige Frau«, sagte Gottfried, »nach dem Namen der Herren zu fragen? Ich bin bereit, ihnen die Geschichte meines Lebens mitzuteilen; kann ich nicht auch von dem Ihrigen so viel erfahren, wie ich schicklicherweise wissen darf? »Dieser Herr«, erwiderte Frau de la Chanterie und wies auf den großen hageren Mann, »heißt Herr Nikolaus; er ist pensionierter Gendarmerieoberst mit dem Range eines Brigadegenerals. – Dieser Herr«, fuhr sie fort und zeigte auf den kleinen dicken Mann, »ist ein ehemaliger Rat am obersten Pariser Gerichtshof, der sein Amt im Jahre 1850 aufgegeben hat; er heißt Herr Joseph. Obgleich Sie erst seit gestern bei uns sind, will ich Ihnen doch mitteilen, dass Herr Nikolaus in der Gesellschaft den Namen Marquis de Montauran trug, und Herr Joseph den Namen Lecamus, Baron de Tresnes; aber für uns wie für jeden andern existieren diese Namen nicht mehr, die Herren besitzen keine Erben; sie haben die Vergessenheit, in die ihre Familien geraten werden, vorweggenommen und sind ganz einfach Herr Nikolaus und Herr Joseph geworden, wie Sie Herr Gottfried sein werden.«

Als er die beiden Namen nennen hörte, den einen in den Annalen des Royalismus durch die Katastrophe, die den Aufstand der Chouans zu Beginn des Konsulats beendete, so berühmt geworden, den andern in den Annalen des alten Pariser Parlaments mit solcher Verehrung genannt, konnte Gottfried ein Erzittern nicht unterdrücken; aber als er diese zwei Reste der beiden stärksten Stützen der zusammengebrochenen Monarchie, des Adels und des Richterstandes, betrachtete, bemerkte er keinerlei Bewegung in ihren Gesichtszügen, keinerlei Veränderung des Ausdrucks, der einen weltlichen Gedanken verriet. Die beiden Männer erinnerten sich nicht mehr oder wollten sich nicht mehr an das erinnern, was sie einstmals gewesen waren. Das war eine erste Lektion für Gottfried.

»Jeder dieser Namen, meine Herren, enthält eine ganze Geschichte«, sagte er respektvoll.

»Die Geschichte unserer Zeit«, antwortete Herr Joseph, »die Geschichte von Ruinen.«

»Sie befinden sich damit in guter Gesellschaft«, bemerkte Herr Alain lächelnd.

Dieser Mann kann mit zwei Worten beschrieben werden: Er war ein Pariser Kleinbürger, ein gutmütiger Bürger mit einem runden, von weißen Haaren umrahmten Gesicht, das infolge eines beständigen Lächelns etwas fade wirkte.

Was den Priester, den Abbé de Vèze anlangt, so sagte sein Stand alles. Einen Priester, der seinen Beruf ausfüllt, erkennt man auf den ersten Blick, den er Einem oder den man ihm zuwirft.

Was Gottfried gleich anfangs auffiel, das war die tiefe Verehrung, die die vier Pensionäre der Frau de la Chanterie bezeigten; sie schienen sich alle, selbst der Priester, trotz der erhabenen Position, die ihm sein Amt verlieh, in Gegenwart einer Königin zu befinden. Gottfried fiel auch die Mäßigkeit aller Tischgenossen auf. Jeder aß nur so viel, wie das Nahrungsbedürfnis erforderte. Frau de la Chanterie nahm, wie fast alle andern, nur einen einzigen Pfirsich und eine halbe Weintraube; aber sie sagte zu ihrem neuen Pensionär, er solle diese Zurückhaltung nicht nachahmen, und bot ihm nacheinander von jedem Gerichte an.

Durch diesen Beginn des Zusammenlebens wurde Gottfrieds Neugier aufs Äußerste erregt. Als man nach dem Frühstück in den Salon zurückkehrte, ließ man ihn allein, und Frau de la Chanterie hielt in einer Fensternische eine kleine geheime Besprechung mit den vier Freunden ab, diese Konferenz währte ohne jede Erregung beinahe eine halbe Stunde. Man sprach mit leiser Stimme und wechselte Worte, die jeder wohlüberlegt zu haben schien. Von Zeit zu Zeit blätterten Herr Alain und Herr Joseph in einem Notizbuche.

»Gehen Sie in den Faubourg«, sagte Frau de la Chanterie zu Herrn Joseph, der sich entfernte.

Das war das erste Wort, das Gottfried verstehen konnte.

»Und Sie in das Viertel Saint-Marceau«, fuhr sie fort und wandte sich an Herrn Nikolaus. »Bearbeiten Sie den Faubourg Saint-Germain und versuchen Sie, dort das, was wir brauchen, zu finden ... fuhr sie, den Abbé de Vèze ansehend, fort, der sich sogleich entfernte.

»Und Sie, mein lieber Alain«, sagte sie lächelnd zu dem letzten, »machen Sie sich an die Zusammenstellung ... So, jetzt ist die Arbeit für heute verteilt «, sagte sie und begab sich wieder zu Gottfried. Sie setzte sich in ihren Sessel, nahm von einem kleinen Tisch von ihr zurechtgeschnittene Wäsche und begann zu nähen, als ob sie ein Pensum zu erledigen hätte.

Gottfried in sein Grübeln versunken und eine royalistische Verschwörung vermutend, hielt die Worte seiner Wirtin für eine Einleitung und unterwarf sie einer Beobachtung, indem er sich neben sie setzte. Er war erstaunt über die besondere Geschicklichkeit, mit der diese Frau, bei der alles die vornehme Dame verriet, ihre Arbeit ausführte; sie besaß die Gewandtheit einer Arbeiterin, denn jeder vermag an gewissen Handgriffen das Tun eines Handwerkers und das eines Dilettanten zu erkennen.

»Sie arbeiten«, sagte Gottfried, »als ob Sie das Handwerk verstünden!«

»Ach«, antwortete sie, ohne den Kopf zu erheben, »ich habe es einstmals gezwungen ausüben müssen ...

Zwei dicke Tränen perlten in den Augen der alten Dame, rannen an ihren Wangen hinab und fielen auf das Wäschestück, das sie in der Hand hielt.

»Oh, verzeihen Sie mir, gnädige Frau«, rief Gottfried.

Frau de la Chanterie sah ihren neuen Pensionär an und las auf seinem Gesicht ein so tiefes Bedauern, dass sie ihm freundlich zunickte. Nachdem sie sich die Augen getrocknet hatte, nahm ihr Antlitz sofort wieder den Ausdruck seiner gewohnten Ruhe an; es war weniger kalt als kühl.

»Sie befinden sich hier, Herr Gottfried – Sie wissen ja bereits, dass wir Sie nur mit ihrem Vornamen nennen werden –, mitten unter den Trümmern eines großen Zusammenbruchs. Wir alle sind schwer verwundet in unserm Herzen, unsern Familienangelegenheiten und unserm Vermögen durch den vierzig Jahre dauernden Orkan, der das Königtum und die Religion gestürzt und die Grundlagen des alten Frankreichs vernichtet hat. Scheinbar gleichgültige Worte können uns alle verletzen, das ist der Grund der Schweigsamkeit, die hier herrscht. Wir sprechen selten von uns selbst; wir sind für uns in Vergessenheit geraten und haben das Mittel gefunden, anstelle unseres früheren Lebens ein anderes zu setzen. Das ist der Grund, warum ich nach Ihren Bekenntnissen bei Mongenod an eine Übereinstimmung zwischen Ihrer und unserer Situation geglaubt und meine vier Freunde dazu bestimmt habe, Sie in unsern Kreis aufzunehmen; wir brauchen außerdem noch einen Mönch mehr für unser Kloster. Aber was werden Sie nun beginnen? Man kann sich nicht in die Einsamkeit zurückziehen ohne moralischen Fonds.«

»Ich wäre nach solchen Worten sehr glücklich; gnädige Frau, wenn Sie über meine Zukunft bestimmen wollten.«

»Sie sprechen wie ein Weltmann,« entgegnete sie, »Sie versuchen, mir zu schmeicheln, mir, einer Frau von sechzig Jahren! ... Mein liebes Kind,« fuhr sie fort, »Sie müssen wissen, dass Sie sich unter Leuten befinden, die streng gottesgläubig sind, die seine Hand verspürt und die sich ihm fast ganz so wie Trappisten hingegeben haben. Haben Sie auf das ungeheure Sicherheitsgefühl der echten Priester geachtet, die sich dem Herrn ganz hingegeben haben, seine Stimme vernehmen und sich bemühen, ein gelehriges Instrument in der Hand der Vorsehung zu sein? ... Sie kennen keine Eitelkeit, keine Selbstliebe, nichts von dem, was den Weltleuten beständig Wunden beibringt; sie besitzen die Ruhe des Fatalisten, ihre Ergebung lässt sie alles ertragen. Der echte Priester, ein solcher wie der Abbé de Vèze, lebt dann wie ein Kind bei seiner Mutter, denn die Kirche, mein lieber Herr, ist eine gute Mutter. Nun, man kann auch ein Priester werden ohne Tonsur, nicht alle Priester gehören zu einem Orden. Sich dem Guten angeloben, das heißt, es dem echten Priester gleichtun, das heißt, Gott gehorchen! Ich predige Ihnen nicht, ich will Sie nicht bekehren, ich will Ihnen nur unser Leben erklären.«

»Belehren Sie mich, gnädige Frau«, sagte Gottfried hingerissen, »damit ich Ihre Vorschriften in keinem Punkte übertrete.«

»Damit hätten Sie zu viel zu tun, das werden Sie von Stufe zu Stufe lernen, vor allem sprechen Sie hier niemals von Ihrem Unglück, das eine Kinderei ist im Vergleich mit den schrecklichen Katastrophen, die Gott über die, mit denen Sie jetzt zusammenleben, hat hereinbrechen lassen ...«

Während sie so sprach, hatte Frau de la Chanterie immerfort ihre Stiche mit verzweifelter Regelmäßigkeit gemacht; jetzt aber erhob sie das Haupt und sah Gottfried an, auf den die bezaubernde Süße ihrer Stimme, die, wie man sagen muss, eine himmlische Milde besaß, einen tiefen Eindruck machte. Der gemütskranke junge Mann betrachtete voller Verehrung die wahrhaft ungewöhnliche Erscheinung dieser Frau, deren Antlitz leuchtete. Ein rosiger Hauch hatte sich über ihre wachsbleichen Wangen ergossen, ihr Auge strahlte, ein jugendlicher Geist belebte ihre leichten Runzeln, die ihr einen eigenen Reiz verliehen, und alles an ihr forderte liebevolle Zuneigung heraus. Gottfried ermaß in diesem Moment die Tiefe des Abgrunds, der diese Frau von niedrigen Empfindungen trennte; er sah, dass sie den unzugänglichen Gipfel erreicht hatte, auf den sie von der Religion geführt war, und er war noch zu weltlich gesinnt, als dass er davon nicht stark betroffen worden wäre und nicht gewünscht hätte, in den Graben hinabzusteigen und die schmale Höhe zu erklimmen, auf der Frau de la Chanterie stand, um sich neben sie zu stellen. Während er diese Frau einer eingehenden Prüfung unterwarf, erzählte er ihr von den Enttäuschungen seines Lebens und von allem, was er bei Mongenod nicht hatte sagen können, wo seine Bekenntnisse sich auf die Darlegung seiner Lage beschränkt hatten.

»Armes Kind! ...«

Dieser mütterliche Ausruf, der den Lippen der Frau de la Chanterie entschlüpfte, legte sich wie Balsam auf das Herz des jungen Mannes.

»Was kann ich an die Stelle so vieler getäuschter Hoffnungen, so vieler verratener Liebe setzen?«, fragte er endlich und sah seine Wirtin an, die nachdenklich geworden war.

»Ich bin hierher gekommen, um nachzudenken und einen Entschluss zu fassen. Ich habe meine Mutter verloren, treten Sie an ihre Stelle ...«

»Werden Sie auch wie ein Sohn gehorchen? ...«, sagte sie.

»Ja, wenn Sie mir die volle Zuneigung entgegenbringen, der man so gern gehorcht.«

»Also, wir wollen es versuchen«, versetzte sie.

Gottfried streckte die Hand aus, um die Hand seiner Wirtin zu ergreifen, die sie ihm, seine Absicht ahnend, reichte, und führte sie respektvoll an seine Lippen. Frau de la Chanteries Hände waren von wunderbarer Schönheit, ohne Runzeln, weder fett noch mager, so weiß, dass sie den Neid einer jungen Frau erregen konnten, und von einer Form, dass sie ein Bildhauer hätte abbilden mögen. Gottfried bewunderte die Hand und fand, dass sie zu dem Reiz der Stimme und der himmlischen Bläue der Augen passte.

»Bleiben Sie!«, sagte Frau de la Chanterie, erhob sich und ging in ihr Zimmer.

Gottfried empfand eine heftige Erregung und wusste nicht, was er von ihrem Fortgehen denken sollte; aber sein Erstaunen dauerte nicht lange, denn sie kam mit einem Buch in der Hand zurück.

»Hier, mein liebes Kind , sagte sie, »haben Sie die Vorschriften eines großen Seelenarztes. Wenn die Verhältnisse des alltäglichen Lebens uns das Glück, das wir erwarteten, nicht zuteilwerden ließen, dann muss man das Glück in dem höheren Leben suchen, und hier haben Sie den Schlüssel zu dieser neuen Welt. Lesen Sie jeden Abend und jeden Morgen ein Kapitel dieses Buches; aber lesen Sie es mit vollster Aufmerksamkeit, studieren Sie die Worte, als ob es sich um eine fremde Sprache handele ... Nach Verlauf eines Monats werden Sie ein anderer Mensch sein. Seit zwanzig Jahren lese ich täglich ein Kapitel, und meine drei Freunde, die Herren Nikolaus, Alain und Joseph, versäumen das ebenso wenig wie das Schlafengehen und Aufstehen; machen Sie es ebenso aus Liebe zu Gott, aus Liebe zu mir«. Sie sprach mit himmlischer Freudigkeit und erhabenem Vertrauen.

Gottfried wandte das Buch um und las auf dem Rücken in Goldbuchstaben: »Die Nachahmung Christi«. Die Einfachheit dieser Frau, ihre kindliche Reinheit, ihre Überzeugung, dass sie ihm eine Wohltat erwiesen habe, verwirrten den Exdandy. Die Haltung und die Freude der Frau de la Chanterie glich vollständig denen einer Frau, die einem Kaufmann, der im Begriff ist, Konkurs anzumelden, hunderttausend Franken darbietet.

»Ich habe mich seiner seit zwanzig Jahren bedient. Gebe Gott, dass das Buch ansteckend wirke! Gehen Sie nun, und kaufen Sie mir ein anderes; es ist jetzt die Zeit, wo Leute zu mir kommen, die nicht gesehen werden dürfen.«

Gottfried empfahl sich der Frau de la Chanterie und ging in sein Zimmer hinauf, wo er das Buch auf den Tisch warf und ausrief: »O die arme gute Frau! ...« Das Buch hatte sich wie alle oft gelesenen Bücher an einer Stelle aufgeklappt. Gottfried setzte sich, um sich zu sammeln, denn er hatte an diesem Vormittag mehr Aufregung empfunden als während der bewegtesten Monate seines Lebens, und besonders seine Neugierde war noch niemals so angestachelt worden. Als er seine Blicke planlos herumschweifen ließ, wie es Leute tun, die in Nachdenken versunken sind, betrachtete er mechanisch die beiden aufgeschlagenen Seiten des Buches und las, ohne es zu wollen, die Überschrift:

»Kapitel XII.

Von dem erhabenen Wege des heiligen Kreuzes.«

Er nahm das Buch auf. Und wie eine Flammenschrift fesselte ein Satz dieses herrlichen Kapitels seinen Blick:

»Er ist vor euch gewandelt mit seinem Kreuz beladen, und er ist für euch gestorben, damit auch ihr euer Kreuz traget und verlanget, an ihm zu sterben. Gehet, wohin ihr wollt, suchet, soviel ihr möget, ihr werdet keinen erhabeneren und keinen sichereren Weg finden, als ›den Weg des heiligen Kreuzes‹.

Machet und ordnet alles, wie es eurem Verlangen und eurer Einsicht entspricht, und ihr werdet stets aufgerufen werden, Mühsal zu erleiden, ob ihr nun wollet oder nicht, und immer werdet ihr auf das Kreuz stoßen; denn ihr werdet die Schmerzen des Körpers fühlen und die Qualen der Seele erdulden. Wenn ihr von Gott verlassen seid, werden euch die Menschen zu schaffen machen. Und noch mehr: Ihr werdet euch oft selbst zur Last sein, und keine Hilfe wird euch gebracht, kein Trost euch zuteilwerden; bis es Gott gefallen wird, dem ein Ende zu machen, werdet ihr leiden müssen, denn Gott will, dass ihr leiden lernet ohne Trost, damit ihr euch rückhaltlos seinem Willen unterwerfet, und damit ihr unter der Last der Drangsale demütiger werdet.

»Was für ein Buch!«, sagte er und blätterte weiter in dem Kapitel.

Und sein Auge fiel auf die Worte:

»Wenn ihr soweit gekommen seid, die Trübsal als süß zu empfinden und sie zu begehren aus Liebe zu Jesus Christus, dann werdet ihr euch glücklich fühlen, denn dann habt ihr das Paradies in dieser Welt gefunden.«

Betroffen über diese einfachen Worte, die darum gerade so stark wirkten, und ärgerlich, dass er sich von diesem Buche geschlagen fühlte, schloss er es; aber noch auf dem grünen Maroquinleder des Einbands las er in Goldbuchstaben die Mahnung:

»Trachtet nur nach dem, was ewig ist!«

»Und haben sie das hier gefunden? ...«, fragte er sich. Er brach auf, um ein schönes Exemplar der »Nachahmung Christi« zu besorgen, da er daran dachte, dass Frau de la Chanterie abends ein Kapitel daraus zu lesen pflegte, ging hinunter und trat auf die Straße hinaus. Einige Augenblicke blieb er wenige Schritte vor der Tür stehen, unschlüssig, welchen Weg er nehmen, und überlegend, wo und in welcher Buchhandlung er das Buch kaufen solle; da vernahm er das dumpfe Geräusch des schweren Haustors, das geschlossen wurde.

Wenn man den Charakter dieses alten Hauses recht begriffen hat, wird man verstehen, worin sich die alten Häuser von andern unterscheiden. Als Manon Gottfried am Morgen herunterholen kam, hatte sie ihn, deutlich lächelnd, gefragt, wie er die erste Nacht im Hause de la Chanterie geschlafen habe. Zwei Männer verließen das Haus de la Chanterie. Gottfried folgte, ohne irgendwie spionieren zu wollen, den beiden Männern, die ihn für einen Passanten hielten und in dieser stillen Gegend so laut sprachen, dass er ihrer Unterhaltung folgen konnte. Die beiden Unbekannten gingen die Rue Massillon entlang, an Notre-Dame vorbei und quer über den Platz.

»Na, mein Alter, du siehst, dass es ziemlich leicht war, Geld von ihnen herauszuholen ... man muss ihnen zum Munde reden ... das ist alles.«

»Aber wir schulden es doch.«

»Wem?«

»Nun, der Dame.«

»Das möchte ich sehen, ob mich die alte Schachtel verklagen würde, ich würde ihr ...«

»Du würdest ihr ... du würdest ihr zurückzahlen ...«

»Du hast recht, denn wenn ich es ihr zurückzahle, würde ich später mehr als heute bekommen ...«

»Wäre es nicht besser, wenn wir ihren Rat befolgten und ein Geschäft anfingen?«

»Ach, Unsinn!«

»Sie würde uns doch stille Teilhaber verschaffen, hat sie gesagt.«

»Dann müsste man auch ein anderes Leben anfangen ...«

»Das jetzige habe ich bis hierher, man ist doch kein Mensch mehr; wenn man immer benebelt herumläuft ...«

»Jawohl; aber der Abbé hat doch neulich den alten Marin im Stiche gelassen und ihm alles abgeschlagen.«

»Ach, der alte Marin wollte eine knifflige Sache unternehmen, wie sie nur Millionäre durchsetzen können.«

In diesem Moment wandten sich die beiden Männer, ihrem Äußern nach Werkmeister, um nach der Place Maubert über den Pont de l'Hôtel-Dieu zu gehen; Gottfried trat beiseite, aber als sie bemerkten, dass er so dicht hinter ihnen war, wechselten sie einen misstrauischen Blick, und ihr Gesicht verriet, dass sie bedauerten, laut gesprochen zu haben.

In Gedanken hierüber ging er zu einem Buchhändler in der Rue Saint-Jacques und kehrte mit einem sehr kostbaren Exemplar der besten Ausgabe der »Nachahmung Christi«, die in Frankreich erschienen war, zurück. Als er langsamen Schrittes heimging, um pünktlich zur Essensstunde einzutreffen, rief er sich noch einmal die Empfindungen, die er an diesem Vormittage verspürt hatte, ins Gedächtnis zurück und fühlte sich innerlich aufs Köstlichste erquickt. Er war von einer heißen Neugier geplagt, aber seine Neugierde trat zurück vor einem unerklärlichen Verlangen, das ihn zu Frau de la Chanterie hinzog; er empfand ein heftiges Begehren, sich an sie anzuschließen, sich für sie aufzuopfern, ihr zu gefallen, sich ihr Lob zu verdienen; er war von einer platonischen Liebe ergriffen, er ahnte bei ihr eine unerhörte Seelengröße, er wollte ihr Inneres ganz kennenlernen. Er brannte darauf, in die Geheimnisse der Existenz dieser Katholiken von reiner Frömmigkeit einzudringen. Und innerhalb dieses kleinen Kreises der Getreuen verband sich die Erhabenheit des frommen Handelns so vortrefflich mit dem, was die Französin Hohes besitzen kann, dass er beschloss, alles zu tun, um in die Gemeinschaft aufgenommen zu werden. Solche Gefühle wären bei einem beschäftigten Pariser sehr flüchtige gewesen; aber Gottfried war, wie man gesehen hat, in der Lage des Schiffbrüchigen, der sich an die gebrechlichsten Planken anklammert, weil er sie für tragfähig hält, und seine Seele war durchfurcht und bereit, jeden Samen in sich aufzunehmen.

Er traf die vier Freunde im Salon, überreichte das Buch Frau de la Chanterie und sagte:

»Ich wollte Sie Ihrer Lektüre heute Abend nicht berauben ...«

»Gebe Gott«, erwiderte sie, während sie den prächtigen Band betrachtete, »dass das Ihre letzte verschwenderische Handlung gewesen sein möge!«

Da er sah, dass bei den vier Personen die Kleidung bis ins geringste auf Sauberkeit und Zweckmäßigkeit beschränkt, und dass dieser Grundsatz im Hause auch bis in die kleinsten Einzelheiten durchgeführt war, begriff Gottfried die Bedeutung des so liebenswürdig ausgedrückten Vorwurfs.

»Gnädige Frau«, sagte er, »die Leute, denen Sie heute Morgen Ihre Unterstützung gewährt haben, sind schlechte Kerle; ohne es zu wollen, habe ich mit angehört, was sie für Dinge planten, als sie von hier fortgingen; was sie sagten, zeugte von der schwärzesten Undankbarkeit ...«

»Das sind die beiden Schlosser aus der Rue Mouffetard«, sagte Frau de la Chanterie zu Herrn Nikolaus, »das gehört in Ihr Ressort ...«

»Der Fisch entschlüpft mehr als einmal, bevor er sich fangen lässt«, entgegnete lächelnd Herr Alain. Die völlige Unempfindlichkeit der Frau de la Chanterie bei der Nachricht der sofortigen Undankbarkeit der Leute, denen sie sicher Geld gegeben hatte, setzte Gottfried in Erstaunen und ließ ihn nachdenklich werden.

Das Essen verlief heiter, dank Herrn Alain und dem ehemaligen Gerichtsrat; aber der alte Soldat blieb ernst, traurig und kühl, sein Gesicht trug den unverwischbaren Ausdruck bitteren Kummers und unvertilgbaren Schmerzes. Frau de la Chanterie war gegen alle gleich aufmerksam. Gottfried fühlte sich beobachtet von diesen Leuten, deren Vorsicht ihrer Frömmigkeit gleichkam; seine Eitelkeit ließ ihn ihre Zurückhaltung nachahmen, und er achtete sehr auf seine Worte.

Dieser erste Tag sollte viel bewegter sein als die folgenden. Gottfried, der sich von allen wichtigen Besprechungen ausgeschlossen sah, war genötigt, während mehrerer Morgen- und Abendstunden, die er allein in seiner Wohnung verbrachte, die »Nachahmung Christi« aufzuschlagen, und er studierte das Buch schließlich, wie man ein Buch studiert, wenn man nur ein einziges besitzt und sich in Gefangenschaft befindet. Es geht Einem dann mit einem solchen Buche wie mit einer Frau, mit der man sich zusammen in der Einsamkeit befindet; ebenso wie man dann die Frau hassen oder lieben muss, ebenso lässt man sich entweder ganz von dem Geiste des Verfassers durchdringen, oder man liest keine zehn Zeilen von ihm.

Nun ist es unmöglich, dass man von der »Nachahmung Christi« nicht gepackt werde, die für die Glaubenslehre dasselbe ist wie die Ausführung für den Gedanken. Der Katholizismus lebt, bewegt sich, zittert darin und setzt sich mit dem menschlichen Leben selbst auseinander. Das Buch ist ein zuverlässiger Freund. Es spricht über alle Leidenschaften, alle Schwierigkeiten, selbst die der Weltleute; es besiegt alle Einwände, es ist beredter als alle Prediger; denn seine Sprache ist deine Sprache, es wächst aus deinem Herzen empor und redet zu deiner Seele. Es ist das übertragene Evangelium, angepasst allen Zeiten, angewandt auf alle Lebenslagen. Es ist merkwürdig, dass die Kirche Gerson nicht heiliggesprochen hat, denn der Heilige Geist hat ihm sicherlich die Feder geführt.

Für Gottfried barg das Haus de la Chanterie außer dem Buche auch eine Frau, und er verliebte sich mit jedem Tage mehr in diese Frau; er entdeckte bei ihr unter dem Schnee des Winters vergrabene Blüten, er empfand die Seligkeit einer solchen geheiligten Liebe, die die Religion gestattet, der die Engel zulächeln, die schon die fünf Menschen untereinander verband, und bei der kein schlechter Gedanke aufkommen konnte. Es gibt ein

Empfinden, das über allen andern steht, eine geistige Liebe, jenen Blumen ähnlich, die auf den höchsten Gipfeln der Erde wachsen, eine Liebe, von der ein oder zwei Beispiele alle Jahrhunderte einmal der Menschheit geschenkt werden, in der sich seltsame Liebende vereinigen, und die Beweise für eine Liebestreue gibt, die im gewöhnlichen Leben unerklärlich wäre. Das ist eine Liebe ohne Irrungen, ohne Zwiste, ohne Eitelkeiten, ohne Kämpfe, selbst ohne jede Gegensätzlichkeit, so sehr fließt das geistige Empfinden beider in eins zusammen. Die Seligkeit dieses tiefen, grenzenlosen Gefühls, das in der katholischen Nächstenliebe wurzelt – Gottfried ahnte sie. Manchmal vermochte er an das Schauspiel, das er vor Augen hatte, nicht zu glauben und suchte nach Gründen für die erhabene Freundschaft dieser fünf Menschen, die zu seinem Staunen echte Katholiken waren, Christen aus den ersten Zeiten der Kirche, mitten in dem Paris von 1835.

Acht Tage nach seinem Einzug war Gottfried schon Zeuge eines so großen Zustroms von Leuten und hatte Bruchstücke von Gesprächen aufgefangen, bei denen es sich umso schwerwiegende Dinge handelte, dass er merkte, welche ungeheure Tätigkeit die fünf Personen entfalteten. Er nahm wahr, dass keine von ihnen mehr als sechs Stunden schlief.

Alle hatten gewissermaßen schon eine erste Tagesarbeit vor dem zweiten Frühstück hinter sich. Fremde brachten oder holten Geldbeträge, die zuweilen sehr erheblich waren. Häufig kam der Kassenbote Mongenods, und zwar immer ganz früh, sodass sein Dienst unter diesen

Gängen nicht litt, die vor den Bankkunden ausgeführt wurden.

Herr Mongenod erschien selbst eines Abends, und Gottfried fiel dabei eine gewisse familiäre Vertraulichkeit auf, die er im Verein mit tiefem Respekt Herrn Alain ebenso wie den drei andern Pensionären der Frau de la Chanterie bezeigte.

An diesem Abend richtete der Bankier nur einige gleichgültige Fragen an Gottfried: Ob er sich hier wohlfühle, ob er bleiben wolle usw., wobei er ihm empfahl, bei seinem Entschlusse zu verharren.

»Mir fehlt nur eins, um mich glücklich zu fühlen«, sagte Gottfried.

»Und das wäre?«, fragte der Bankier.

»Eine Beschäftigung.«

»Eine Beschäftigung?«, bemerkte der Abbé de Vèze.

»Sie haben also Ihre Absichten geändert? Sie sind doch in unser Kloster gekommen, um hier Ruhe zu suchen?«

»Ruhe ohne die Gebete, die die Klöster beleben, ohne die Meditationen, die die Thebais erfüllte, macht krank«, sagte Herr Joseph belehrend.

»Lernen Sie doch Buchführung«, sagte Herr Mongenod lächelnd, »Sie könnten sich dann in einigen Monaten meinen Freunden sehr nützlich machen ...«

»Oh, mit großem Vergnügen«, rief Gottfried.

Der nächste Tag war ein Sonntag. Frau de la Chanterie wünschte, dass ihr Pensionär sie in das Hochamt begleite.

»Das ist der einzige Zwang, den ich Ihnen aufzuerlegen wünsche«, sagte sie. »Schon manchmal habe ich im Verlauf dieser Woche mit Ihnen von Ihrem Seelenheil sprechen wollen, aber ich hielt den Augenblick dafür noch nicht gekommen. Sie würden sehr in Anspruch genommen werden, wenn Sie an unserer Glaubensbetätigung teilnähmen, denn Sie würden dann auch an unsern Arbeiten teilnehmen.

Bei der Messe fiel Gottfried die Inbrunst der Herren Nikolaus, Joseph und Alain auf; und da er sich während der wenigen Tage ihres Zusammenseins von der Überlegenheit, dem Scharfsinn, der umfassenden Kenntnis und dem bedeutenden Geist der Herren hatte überzeugen können, so kam ihm der Gedanke, dass, wenn sie sich so demütigten, die katholische Religion Geheimnisse in sich bergen müsse, die ihm bisher entgangen waren.

»Schließlich«, sagte er sich, »ist es ja doch die Religion Bossuets, Pascals, Racines, des heiligen Ludwig, Raffaels, Michelangelos, Ximenes', Bayards, du Guesclins, und ich Armseliger kann mich mit diesen Geistern, diesen Staatsmännern, Künstlern, Heerführern doch nicht vergleichen.«

Wenn diese kleinen Einzelheiten nicht wichtige Fingerzeige gäben, wäre es töricht, sich heutzutage damit aufzuhalten; aber sie sind für diese Erzählung unentbehrlich, der unser jetziges Publikum schon schwer genug Glauben schenken wird, und die mit einer fast lächerlich erscheinenden Tatsache beginnt: Mit der Herrschaft einer sechzigjährigen Frau über einen jungen, von allem enttäuschten Mann.

»Sie haben nicht gebetet«, sagte Frau de la Chanterie zu Gottfried an der Tür von Notre-Dame, »für niemanden, nicht einmal für die Seelenruhe Ihrer Mutter.«

Gottfried errötete und schwieg.

»Tun Sie mir die Liebe«, sagte Frau de la Chanterie, »gehen Sie in Ihre Wohnung und kommen Sie erst in einer Stunde in den Salon. Wenn Sie mich lieb haben,« fügte sie hinzu, »so werden Sie über ein Kapitel der ›Nachahmung Christi‹ nachdenken, das erste des dritten Buches, das betitelt ist ›Von dem Gespräch mit sich selbst‹.«

Gottfried empfahl sich kühl und ging in seine Wohnung hinauf.

›Der Teufel soll mich holen!‹, sagte er sich, ernstlich in Wut geratend. ›Was wollen sie denn hier von mir? Was für Machenschaften haben sie vor? ... Alle Weiber, selbst die frommen, sind gleich schlau; und wenn die gnädige Frau‹, meinte er, indem er seine Wirtin so nannte, wie die übrigen Pensionäre es taten, ›mich jetzt nicht haben will, so ist das, weil etwas gegen mich angezettelt werden soll.‹

In solchen Gedanken versuchte er, durch sein Fenster in den Salon zu sehen, aber die örtliche Lage gestattete ihm nicht, etwas zu erkennen. Er stieg eine Etage hinab, kehrte aber schnell wieder zurück, denn er überlegte, dass bei den strengen Grundsätzen der Hausbewohner ein Akt der Spionage ihm sofort die Verabschiedung eintragen würde. Die Achtung der fünf Personen einzubüßen, schien ihm ebenso unerträglich, wie wenn er sich öffentlich entehrt sehen würde. Er wartete etwa drei

Viertelstunden und beschloss dann, Frau de la Chanterie zu überraschen, indem er vor der angegebenen Zeit erschien. Er erfand eine Lüge, um sich zu rechtfertigen: Er wollte sagen, dass seine Uhr nicht richtig gehe, und stellte sie zwanzig Minuten vor. Dann ging er, ohne das leiseste Geräusch zu machen, hinunter. Er gelangte so bis an die Tür des Salons und öffnete sie plötzlich.

Hier sah er einen noch jungen, ziemlich berühmten Mann, einen Dichter, den er häufig in Gesellschaften getroffen hatte, Victor de Vernisset, vor sich, auf ein Knie vor Frau de la Chanterie gesunken und den Saum ihres Kleides küssend. Wäre der Himmel aus Kristall, wie die Alten glaubten, und wäre dieser Himmel krachend zusammengebrochen, so wäre Gottfried davon weniger überrascht worden als von dem Schauspiel, das sich ihm hier bot. Die hässlichsten Gedanken stiegen in ihm auf, und er empfand einen noch fürchterlicheren Stoß, als er bei der ersten sarkastischen Bemerkung, die sich ihm auf die Lippen drängte, Herrn Alain in einer Ecke des Salons wahrnahm, der damit beschäftigt war, Tausendfrankenscheine zu zählen.

Im nächsten Augenblick war Vernisset auf den Beinen, und der gute Alain hielt verdutzt inne. Frau de la Chanterie warf Gottfried einen Blick zu, der ihn erstarren ließ; denn der zweideutige Ausdruck auf dem Gesichte des neuen Gastes war ihm nicht entgangen.

»Der Herr«, sagte sie zu dem jungen Dichter und zeigte auf Gottfried, »gehört zu den Unsrigen ...« »Sie sind sehr glücklich, mein lieber Herr,« sagte Vernisset, »Sie sind gerettet! Gnädige Frau,« wandte er sich dann an Frau de la Chanterie, »und wenn ganz Paris mich so gesehen hätte, so wäre ich glücklich darüber gewesen, nichts kann meine Dankbarkeit gegen Sie wettmachen! ... Ich bin Ihnen für alle Zeiten verpflichtet! Ich gehöre Ihnen ganz und gar. Befehlen Sie mir, was es auch sei, und ich werde gehorchen! Meine Erkenntlichkeit wird unbegrenzt sein. Ich verdanke Ihnen das Leben, es gehört Ihnen ...«

»Na, na«, sagte der gute Alain, »seien Sie vernünftig, junger Mann, arbeiten Sie nur, und vor allem greifen Sie in Ihren Werken niemals die Religion an. Und endlich denken Sie daran, dass Sie eine Schuld übernommen haben!

Und er reichte ihm einen mit den Bankbilletten, die er gezählt hatte, gefüllten Umschlag. Victor de Vernisset hatte die Augen voller Tränen, küsste ehrfurchtsvoll Frau de la Chanterie die Hand und entfernte sich, nachdem er Herrn Alain und Gottfried die Hand gedrückt hatte.

»Sie sind ungehorsam gegen die gnädige Frau gewesen, sagte der Biedermann feierlich mit einem so traurigen Gesicht, wie es Gottfried noch nie bei ihm gesehen hatte, »das ist ein schweres Vergehen; noch ein solches, und wir sind geschiedene Leute ... Das wird sehr hart für Sie sein, da wir Sie unseres Vertrauens für würdig gehalten haben ...«

»Mein lieber Alain«, sagte Frau de la Chanterie, »erweisen Sie mir die Freundlichkeit, über diese Unbesonnenheit zu schweigen ... Man muss nicht zu viel von einem Neuling verlangen, der großes Unglück durchgemacht hat, der keine Religion besitzt, dessen ganzes Sinnen in einer außerordentlich starken Neugierde besteht und der noch kein Vertrauen zu uns hat.«

»Verzeihen Sie mir, gnädige Frau«, erwiderte Gottfried, »von nun ab will ich mich Ihrer würdig erweisen; ich unterwerfe mich jeder Prüfung, die Sie für nötig erachten, bevor Sie mich in die Geheimnisse Ihrer Tätigkeit einweihen, und wenn der Herr Abbé de Vèze es auf sich nehmen will, mich zu erleuchten, so werde ich mich ihm mit Geist und Herz hingeben.«

Diese Worte machten Frau de la Chanterie so glücklich, dass ihre Wangen sich mit einer zarten Röte bedeckten; sie drückte Gottfried die Hand und sagte mit merkwürdiger Erregung: »Es ist gut.«

Abends nach dem Essen sah Gottfried einen Generalvikar der Pariser Diözese, zwei Domherren, zwei ehemalige Pariser Bürgermeister und eine Barmherzige Schwester erscheinen. Es wurde nicht gespielt, die allgemeine Unterhaltung war heiter, ohne oberflächlich zu sein.

Ein Besuch, der Gottfried sehr überraschte, war der der Gräfin Cinq-Cygne, einer Dame der höchsten Aristokratie, deren Salon der Bourgeoisie und den Parvenüs verschlossen war. Die Anwesenheit dieser vornehmen Dame im Salon der Frau de la Chanterie war an sich schon sehr merkwürdig; aber die Art, mit der die beiden Damen sich begrüßten und sich gegeneinander benahmen, war für Gottfried unerklärlich; denn sie bekundete eine Vertraulichkeit und einen ständigen Verkehr, die Frau de la Chanterie eine ungeheure Bedeutung verliehen. Frau de Cinq-Cygne war liebenswürdig und freundschaftlich gegen die vier Freunde ihrer Freundin und respektvoll gegen Herrn Nikolaus. Man sieht, dass Gottfried noch von der gesellschaftlichen Eitelkeit beherrscht war; denn der bis dahin noch immer Unschlüssige beschloss nun, mit oder ohne Überzeugung, alles zu tun, was Frau de la Chanterie und ihre Freunde von ihm verlangen würden, um in ihren Orden aufgenommen oder in ihre Geheimnisse eingeweiht zu werden, wobei er sich nur noch die definitive Entscheidung vorbehielt.

Am andern Morgen begab er sich zu einem Buchhalter, den ihm Frau de la Chanterie bezeichnet hatte, vereinbarte mit ihm die Stunden, in denen sie zusammen arbeiten wollten, und hatte nun seine Zeit vollkommen ausgefüllt; denn der Abbé de Vèze unterrichtete ihn vormittags, zwei Stunden täglich verbrachte er bei dem Buchhalter, und zwischen dem zweiten Frühstück und dem Mittagessen arbeitete er an fingierten Geschäftsbüchern, die sein Lehrer ihn führen ließ.

So vergingen mehrere Tage, bei deren Verlauf Gottfried den Reiz einer Lebensführung empfand, bei der jede Stunde in bestimmter Weise ausgefüllt ist. Die zu festgesetzter Zeit regelmäßig wiederkehrende bekannte Arbeit erklärt das Glück vieler Existenzen und beweist, wie tief die Gründer religiöser Orden über das Wesen des Menschen nachgedacht haben. Gottfried, der sich vorgenommen hatte, den Abbé de Vèze anzuhören, empfand schon Besorgnisse wegen seines künftigen Lebens und fing an zu erkennen, dass er nichts von der schwerwiegenden Bedeutung der religiösen Fragen wusste. Dazu ließ Frau de la Chanterie, bei der er ungefähr eine Stunde nach dem zweiten Frühstück zu verweilen pflegte, ihn täglich neue Schätze ihres Innern entdecken; niemals hatte er eine so vollkommene und so umfassende Güte für möglich gehalten. Eine Frau in dem Alter, das Frau de la Chanterie zu haben schien, besitzt keine der Schwächen junger Frauen mehr; sie ist eine Freundin, die einem alle weibliche Zartheit entgegenbringt, die die Grazie und Feinheit entfaltet, welche die Natur der Frau für den Mann mitgegeben hat, und die sie nicht mehr verkauft: Sie ist abscheulich oder vollkommen; denn alles Verlangen schlummert unter ihrer Oberfläche oder ist abgestorben; und Frau de la Chanterie gehörte zu den Vollkommenen. Sie schien niemals jung gewesen zu sein, ihr Blick erzählte nichts von einer Vergangenheit. Fern davon, Gottfrieds Neugierde zu befriedigen, verdoppelten die immer genauere Bekanntschaft mit diesem erhabenen Charakter und die täglich neuen Entdeckungen sein Verlangen, das frühere Leben dieser Frau kennenzulernen, die ihm wie eine Heilige erschien. Hatte sie jemals geliebt? War sie verheiratet gewesen? War sie Mutter gewesen? Nichts an ihr verriet die alte Jungfer, sie entfaltete alle Reize der Frau von vornehmer Geburt, und man musste aus ihrer robusten Gesundheit, aus der eigentümlichen Art ihrer Unterhaltung auf ein heiliges Leben und auf eine Unkenntnis des Weltgetriebes schließen. Ausgenommen den heiteren Alain, hatten alle diese Menschen Leiden erfahren; aber selbst Herr Nikolaus schien die Palme des Martyriums Frau de la Chanterie zu reichen, und trotzdem wurde die Erinnerung an ihr Unglück so vollkommen von der katholischen Ergebung und ihrer geheimnisvollen Tätigkeit zurückgedrängt, dass sie immer glücklich zu sein schien.

»Sie bedeuten«, sagte Gottfried eines Tages zu ihr, »das Leben für Ihre Freunde, Sie sind das Band, das sie umschlingt, Sie sind sozusagen die häusliche Leiterin eines großen Werkes; und da wir alle sterblich sind, so frage ich mich, was aus ihrer Vereinigung einmal werden soll ohne Sie ...«

»Das macht ihnen auch Sorge; aber die Vorsehung, der wir auch unsern Buchführer zu verdanken haben, sagte sie lächelnd, »wird schon helfen. Übrigens werde ich mich nach Ersatz umsehen.

»Wird Ihr Buchführer bald seinen Dienst in Ihrem Geschäftshause antreten?«, fragte Gottfried lachend.

»Das hängt von ihm ab«, entgegnete sie lächelnd. »Er muss erst wahrhaft gläubig und fromm geworden sein, keinerlei Eigenliebe mehr besitzen, sich nicht um die Reichtümer unseres Hauses bekümmern und daran denken, sich über die kleinlichen gesellschaftlichen Bedenken zu erheben mit den beiden Flügeln, die Gott uns gegeben hat ...«

»Welche sind das ...?«

»Die Einfalt und die Reinheit«, erwiderte Frau de la Chanterie. »Ihre Unkenntnis verrät mir deutlich genug, dass Sie die Lektüre unseres Buches vernachlässigt haben, fuhr sie fort, über die harmlose List lächelnd, mit der sie in Erfahrung gebracht hatte, ob Gottfried in der›Nachahmung Christi‹ las. »Dann aber machen Sie sich die Epistel des heiligen Paulus über die Nächstenliebe zu eigen. Nicht Sie werden uns dienen, sagte sie mit erhabenem Ausdruck, »sondern wir werden Ihnen dienen, und es wird Ihnen erlaubt sein, viel gewaltigere

Reichtümer zu sammeln, als je ein König besessen hat; Sie werden sie genießen, wie wir sie genießen; und lassen Sie mich Ihnen sagen, dass die Schätze Aladins, wenn Sie sich an ›Tausendundeine Nacht‹ erinnern, nichts sind im Vergleich mit dem, was wir besitzen ... Daher wissen wir auch seit einem Jahre nicht mehr, wie wir es machen sollen, wir sind nicht ausreichend dafür, wir müssen einen Buchführer haben ...«

Während sie so sprach, beobachtete sie Gottfrieds Gesicht, der nicht wusste, was er von dieser merkwürdigen Eröffnung halten solle; da er sich aber häufig an die Szene erinnerte, die sich zwischen Frau de la Chanterie und der alten Frau Mongenod abgespielt hatte, so verharrte er zwischen Zweifel und Vertrauen.

»Oh, Sie werden sehr glücklich sein«, sagte sie.

Gottfried wurde dermaßen von Neugier verzehrt, dass er sofort beschloss, die Zurückhaltung der vier Freunde zu besiegen und sie über sie selbst auszufragen. Nun war von allen Hausgenossen der Frau de la Chanterie derjenige, zu dem sich Gottfried am meisten hingezogen fühlte, und der am meisten die Sympathie der Leute jeder Klasse zu gewinnen schien, der gute, heitere, harmlose Alain. In welcher Absicht mochte die Vorsehung dieses treuherzige Wesen in dieses Kloster ohne Gelübdezwang geführt haben, dessen Mönche sich einer festgesetzten Regel unterwarfen, mitten in Paris, ganz freiwillig, aber so, als ob sie den strengsten Oberen hätten? Welches Drama, welches Ereignis hatte sie von ihrem weltlichen Wege hinweggeführt, um mitten durch das Elend der Hauptstadt diesen Pfad zu wandeln?

Eines Abends wollte Gottfried seinem Nachbar einen Besuch machen, mit der Absicht, seine Neugierde zu befriedigen, die durch die Unmöglichkeit irgendwelcher Umwälzung in dieser Existenz mehr erregt wurde als durch die gespannte Erwartung bei der Erzählung einer furchtbaren Episode aus dem Leben eines Seeräubers. Bei dem Worte: Herein!, das auf sein diskretes Anklopfen erfolgte, drehte Gottfried den Schlüssel, der immer im Schloss stak, herum und fand Herrn Alain am Feuer sitzend und vor dem Schlafengehen ein Kapitel in der »Nachahmung Christi« lesend, beim Lichte zweier Kerzen, jede mit einem grünen beweglichen Lampenschirm, wie ihn die Whistspieler benutzen, versehen.

Der Biedermann trug ein langes Beinkleid und einen Schlafrock von hellgrauem Flanell und hatte die Füße am Kamin auf einem Kissen, das ebenso wie seine Pantoffeln von Frau de la Chanterie gestickt war. Sein schönes greises Haupt, wie das eines Mönchs mit feinen weißen Haaren schön umkränzt, hob sich scharf von dem dunklen Hintergrunde des Überzugs seines riesigen Lehnsessels ab.

Herr Alain legte behutsam sein an allen vier Ecken stark abgenutztes Buch auf einen kleinen Tisch mit gedrehten Säulen, wies mit der anderen Hand auf einen andern Sessel für seinen jungen Freund und nahm seine Brille ab, die ihm auf die Nasenspitze gerutscht war.

»Sind Sie leidend, dass Sie zu dieser Stunde Ihre Wohnung verlassen?«, fragte er Gottfried.

»Verehrter Herr Alain«, erwiderte Gottfried freimütig, »ich bin von einer Neugierde geplagt, die ein einziges

Wort von Ihnen sehr unschuldig oder sehr indiskret erscheinen lassen kann; und damit werden Sie genügend beurteilen können, in welchem Sinne ich eine Frage an Sie richten will.«

»Und was ist das für eine Frage? Sagte Alain und sah den jungen Mann beinahe boshaft an.

»Was für ein Ereignis hat Sie bestimmt, das Leben, das Sie hier führen, zu wählen? Denn um sich zu einem solchen Verzicht auf jedes Interesse zu entschließen, muss Einem das weltliche Leben zum Ekel geworden sein, oder man muss in ihm eine Wunde empfangen oder vielleicht einen andern verwundet haben.«

»Wie denn, mein Kind,« entgegnete der Greis und verzog seine breiten Lippen zu einem Lächeln, das seinen roten Mund so liebenswürdig machte, wie das nur ein Malergenie erdenken kann, »kann man nicht vom tiefsten Mitleid ergriffen werden beim Anblick des Elends, das die Mauern von Paris umschließen? Bedurfte der heilige Vincent a Paula des Stachels von Gewissensbissen oder verletzter Eitelkeit, um sich der ausgesetzten Kinder zu erbarmen?«

»Das verschließt mir umso mehr den Mund, als wenn jemals ein Geist dem dieses christlichen Helden ähnlich war, dies sicherlich der Ihrige ist«, antwortete Gottfried.

Trotz der Unempfindlichkeit, die das Alter seiner gelblichen, runzeligen Gesichtshaut verliehen hatte, überzog eine tiefe Röte das Antlitz des Greises; denn es sah aus, als ob er dieses Lob provoziert hätte, woran er bei seiner allen bekannten Bescheidenheit nicht gedacht haben konnte. Gottfried wusste recht gut, dass die Hausgenossen der Frau de la Chanterie keinerlei Gefallen an solchem Weihrauch fanden. Trotzdem war die außergewöhnliche Bescheidenheit des guten Alain von diesem Skrupel mehr beunruhigt als ein junges Mädchen von irgendeinem schlimmen Gedanken.

»Wenn ich auch noch sehr weit hinter seiner moralischen Höhe zurückstehe«, bemerkte Herr Alain, »so bin ich ihm wenigstens in meinem äußern ähnlich ...«

Gottfried wollte etwas erwidern, aber er wurde daran durch eine Bewegung des Alten gehindert, dessen Nase in der Tat so knollig wie die des Heiligen war, und dessen Antlitz, ähnlich dem eines alten Weinbergsarbeiters, wie ein Duplikat des gewöhnlichen runden Gesichts des Begründers der Findelhäuser aussah.

»Was mich anlangt, so haben Sie recht«, fuhr er fort; »meine Berufung zu unserm Werke wurde entschieden durch ein Gefühl der Reue, aus Anlass eines Abenteuers ...«

»Sie, und ein Abenteuer?«, rief Gottfried leise aus, den dieses Wort das, was er dem Alten zuerst antworten wollte, vergessen ließ.

»Oh, wahrhaftig, was ich Ihnen erzählen werde, wird Ihnen gewiss als eine Kleinigkeit, als etwas Unerhebliches erscheinen; aber vor dem Richterstuhl des Gewissens steht es anders damit. Wenn Sie bei Ihrem Wunsche, an unserer Arbeit teilzunehmen, verharren werden, nachdem Sie mich angehört haben, dann werden Sie begreifen, dass das Gefühl im Verhältnis zu der Seelenstärke steht, und dass ein Geschehnis, das einen starken Geist nicht beunruhigt, sehr wohl das Gewissen eines schwachen Christen bedrücken kann.«

Man kann sich schwer vorstellen, welchen Grad die Neugierde des Neophyten nach dieser Art von Vorrede erreicht hatte. Was konnte das Verbrechen dieses Biedermanns sein, den Frau de la Chanterie ihr »Osterlamm« nannte? Das musste ebenso interessant sein wie ein Buch mit dem Titel: »Die Verbrechen eines Lammes.« Vielleicht sind die Lämmer grausam gegen die Kräuter und Blumen? Nach der Meinung eines der gemäßigtsten Republikaner dieser unserer Zeit ist auch der beste Mensch immer noch grausam gegen irgendetwas. Aber der gute Alain! Er, der, wie der Onkel Tobias Sternes, eine Fliege, die ihn zwanzigmal gestochen hatte, nicht töten konnte. Und diese edle Seele war von Reue gefoltert!

Diese Überlegung füllte die Pause aus, die der Greis nach den Worten: »Hören Sie mich an!« machte, während er sein Kissen Gottfried unter die Füße schob, damit er es mit ihm teile.

»Ich war damals etwas über dreißig Jahre alt«, sagte er, »es war im Jahre 98, wie mir erinnerlich ist, eine Zeit, wo junge Leute die Erfahrung Sechzigjähriger haben mussten. Eines Morgens um neun Uhr, kurz vor meinem Frühstück, meldet mir meine alte Wirtschafterin einen der wenigen Freunde, die ich mir inmitten der Revolutionsstürme noch erhalten hatte. Mein erstes Wort war daher, ihn zum Frühstück einzuladen. Mein Freund, er hieß Mongenod, ein junger Mann von achtundzwanzig Jahren, nahm an, aber sichtlich bedrückt; ich hatte ihn seit dem Jahre 1793 nicht gesehen ...«

»Mongenod? ...«, rief Gottfried aus, »der ...«

»Wenn Sie das Ende vor dem Anfang erfahren wollen«, bemerkte der Alte lächelnd, »wie soll ich Ihnen dann meine Geschichte erzählen?«

Gottfried machte ein Zeichen, das absolutes Stillschweigen versprach.

»Als Mongenod sich gesetzt hatte«, fuhr der gute Alain fort, »bemerkte ich, dass seine Schuhe furchtbar abgenutzt waren. Seine getüpfelten Strümpfe waren so oft gewaschen worden, dass ich sie nur mit Mühe als seidene erkennen konnte. Sein aprikosenfarbenes Kaschmirbeinkleid, das jede Frische verloren hatte, zeigte, wie lange es getragen war, was noch durch die verblichene Farbe an den am meisten gefährdeten Stellen bezeugt wurde, und die Schnallen schienen mir, statt von Stahl, von gewöhnlichem Eisen zu sein; die der Schuhe zeigten das gleiche Metall. Seine weiße geblümte Weste, die vom Tragen gelb geworden, wie sein Hemd, dessen steifes Jabot zerknittert war, verrieten ein schreckliches, aber verheimlichtes Elend. Das Aussehen seiner Huppelande (so nannte man damals einen Überzieher mit nur einem Kragen, nach Art eines Mantels à la Crispin) vollendete bei mir den Eindruck, dass mein Freund ins Unglück geraten war. Dieser außerordentlich schäbige Mantel von nussbraunem Tuch, der aufs Peinlichste abgebürstet war, hatte einen von Pomade oder Puder befleckten Kragen und rot gewordene Metallknöpfe. Der ganze schäbige Anzug war so jammervoll, dass ich ihn nicht länger zu betrachten wagte. Sein Klapphut, eine Art halbrunder Filz, den man damals nicht auf dem Kopf, sondern unter dem Arm zu tragen pflegte, musste schon mehrere Regierungen erlebt haben. Trotzdem musste mein Freund eben einige Sous bei einem Barbier ausgegeben haben, denn er war frisch rasiert. Und sein Haar, hinten zusammengenommen, mit einem Kamm festgehalten und stark gepudert, roch nach Pomade. Ich nahm auch zwei parallele Uhrketten aus matt gewordenem Stahl an seiner Hose wahr, aber keine Spur einer Taschenuhr an seiner Westentasche. Es war Winter, und Mongenod besaß keinen warmen Mantel, denn mehrere dicke Tropfen von geschmolzenem und von den Dächern, an denen er entlang gegangen sein musste, herabgefallenem Schnee rannen von dem Kragen seiner Huppelande herunter. Als er seine Handschuhe von Kaninchenfell auszog, sah ich au seiner rechten Hand die Spuren von Arbeit, aber von mühseliger Arbeit. Sein Vater, Advokat beim Großen Rat, hatte ihm einiges Vermögen hinterlassen, das ihm eine Rente von fünf bis sechstausend Franken abwarf. Ich begriff sofort, dass Mongenod gekommen war, um mich anzuborgen. Ich besaß in einem Versteck zweihundert Louisdor, eine für die damalige Zeit enorme Summe, denn sie betrug ich weiß nicht wie viele Hunderttausend Franken Assignaten. Mongenod und ich hatten dieselbe Schule besucht, bei den Grassins, und uns dann bei demselben Anwalt wiedergefunden, einem ehrenwerten Manne, dem guten Bordin. Wenn man seine Jugend mit einem Kameraden zusammen verbracht und die gleichen Jugendtorheiten gemacht hat, so entsteht eine nahe, fast geheiligte Sympathie zwischen ihm und uns, seine Stimme, sein Blick schlagen gewisse Saiten in unserm Herzen an, die nur unter dem Eindruck der dabei wiedererwachenden Erinnerungen erklingen. Wenn man auch Grund zur Klage über einen solchen Kameraden hat, so sind damit doch noch nicht alle Freundschaftsrechte verjährt. Aber es hatte zwischen uns auch nicht die geringste Entzweiung stattgefunden. Beim Tode seines Vaters im Jahre 1787 war Mongenod reicher als ich; wenn ich auch nie etwas von ihm geliehen hatte; so hatte ich ihm doch gewisse Annehmlichkeiten zu verdanken, die die väterliche Strenge mir versagte. Ohne meinen freigebigen Kameraden hätte ich die erste Vorstellung von ›Figaros Hochzeit‹ nicht sehen können. Mongenod war damals, was man einen charmanten Kavalier nannte, er hatte auch galante Abenteuer; ich hatte an ihm zu tadeln, dass er zu leicht Freundschaft schloss und zu entgegenkommend war; seine Börse stand andern zu leicht offen, er lebte auf großem Fuße, er hätte jedem als Sekundant gedient, den er nur zweimal gesehen hatte ... – Ach, Sie haben mich da auf die Wege meiner Jugend zurückgelockt«, rief der gute Alain aus, sah Gottfried lustig lächelnd an und machte eine Pause.

»Sind sie mir deshalb böse?«, sagte Gottfried.

»Ach nein! Aber an der Ausführlichkeit meiner Erzählung können Sie sehen, welche Rolle dieses Ereignis in meinem Leben gespielt hat ... Mongenod, ein vortreffliches Herz und ein mutiger Mann, ein wenig Voltairianer, war geschaffen, als vornehmer Herr aufzutreten«, fuhr Alain in seiner Erzählung fort; »seine Erziehung bei den Grassins, wo er mit adligen Kameraden zusammen aufwuchs, und seine galanten Beziehungen hatten ihm das abgeschliffene Auftreten der Leute, die man damals Aristokraten nannte, beigebracht. Sie können sich daher vorstellen, wie groß meine Überraschung war, als ich nun bei ihm alle Anzeichen eines Elends wahrnahm, die den jungen eleganten Mongenod von 1787 so verändert erscheinen ließen, sobald meine Blicke sich von seinem Gesicht auf seine Kleidung richteten. Da aber in dieser unseligen Zeit manche schlauen Menschen äußerlich elend auftraten und genügend Gründe für andere vorlagen, sich zu verkleiden, so erwartete ich eine Aufklärung, die ich direkt erbat. ›Wie siehst du denn aus, mein bester Mongenod?‹, sagte ich und nahm eine Prise Tabak, die er mir in einer Tabaksdose aus nachgemachtem Gold anbot. ›Sehr traurig‹, erwiderte er. ›Es ist mir nur noch ein Freund geblieben ... und dieser Freund bist du. Ich habe alles versucht, um diesen Schritt zu vermeiden, aber ich komme jetzt, um hundert Louisdor von dir zu verlangen. Das ist eine große Summe‹, sagte er, als er mein Erstaunen bemerkte; ›aber wenn du mir nur fünfzig geben würdest, so wäre ich außerstande, sie dir jemals zurückzugeben, während, wenn mir das, was ich vorhabe, missglückt, mir immer noch fünfzig Louisdor bleiben, um mein Glück auf einem andern Wege zu versuchen; ich weiß augenblicklich noch nicht, was die Verzweiflung mir dann anraten wird.‹ ›Du hast nichts mehr?‹, fragte ich. ›Ich besitze noch‹, bemerkte er, indem er eine Träne zurückdrängte, ›fünf Sous, die ich auf mein letztes Geldstück herausbekommen habe. Um bei dir erscheinen zu können, habe ich mir die Stiefel putzen und mich frisieren lassen. Ich besitze nur das, was ich an mir trage. Aber‹, fuhr er fort und machte eine Bewegung, ›ich schulde meiner Wirtin tausend Taler Assignaten, und unser Garkoch gibt mir seit gestern keinen Kredit mehr. Ich bin also ohne jedes Hilfsmittel.‹ ›Und was gedenkst du zu tun?‹, sagte ich, mich schon in Dinge einmischend, die er allein zu entscheiden hatte. ›Mich als Soldat anwerben zu lassen, wenn du mir meine Bitte abschlägst.‹ ›Du Soldat, du, Mongenod?‹ ›Ich werde fallen oder der General Mongenod werden.‹ – ›Nun‹, sagte ich tiefbewegt, ›frühstücke in Ruhe mit mir, ich bin im Besitze von hundert Louisdor ...‹ Ich hielt es hierbei«, sagte der Biedermann mit einem schlauen Blick auf Gottfried, »für nötig, als Darleiher ein bisschen zu lügen.«

›Das ist alles, was ich auf der Welt besitze‹, sagte ich zu Mongenod, ›ich wartete auf den Moment, wo die Staatsanleihen so tief als möglich ständen, um dieses Geld darin anzulegen; aber ich will es dir übergeben, und du wirst mich als deinen Sozius ansehen, ich überlasse es deiner Rechtschaffenheit, wann und wo du mir das Ganze zurückgeben wirst. Das Gewissen eines Ehrenmannes‹, fuhr ich fort, ›ist das sicherste Staatsschuldenbuch.‹ Mongenod sah mich bei diesen Worten starr an und schien sie in sein Herz einzugraben. Er streckte seine rechte Hand aus, ich legte meine Linke hinein, und wir drückten uns die Hände, ich tiefbewegt, er, ohne diesmal zwei dicke Tränen zurückzuhalten, die an seinen abgezehrten Wangen herabrannen. Der Anblick dieser Tränen zerriss mir das Herz. Ich wurde noch mehr ergriffen, als Mongenod in diesem Augenblick, alles vergessend, ein schlechtes, ganz zerrissenes indisches Taschentuch herauszog, um sich die Augen abzutrocknen. – ›Bleib hier‹, sagte ich zu ihm und ging eilig zu meinem Versteck, so tiefbewegt, als ob ich eine Frau mir ihre Liebe hätte gestehen hören. Und ich kam zurück mit zwei Goldrollen, jede zu fünfzig Louisdor. – ›Hier, zähl sie nach ...‹ Er wollte sie nicht zählen und blickte um sich, um ein Schreibzeug zu suchen und mir, wie er sagte, eine Quittung auszustellen. Ich weigerte mich rundweg, irgendein Schriftstück an mich zunehmen. – ›Wenn ich sterben sollte‹, sagte ich zu ihm, ›würden meine Erben dich drängen. Das muss unter uns bleiben.‹ Als er sah, was er für einen Freund an mir besaß, verschwand der Ausdruck von Kummer und Angst auf Mongenods Gesicht, und er wurde heiter. Meine Wirtschafterin servierte uns Austern, Weißwein, eine Omelette, geröstete Nieren, den Rest einer Pastete aus Chartres, die meine alte Mutter mir geschickt hatte, dann den Nachtisch, Kaffee und Inselliköre. Mongenod, der seit zwei Tagen nichts gegessen hatte, lebte wieder auf. Wir sprachen über unser Leben vor der Revolution und blieben bis drei Uhr nachmittags bei Tische als die besten Freunde von der Welt sitzen. Mongenod erzählte mir, wie er sein Vermögen verloren hatte. Zuerst hatte ihm die Verkürzung der städtischen Renten zwei Drittel seines Einkommens genommen, denn sein Vater hatte den größten Teil seines Vermögens in Stadtanleihen angelegt; dann, nachdem er sein Haus in der Rue de Savoie verkauft hatte, war er gezwungen worden, den Preis in Assignaten entgegenzunehmen; er hatte sich damals in den Kopf gesetzt, eine Zeitung herauszugeben, ›Die Schildwache‹, nach deren sechsmonatigem Erscheinen er genötigt war, zu fliehen. Jetzt setzte er seine ganze Hoffnung auf eine komische Oper, betitelt ›Die Peruaner‹. Dieses letzte Bekenntnis ließ mich erzittern. Mongenod als Theaterdichter, der vorher sein Geld in seiner ›Schildwache‹ begraben hatte und jetzt sicherlich beim Theater lebte, in Beziehungen zu den Sängern des Theaters Feydeau, mit Musikern und der eigenartigen Gesellschaft, die sich hinter dem Vorhang verbirgt, fehlen mir nicht mehr derselbe Mongenod zu sein. Ich empfand ein leichtes Frösteln. Aber wie sollte ich meine hundert Louisdor wieder zurücknehmen? Ich sah die beiden Rollen in jeder Tasche seiner Hose stecken wie zwei Pistolenläufe. Mongenod entfernte sich. Als ich mich allein sah, nicht mehr vor dem Bilde dieses bitteren, furchtbaren Elends, musste ich gegen meinen Willen Erwägungen anstellen, indem ich nüchtern wurde: ›Mongenod‹, dachte ich jetzt, ›ist sicher tief verdorben, er hat mir eine Komödie vorgespielt.‹ Seine Fröhlichkeit, als er gesehen hatte, wie ich ihm gutmütig eine so riesige Summe gab, schien mir der Freude der Diener im Lustspiel zu gleichen, die irgendeinen Geronte erwischt haben. Ich endete damit, womit ich hätte anfangen sollen, ich beschloss, Erkundigungen über meinen Freund Mongenod einzuziehen, der mir seine Adresse auf die Rückseite einer Spielkarte geschrieben hatte. Aus Zartgefühl wollte ich ihn nicht schon am nächsten Tage aufziehen; er hätte in meiner Eile ein Zeichen von Misstrauen sehen können. Zwei Tage später nahmen andere Sorgen mich völlig in Anspruch, und erst nach vierzehn Tagen begab ich mich, da ich Mongenod nicht mehr zu sehen bekommen hatte, eines Morgens aus dem Croix-Rouge, wo ich wohnte, nach seiner Wohnung in der Rue des Moineaux. Mongenod hauste in einem möblierten Hause unterster Sorte, dessen Vermieterin eine sehr anständige Frau war, die

Witwe eines Generalpächters, der auf dem Schafott geendet hatte, die, vollständig ruiniert, mit einigen Louisdor sich dem aussichtsreichen Gewerbe einer Zimmermieterin zugewendet hatte. Sie hat seitdem sieben Häuser im Viertel Saint-Roch innegehabt und ein Vermögen
erworben. – ›Der Bürger Mongenod ist nicht anwesend‹,
sagte mir die Dame, ›aber es sind Leute bei ihm oben‹.
Diese Äußerung erregte meine Neugierde. Ich stieg in
das fünfte Stockwerk hinauf. Eine reizende Person öffnete mir die Tür ... Oh, eine junge Person von wunderbarster Schönheit, die ziemlich argwöhnisch auf der Schwelle der halb geöffneten Tür verharrte. ›Ich bin Alain,
Mongenods Freund‹, sagte ich. Sogleich öffnet sich die
Tür völlig, und ich trete in eine abscheuliche Bodenkammer ein, die aber trotzdem von der jungen Person
sehr sauber gehalten war. Sie schiebt mir einen Stuhl vor
einen Kamin voller Asche, aber ohne Feuer, in dessen
Winkel ich eine gewöhnliche irdene Wärmpfanne erblicke. Es war eisig kalt. ›Ich bin sehr glücklich, mein Herr‹,
sagte sie, ergriff meine Hand und drückte sie liebevoll,
›dass ich Ihnen meine Dankbarkeit bezeugen kann, denn
Sie sind unser Retter. Ohne Sie hätte ich Mongenod vielleicht nie wiedergesehen ... Er hätte sich ... ach! ... ins
Wasser gestürzt. Er war in Verzweiflung, als er Sie aufsuchen ging ...‹ Als ich die junge Person genauer betrachtete, war ich ziemlich erstaunt darüber, dass sie
rings um den Kopf einen Schal trug und dass am Hinterkopf und an den Schläfen ein dunkler Schatten erschien; als ich näher hinsah, entdeckte ich, dass ihr
Haupt geschoren war. ›Sind Sie leidend?‹, fragte ich mit
Bezug auf dieses seltsame Aussehen. ›Jawohl‹, bemerkte

sie hastig, ›ich hatte furchtbare Kopfschmerzen und war genötigt, mein schönes Haar, das mir bis auf die Hacken reichte, abzuschneiden.‹ ›Habe ich die Ehre, mit Frau Mongenod zu sprechen?‹, fragte ich. ›Jawohl, mein Herr‹, erwiderte sie und warf mir einen wahren Engelsblick zu. Ich empfahl mich der armen kleinen Frau und ging hinunter, um die Hauswirtin auszuforschen, aber diese war weggegangen. Ich hatte den Eindruck, dass die junge Frau ihr Haar hatte verkaufen müssen, um Brot anzuschaffen. Stehenden Fußes ging ich zu einem Holzhändler und schickte ihr eine halbe Klafter Holz, wobei ich den Träger und die Holzschneider bat, der kleinen Frau eine quittierte, auf den Namen des Bürgers Mongenod ausgestellte Quittung zu übergeben. –

Hier endet die Periode dessen, was ich lange Zeit hindurch ›meine‹ Dummheit genannt habe«, sagte der gute Alain, faltete die Hände und erhob sie ein wenig, als wollte er mit dieser Bewegung seine Reue ausdrücken.

Gottfried konnte ein Lächeln nicht unterdrücken, aber dieses Lächeln beruhte, wie man sehen wird, auf einem großen Irrtum.

»Zwei Tage darauf«, fuhr der gute Alte fort, »begegnete ich einer von den Personen, die Einem weder befreundet noch gleichgültig sind, zu denen man entfernte Beziehungen hat, die man eben ›eine Bekanntschaft‹ nennt, einen Herrn Barillaud, der sich bei der zufälligen Erwähnung der ›Peruaner‹ als Freund des Autors bezeichnete. ›Du kennst den Bürger Mongenod?‹, sagte ich.

»Damals waren wir alle verpflichtet, uns zu duzen «, bemerkte Alain in Parenthese.

»Dieser Bürger sah mich an«, nahm Alain seine Erzählung wieder auf, »und rief: ›Ich wollte, ich hätte ihn nie gekannt, denn er hat wiederholt Geld von mir entliehen und bezeigt mir Freundschaft genug, um es mir nicht wiederzugeben. Das ist ein merkwürdiger Kerl, ein guter Junge, aber voller Illusionen! ... Oh, er besitzt eine glühende Einbildungskraft. Ich will ihm Gerechtigkeit widerfahren lassen: er hat nicht die Absicht, zu betrügen; aber da er sich selbst über alles täuscht, kommt er schließlich dazu, sich wie ein Betrüger aufzuführen.‹ ›Aber wie viel schuldet er dir denn? ›Ach, etliche Hundert Taler ... Er ist ein Verschwender. Niemand weiß, wo sein Geld hinkommt, vielleicht weiß er es selbst nicht.‹ ›Besitzt er Hilfsquellen? ›Oh ja‹, sagte Barillaud lachend. ›Augenblicklich spricht er davon, dass er Ländereien bei den Wilden in den Vereinigten Staaten kaufen will.‹ Ich trug diesen Tropfen Essig, den die üble Nachrede mir eingeträufelt hatte, mit mir fort und ließ alle meine guten Vorsätze davon anfressen. Ich suchte meinen alten Chef auf, um seinen Rat einzuholen. Kaum hatte ich ihm das Geheimnis meiner Geldleihe an Mongenod und die Art, wie ich dabei verfahren war, mitgeteilt, so rief er aus: ›Was! Einer von meinen Gehilfen bekommt so etwas fertig? Sie hätten das doch auf den nächsten Tag hinausschieben und zu mir kommen müssen. Da hätten Sie erfahren, dass ich Mongenod nicht mehr empfange. Schon seit einem Jahre hat er von mir mehr als hundert Taler in Silber entliehen, einen enormen Betrag! Und drei Tage, bevor er Sie zu diesem Frühstück besuchte, ist er mir auf der Straße begegnet und hat mir sein Elend mit so erschütternden Worten geschildert, dass ich ihm zwei Louisdor gegeben habe!‹ ›Wenn ich das Opfer eines geschickten Komödianten geworden bin, umso schlimmer für ihn, nicht für mich‹, sagte ich. ›Aber was soll ich nun tun?‹ ›Wenigstens müssen Sie von ihm ein Anerkenntnis bekommen, denn ein Schuldner, wie faul er auch sein mag, kann einmal wieder fein werden, und dann erhält man sein Geld wieder.‹ Daraufhin holte Bordin aus einer Mappe seines Schreibtisches einen Umschlag, auf dem der Name Mongenod stand, und zeigte mir drei Empfangsbescheinigungen, jede über hundert Franken. ›Sobald er wiederkommt, werde ich die Zinsen hinzurechnen, die zwei Louisdor, die ich ihm gegeben habe, und das, worum er mich noch bitten wird; dann muss er mir über alles eine Bescheinigung ausstellen mit dem Anerkenntnis, dass die Zinsen vom Tage des Leihens ab laufen. So ist die Sache wenigstens ordnungsmäßig, und ich habe die Möglichkeit, wieder einmal zu meinem Gelde zu kommen.‹ ›Könnten Sie nicht‹, sagte ich zu Bordin, ›meine Sache ebenso ordnen? Sie sind ein Ehrenmann, und was Sie machen, ist richtig.‹ ›Auf diese Weise bleibt man Herr des Schlachtfeldes‹, erwiderte mir der frühere Anwalt. ›Wenn man so handelt, wie Sie es getan haben, ist man einem Menschen ausgeliefert, der sich über Sie lustig machen kann. Ich will aber nicht, dass man sich über mich lustig mache! Einen früheren Anwalt am Châtelet zum Narren halten! ... Unsinn! Jeder Mensch, dem Sie Geld borgen, wie Sie es unbedacht Ihrem Mongenod geliehen haben, glaubt nach Verlauf einer gewissen Zeit, dass es ihm gehöre. Es ist nicht mehr

Ihr Geld, sondern sein Geld, und Sie werden sein Gläubiger, also ein unbequemer Mann. Der Schuldner sucht sich dann Ihrer zu entledigen, indem er sich mit seinem Gewissen abfindet; und fünfundsiebzig von hundert solchen Menschen werden sich bemühen, Ihnen für den Rest ihrer Tage nicht wieder zu begegnen ..,‹ Sie meinen also, dass es unter hundert Menschen nur fünfundzwanzig anständige gibt?‹ ›Habe ich so viele gesagt?‹, bemerkte er mit boshaftem Lächeln. ›Das ist viel.‹ Vierzehn Tage später erhielt ich einen Brief, in dem Bordin mich bat, zu ihm zu kommen, um meine Papiere in Empfang zu nehmen. Ich ging zu ihm. ›Ich habe versucht, Ihnen fünfzig Louisdor wieder zurückzuholen‹, sagte er zu mir (ich hatte ihm meine Unterhaltung mit Mongenod mitgeteilt). ›Aber die Vögel sind davongeflogen. Sagen Sie Ihren Goldstücken Lebewohl! Ihre Kanarienvögel sind nach wärmeren Gegenden gezogen. Wir haben es mit einem Schwindler zu tun. Hat er nicht mir gegenüber behauptet, dass seine Frau und sein Schwiegervater nach den Vereinigten Staaten gegangen sind, um dort mit sechzig von Ihren Louisdor Grundstücke zu kaufen, und dass er dort mit ihnen zusammenzutreffen gedenke, das heißt also, um ein Vermögen zu erwerben und dann zurückzukommen, um seine Schulden zu bezahlen, deren vollständiges ordnungsmäßiges Verzeichnis er mir übergeben hat, mit der Bitte, ihn wissen zu lassen, was aus seinen Gläubigern inzwischen geworden ist. Hier ist das genaue Verzeichnis‹, sagte Bordin und zeigte mir einen Umschlag, auf dem die Gesamtsumme angegeben war: ›Siebzehntausend Franken in Silber‹, sagte er, ›eine Summe, für die man ein Haus haben kann, das eine Rente von zweitausend Talern abwirft!‹ Und nachdem er das Aktenstück wieder verwahrt hatte, übergab er mir einen Wechsel über den Betrag von hundert Louisdors, umgerechnet in Assignaten, nebst einem Briefe, in dem Mongenod anerkannte, hundert Louisdors in Gold empfangen zu haben und mir auch deren Zinsen zu schulden. – ›Meine Sache ist also in Ordnung‹, sagte ich zu Bordin. ›Er kann Ihnen die Schuld nicht ableugnen‹, erwiderte mein ehemaliger Chef; ›aber wo nichts ist, da hat der König, das heißt das Direktorium, sein Recht verloren.‹ Nach diesen Worten entfernte ich mich. In dem Glauben, in einer Weise; die der Strafbarkeit nicht unterliegt, bestohlen worden zu sein, entzog ich Mongenod meine Achtung und tröstete mich recht philosophisch.

Wenn ich solches Gewicht auf diese so gewöhnlichen und anscheinend so unerheblichen Einzelheiten lege, so geschieht das nicht ohne Absicht,« fuhr der Biedermann fort und sah Gottfried an; »ich versuche, Ihnen zu erklären, weshalb ich dazu veranlasst wurde, so wie die Mehrzahl der Menschen zu handeln, auf gut Glück und unter Verachtung der Grundsätze, die selbst die Wilden bei den unbedeutendsten Dingen beobachten. Viele Leute würden sich damit rechtfertigen, dass sie sich auf einen würdigen Mann wie Bordin berufen; aber heute finde ich keine Entschuldigung dafür. Wenn es sich darum handelt, einen unseresgleichen zu verdammen und ihm für immer unsere Achtung zu entziehen, darf man sich nur auf sich selbst berufen,, und auch das kaum! ... Dürfen wir aus unserm Herzen ein Tribunal machen, vor das wir unsern Nächsten laden? Aufgrund welchen Gesetzes? Und nach welchem Bewertungsmaßstab? Was bei uns Schwäche ist, ist das nicht Stärke bei unseren Nachbarn? So viele Wesen, so viele verschiedene Maßstäbe für jede Tatsache, denn es gibt nicht zwei gleiche Geschehnisse innerhalb der Menschheit. Die Gesellschaft allein hat das Recht der Unterdrückung gegenüber ihren Gliedern; denn das Recht zur Bestrafung bestreite ich ihr: Unterdrücken genügt, und auch das bringt noch Grausamkeit genug mit sich. Als ich diese Ansichten eines Pariser Kindes hörte und dabei die Klugheit meines früheren Chefs bewunderte, verurteilte ich also Mongenod«, fuhr Alain in seiner Geschichte fort, nachdem er seine edlen Folgerungen daraus gezogen hatte. »Man kündigte die Aufführung der ›Peruaner‹ an. Ich erwartete, von Mongenod eine Eintrittskarte für die erste Vorstellung zu erhalten; ich maßte mir eine Art von Oberherrlichkeit über ihn an. Mein Freund erschien mir, weil er Geld von mir geliehen hatte, wie eine Art von Vasall, der mir eine Menge von Dingen schuldete, abgesehen von den Zinsen meines Geldes. So pflegen wir zu handeln! Mongenod sandte mir nun nicht nur keine Eintrittskarte, sondern ich sah ihn auch von Weitem in der dunklen Passage unter dem Theater Feydeau, gut, beinahe elegant gekleidet; er tat, als ob er mich nicht bemerkt hätte; dann, als er mich überholt hatte, und ich ihm nacheilen wollte, war mein Schuldner in einer Querpassage verschwunden. Dieser Umstand ärgerte mich sehr. Und mein Ärger wurde, fern davon, zu verschwinden, mit der Zeit noch größer, und zwar deshalb: Einige Tage nach dieser Begegnung schrieb ich an Mongenod etwa folgende Zeilen: ›Lieber Freund, Sie dürfen nicht annehmen, dass alles Gute und Schlimme, was Ihnen passiert, mir gleichgültig ist. Sind Sie mit dem Erfolg der ›Peruaner‹ zufrieden? Sie haben mich, was Ihr Recht war, bei der ersten Vorstellung, wo ich lebhaft geklatscht haben würde, vergessen. Wie dem auch sei, ich wünsche, dass Sie ein Peru finden möchten, denn ich habe jetzt eine Gelegenheit für die Anlage meines Geldes gefunden und rechne auf Sie am Verfalltage. Ihr Freund Alain.‹ Nachdem ich vierzehn Tage ohne eine Antwort hierauf geblieben war, begab ich mich nach der Rue des Moineaux. Die Wirtin teilte mir mit, dass die kleine Frau tatsächlich mit ihrem Vater zu der Zeit, die Mongenod Bordin angegeben hatte, abgereist war. Mongenod verlasse seine Dachkammer früh sehr zeitig und komme erst spät in der Nacht heim. So vergingen weitere vierzehn Tage, dann schrieb ich folgenden neuen Brief an Mongenod: ›Mein lieber Mongenod, ich sehe Sie nicht, und Sie antworten nicht auf meine Briefe; ich verstehe Ihr Verhalten nicht. Was würden Sie von mir denken, wenn ich mich so gegen Sie benähme?‹ Ich unterschrieb nicht mehr: ›Ihr Freund‹, sondern nur: ›Viele Grüsse.‹ Ein Monat verging, ohne dass ich irgendeine Nachricht von Mongenod erhielt. Die ›Peruaner‹ hatten nicht den großen Erfolg gehabt, auf den Mongenod gerechnet hatte. Ich ging auf meine Kosten zur zwanzigsten Aufführung, es war wenig Publikum da. Frau Scio spielte gleichwohl vortrefflich. Im Foyer erzählte man mir, dass das Stück nur noch einige Male gegeben werden würde. Siebenmal zu verschiedenen Zeiten ging ich zu Mongenod, ohne ihn anzutreffen, und jedes Mal hinterließ ich meinen Namen bei seiner Wirtin. Dann schrieb ich ihm: ›Mein Herr, wenn Sie nicht auch noch meine Achtung einbüßen wollen, nachdem Sie meine Freundschaft eingebüßt haben, dann werden Sie mich jetzt wie einen Fremden behandeln, das heißt mit Höflichkeit, und mir mitteilen, ob Sie in der Lage sind, Ihren Wechsel einzulösen. Ich werde mich entsprechend Ihrer Antwort hierauf verhalten. Ihr ergebener Alain.‹ – Keine Antwort. Wir schrieben damals 1799; in zwei Monaten wäre bereits ein Jahr verflossen gewesen. Am Verfalltage suchte ich Bordin auf. Bordin nahm den Wechsel an sich, ließ ihn protestieren und einklagen. Die unglücklichen Feldzüge der französischen Armeen hatten die Kurse derart herabgedrückt, dass man die Fünffrankenrente für sieben Franken kaufen konnte. Für die hundert Louisdor in Gold hätte ich also fast fünfzehnhundert Franken Rente haben können. Alle Morgen, wenn ich meinen Kaffee trank, sagte ich beim Lesen der Zeitung: ›Verdammter Mongenod! Ohne ihn hätte ich jetzt tausend Taler Rente gehabt!‹ Mongenod war mein Sündenbock geworden, ich wetterte gegen ihn, wenn ich durch die Straßen ging. – ›Bordin ist ja da‹, sagte ich mir, ›er wird ihn schon fassen, und das geschieht ihm recht!‹ Mein Hass entlud sich in Verwünschungen, ich verfluchte diesen Menschen und dichtete ihm alle Laster an. Oh, Herr Berillaud hatte ganz recht mit allem, was er mir über ihn gesagt hatte. Endlich eines Morgens sehe ich meinen Schuldner hereintreten, nicht verlegener, als wenn er mir keinen Centime geschuldet hätte; als ich ihn so sah, empfand ich all die Scham, die er hätte fühlen müssen. Ich war wie ein auf frischer Tat ertappter Verbrecher. Mir war übel zumute. Der 18. Brumaire war gewesen, alles ging vortrefflich, die Staatspapiere stiegen. Bonaparte war abgereist, um die Schlacht von Marengo zu schlagen. – ›Es ist bedauerlich, mein Herr‹, sagte ich zu Mongenod, den ich stehend empfing, ›dass ich Ihren Besuch nur dem Drängen des Gerichtsvollziehers zu verdanken habe.‹ Mongenod nahm einen Stuhl und setzte sich. ›Ich komme, um dir mitzuteilen‹, antwortete er, ›dass ich außerstande bin, dich zu bezahlen.‹ ›Sie haben es mir unmöglich gemacht, mein Geld vor der Rückkehr des Ersten Konsuls anzulegen, zu einer Zeit, wo ich mir damit ein kleines Vermögen geschaffen hätte ...,‹ ›Das weiß ich, Alain‹, sagte er, ›das weiß ich. Aber was hat es für einen Zweck, mich zu verklagen und mich durch die mir auferlegten Kosten noch mehr mit Schulden zu belasten? Ich habe Nachrichten von meinem Schwiegervater und meiner Frau erhalten, sie haben Grundstücke gekauft und mir ein Verzeichnis der für ihre Einrichtung notwendigen Sachen geschickt; ich habe alle meine Mittel für diese Anschaffungen verwenden müssen. Jetzt werde ich, ohne dass mich jemand daran hindern kann, auf einem holländischen Schiff in Vlissingen, wohin ich alle meine geringe Habe gesandt habe, abfahren. Bonaparte hat die Schlacht bei Marengo gewonnen, der Frieden wird unterzeichnet werden, ich kann ohne Besorgnis mich mit meiner Familie vereinigen, denn meine teure kleine Frau war bei ihrer Abreise schwanger.‹ ›Sie haben mich also Ihren Interessen geopfert? ...‹, sagte ich. ›Jawohl‹, erwiderte er, ›denn ich habe geglaubt, Sie seien mein Freund.‹ In diesem Moment fühlte ich mich niedriger als Mongenod, so erhaben erschien er mir, als er dieses einfache und doch so bedeutungsvolle Wort sprach. ›Habe ich das Ihnen nicht gesagt?‹, fuhr er fort. ›War ich nicht voller Offenherzigkeit gegen Sie, hier, an dieser selben Stelle? Ich war zu Ihnen gekommen, Alain, als zu dem einzigen Menschen, der mich verstehen konnte. Fünfzig Louisdor, habe ich gesagt, würden verloren sein; aber hundert würde ich Ihnen zurückgeben. Ich habe keinen Termin dafür genannt; konnte ich den Tag wissen, an dem mein langer Kampf mit dem Unglück enden würde? Sie waren mein letzter Freund. Alle meine andern Freunde, selbst unser alter Chef Bordin, verachteten mich, weil ich Geld von ihnen entliehen hatte. Oh, Sie kennen das furchtbare Gefühl nicht, Alain, das dem ehrenhaften Manne, der mit dem Unglück kämpft, das Herz zusammenpresst, wenn er zu jemandem um Hilfe bitten kommt! ... und alles, was sich daraus ergibt! Ich wünsche Ihnen, dass Sie es niemals kennenlernen mögen, es ist schauerlicher als die Todesangst. Sie haben mir Briefe geschrieben, die von meiner Seite in der gleichen Lage Ihnen sehr gehässig erschienen wären. Sie haben von mir Dinge erwartet, die für mich außerhalb jeder Möglichkeit lagen. Sie sind der einzige, vor dem ich mich rechtfertigen will. Trotz Ihres scharfen Vorgehens und trotzdem Sie sich aus einem Freunde in einen Gläubiger verwandelt hatten, damals, als Bordin ein Anerkenntnis für Sie von mir verlangte und so die edle Abmachung, die wir getroffen hatten, als wir uns die Hand drückten und unsere Tränen vereinigten, aufhob – trotzdem habe ich mir die Erinnerung an diesen Morgen bewahrt. Und um dieser Stunde willen bin ich hergekommen, um Ihnen zu sagen: Sie kennen das Unglück nicht, darum erheben Sie keine Anklage!

Ich hatte nicht eine Stunde, nicht eine Sekunde frei, um Ihnen zu schreiben und zu antworten! Vielleicht wünschten Sie, dass ich käme, um Ihnen zu schmeicheln? ... Ebenso gut könnte man von einem Hasen, der auf der Flucht vor den Hunden und Jägern ermattet, verlangen, dass er sich in einer Lichtung ausruhen und Gras fressen soll! Ich habe Ihnen keine Eintrittskarte gesandt, nein; ich hatte nicht einmal so viele, um die Wünsche derjenigen, von denen mein Schicksal abhing, zu befriedigen. Ein Neuling beim Theater, wurde ich die Beute der Musiker, der Schauspieler, der Sänger, des Orchesters. Um abreisen und das, was meine Familie drüben braucht, kaufen zu können, habe ich die ›Peruaner‹ dem Direktor verkauft mit noch zwei andern Stücken, die ich verfasst hatte. Ich reise nach Holland ohne einen Sou in der Tasche; ich werde mich unterwegs von Brot ernähren, bis ich Vlissingen erreicht habe. Meine Überfahrt ist bezahlt, das ist alles. Ohne das Mitleid meiner Wirtin, die Vertrauen zu mir hat, wäre ich genötigt gewesen, die Reise zu Fuß zu machen, mit dem Ränzel auf dem Rücken. Trotzdem Sie also an mir zweifeln, bleibt Ihnen doch meine volle Dankbarkeit erhalten, denn ohne Sie hätte ich meinen Schwiegervater und meine Frau nicht nach New York schicken können. Nein ›Herr‹ Alain, ich werde nicht vergessen, dass die hundert Louisdor, die Sie mir geliehen haben, heute eine Rente von fünfzehnhundert Franken bedeuten. ›Ich möchte Ihnen gern Glauben schenken, Mongenod‹, sagte ich, fast überzeugt durch den Ton, in dem er diese Erklärung vorgebracht hatte. ›Oh, du sagst nicht mehr ›Herr‹ zu mir‹, rief er lebhaft aus und blickte mich freundlich an.

›Weiß Gott, ich würde Frankreich mit weniger Bedauern verlassen, wenn ich hier einen Menschen zurückließe, in dessen Augen ich nicht ein halber Betrüger, ein Verschwender, ein Mann bin, der Illusionen nachjagt. Mitten in meinem Elend habe ich einen Engel lieben dürfen. Ein Mensch, der wahrhaft liebt, Alain, ist niemals ganz verächtlich ...‹ Nach diesen Worten reichte ich ihm die Hand, er ergriff sie und drückte sie. ›Möge der Himmel dich beschützen!‹, sagte ich. ›Wir sind also immer noch Freunde?‹, fragte er. ›Jawohl‹, erwiderte ich. ›Man soll von mir nicht sagen, dass mein Spielkamerad und Jugendfreund mit meinem Zorn belastet nach Amerika gegangen ist!‹ Mongenod umarmte mich und stürzte zur Tür hinaus. Als ich einige Tage später Bordin begegnete und ihm dieses letzte Zusammentreffen erzählte, sagte er lächelnd: ›Ich wünschte, dass dies keine Theaterszene war! ... Hat er nichts weiter von Ihnen verlangt?‹ ›Nein‹, antwortete ich. ›Er war auch bei mir, ich bin beinahe ebenso schwach gewesen wie Sie, und er hat von mir so viel erbeten, dass er unterwegs zu leben hätte. Na, wir werden ja sehen, was dabei herauskommen wird.‹ Diese Bemerkung Bordins ließ mich befürchten, dass ich in törichter Weise einer empfindsamen Regung nachgegeben hätte. ›Aber‹, sagte ich mir, ›auch er, der Anwalt, hat ja ebenso gehandelt wie ich!‹ Ich halte es für überflüssig, Ihnen auseinanderzusetzen, auf welche Weise ich mein ganzes Vermögen verlor, ausgenommen meine andern hundert Louisdor, die ich ins Staatsschuldbuch eintragen ließ, als der Kurs der Renten schon so hoch gestiegen war, dass ich kaum fünfhundert Franken zum Leben hatte, als ich vierunddreißig Jahre alt war. Ich bekam dann auf Empfehlung Bordins eine Stelle bei dem Pfand-leihamt in der Rue des Petits-Augustins mit achthundert Franken Gehalt. Ich musste also sehr bescheiden leben. Ich mietete mir in der Rue des Marais im dritten Stock eine kleine Wohnung von zwei Zimmern und einer Kammer für zweihundertfünfzig Franken. Ich speiste in einer bürgerlichen Pension für vierzig Franken im Mo-nat. Abends verfertigte ich Abschriften. Hässlich, wie ich war, und arm, musste ich darauf verzichten, mich zu verheiraten.« Als er diese Bemerkung, die der gute Alain über sich selbst mit bewundernswerter Resigniertheit machte, vernahm, entfuhr Gottfried eine Bewegung, die besser als eine Äußerung die Gleichheit ihres Geschicks bestätigte; der biedere Alte machte als Antwort auf diese sprechende Geste eine Pause und schien ein Wort von seinem Zuhörer zu erwarten.

»Sie sind niemals geliebt worden?«, fragte Gottfried.

»Niemals!« entgegnete er, »ausgenommen von Frau de la Chanterie, die uns alle mit derselben Liebe umfasst, die wir alle ihr entgegenbringen, einer Liebe, die ich eine himmlische nennen möchte ... Sie haben sich ja davon überzeugen können: wir leben ihr Leben, wie sie das un-sere lebt; und, wenn auch keine ›physischen‹, so sind, doch unsere Glücksgefühle nicht weniger warm, denn unsere Existenz beruht allein auf dieser Empfindung un-seres Herzens .. Was wollen Sie, mein Kind,« fuhr er fort, »wenn die Frauen unsere moralischen Vorzüge zu würdigen vermögen, haben sie mit der Außenwelt abge-schlossen und sind alt geworden ... Ich habe viel gelitten, glauben Sie mir! ...«

»Ach, und ich desgleichen ...«, sagte Gottfried.

»Unter dem Kaiserreich«, nahm Alain seine Erzählung wieder auf und senkte den Kopf, »wurden die Zinsen nicht pünktlich bezahlt, man musste damit rechnen, dass die Zahlungen eingestellt werden würden. Von 1802 bis 1814 verging keine einzige Woche, in der ich nicht Mongenod für meine Sorgen verantwortlich gemacht hätte. Ohne Mongenod, sagte ich mir, hätte ich mich verheiraten können. Ohne ihn hätte ich nicht unter Entbehrungen zu leiden brauchen. Manchmal aber sagte ich mir auch: Vielleicht wird der unglückliche Mann dort drüben vom Schicksal verfolgt! Im Jahre 1806, als ich an der Last des Lebens sehr schwer zu tragen hatte, schrieb ich ihm über Holland einen langen Brief. Ich erhielt keine Antwort und wartete drei Jahre, indem ich auf seine Antwort ständig meine Hoffnung setzte, die immer wieder getäuscht wurde. Endlich fand ich mich in mein Schicksal. Zu meinen fünfhundert Franken Rente, zu meinen zwölfhundert Franken Gehalt – es war aufgebessert worden – kam noch hinzu, dass ich Herrn Birotteau, dem Parfümhändler, die Bücher führte, was mir weitere fünfhundert Franken einbrachte. So konnte ich nicht nur existieren, sondern ich legte auch noch achthundert Franken jährlich beiseite. Zu Beginn des Jahres 1814 ließ ich neuntausend Franken Ersparnisse ins Staatsschuldbuch eintragen und hatte so sechzehnhundert Franken Rente für meine alten Tage sichergestellt. Ich bezog fünfzehnhundert Franken beim Pfandleihhause, sechshundert Franken für meine Buchführung, sechzehnhundert Franken Staatsrente, im ganzen dreitausendsiebenhundert Franken. Ich nahm mir eine Wohnung in der Rue de Seine und lebte nun etwas besser. Meine Stellung brachte mich in Beziehungen zu vielen Unglücklichen. Seit zwölf Jahren kannte ich besser als irgendein anderer das öffentliche Elend. Ein- oder zweimal konnte ich armen Leuten helfen. Ich empfand eine lebhafte Freude, wenn ich sah, dass unter zehn solchen sich ein bis zwei Familien wieder emporgearbeitet hatten. Ich kam auf den Gedanken, dass die wahre Wohltätigkeit nicht darin bestehen dürfe, den Leidenden Geld hinzuwerfen. Die Mildtätigkeit im gewöhnlichen Sinne schien mir häufig eine Art Prämie für das Verbrechen zu sein. Ich machte mich daran, diese Frage zu studieren. Ich war damals fünfzig Jahre alt, und mein Leben neigte seinem Ende zu. Wozu bin ich noch gut? Fragte ich mich. Wem soll ich mein Vermögen hinterlassen? Wenn ich mein Heim reicher ausstatte, eine gute Köchin engagiere und ein bequemes gesichertes Leben führe, womit soll ich meine Zeit hinbringen? Elf Jahre Revolution und fünfzehn Jahre elenden Daseins hatten die kostbarste Zeit meines Lebens verschlungen und es in unfruchtbarer Arbeit aufgezehrt oder hatten einzig und allein zu seiner Fristung gedient! Niemand kann sich in solchem Alter aus einer dunklen und von der Not niedergedrückten Existenz zu einer glänzenden Zukunft aufschwingen; aber man kann sich immer noch nützlich machen. Ich begriff endlich, dass eine ausgedehnte Überwachung, die mit gutem Rat beisteht, den Wert des gespendeten Geldes zu verzehnfachen vermag, denn die Unglücklichen bedürfen vor allem der Leitung; wenn man sie an dem Ertrage der Arbeit, die sie für andere machen, beteiligt, so fehlt es ihnen nicht an erfinderischem Geist. Einige gute Resultate, die ich erzielte, machten mich sehr stolz. Ich erblickte hierin zugleich ein Ziel und eine Beschäftigung, nicht zu reden von dem köstlichen Genuss, den das Vergnügen, im kleinen die Rolle der Vorsehung zu spielen, gewährt.

»Und heute spielen Sie sie im großen Stil? ...«, fragte Gottfried lebhaft.

»Oh, Sie wollen alles wissen?«, sagte der Alte; »ach Nein. Würden Sie es glauben? ...« fuhr er nach einer Pause fort, »die Geringfügigkeit der Mittel, über die ich bei meinem kleinen Vermögen verfügen konnte, lenkte meine Gedanken wieder häufig auf Mongenod. Ohne Mongenod, sagte ich mir, hätte ich viel mehr tun können. Wenn ein schlechter Mensch mir nicht fünfzehnhundert Franken Rente weggenommen hätte, dachte ich oft, so würde ich manche Familie retten können. Indem ich also meine Ohnmacht durch eine Anklage entschuldigte, verwünschten diejenigen, denen ich nur Worte als Trost, schenken konnte, Mongenod mit mir zusammen. Diese Verwünschungen erleichterten mir das Herz. Eines Morgens, im Januar 1816, meldet mir meine Wirtschafterin ... wen? Mongenod! Herrn Mongenod! Und wer erscheint? ... Die schöne, jetzt sechsunddreißig Jahre alte Dame, begleitet von drei Kindern; dann Mongenod, jünger aussehend als bei seiner Abreise; denn Reichtum und Glück breiten einen Strahlenkranz um ihre Günstlinge. Mager, bleich, gelb, eingetrocknet war er abgereist, und stark, wohlgenährt, blühend wie ein Stiftsherr, gut gekleidet, kehrte er zurück. Er warf sich in meine Arme, und als er bemerkte, dass ich ihn kühl empfing, waren seine ersten Worte: ›Konnte ich früher kommen, lieber Freund? Die Meere sind erst seit 1815 wieder frei, ich brauchte auch anderthalb Jahre, um mein Vermögen flüssigzumachen, meine Rechnungen abzuschließen und ausstehende Gelder einzuziehen. Ich habe Erfolg gehabt, mein Lieber! Als ich deinen Brief erhielt, im Jahre 1806, bin ich mit einem holländischen Schiffe abgefahren, um dir selbst mein kleines Vermögen zu bringen; aber infolge der Vereinigung Hollands mit dem französischen Kaiserreich haben mich die Engländer abgefangen und nach Jamaika transportiert, von wo ich nur durch einen Zufall entwichen bin. Nach New York zurückgekehrt, wurde ich das Opfer von Fallissements, denn wahrend meiner Abwesenheit vermochte die arme Charlotte sich nicht vor Betrügern zu schützen. Ich war also gezwungen, mein Vermögen von Neuem aufzubauen. Aber nun sind wir endlich wieder daheim. An der Art, wie meine Kinder dich anschauen, wirst du wohl merken, dass man ihnen häufig von dem Wohltäter der Familie erzählt hat! ›O ja, mein Herr‹, sagte die schöne Frau Mongenod, ›es ist kein Tag vergangen, an dem wir nicht Ihrer gedacht hätten. Bei allen Geschäften ist Ihr Anteil beiseitegelegt worden. Alle haben wir den beglückenden Augenblick herbeigesehnt, an dem wir Ihnen ein Vermögen anbieten können, ohne dass wir etwa glauben, dieser ›Zehnte‹ könne jemals unsere schuldige Dankbarkeit wettmachen.‹ Nach diesen Worten überreichte mir Frau Mongenod die herrliche Kassette, die Sie hier sehen, in der sich hundertfünfzig Scheine zu tausend Franken befanden. – ›Du hast viel gelitten, mein armer Alain, ich weiß es, aber wir ahnten deine Leiden und erschöpften uns in Plänen, wie wir das Geld dir übermitteln sollten, ohne dass es uns gelungen wäre,‹ fuhr

93

Mongenod fort. ›Du hast dich nicht verheiraten können, wie du mir gesagt hast; aber hier steht unsere älteste Tochter, sie ist in dem Gedanken erzogen worden, dass sie deine Frau werden soll, und sie besitzt eine Mitgift von fünfhunderttausend Franken ...‹ ›Gott behüte mich davor, dass ich sie unglücklich mache,‹ rief ich schnell aus und betrachtete das junge Mädchen, das ebenso schön war wie seine Mutter in ihrem Alter; und ich zog sie an mich und küsste sie auf die Stirn. ›Haben Sie keine Furcht, mein schönes Kind‹, sagte ich zu ihr. ›Ein Mann von fünfzig Jahren und ein Mädchen von siebzehn! Und ein so hässlicher Mensch, wie ich, nein, niemals!‹ ›Mein Herr‹, sagte sie, ›der Wohltäter meines Vaters wird in meinen Augen niemals hässlich sein.‹ Diese mit ehrlicher Freimütigkeit gesprochenen Worte ließen mich erkennen, dass alles, was Mongenod berichtet hatte, wahr war; ich reichte ihm die Hand, und wir umarmten uns nochmals. ›Mein lieber Freund‹, sagte ich, ›ich habe dir unrecht getan, denn ich habe dich oft angeklagt und verwünscht ...‹ ›Das musstest du auch, Alain‹, entgegnete er mir errötend; ›du littest, und durch meine Schuld ...‹ Ich zog nun aus einer Mappe Mongenods Akten und übergab ihm seinen Wechsel quittiert. ›Ihr werdet nun alle mit mir frühstücken‹, sagte ich zu der Familie. ›Unter der Bedingung, dass du bei uns dinierst‹, erwiderte Mongenod, ›sobald wir eine Wohnung haben; wir sind erst gestern angekommen. Wir wollen ein Haus kaufen, und ich will in Paris ein Bankhaus für Nordamerika errichten, um es diesem Jungen hier zu hinterlassen.‹ Dabei wies er auf seinen ältesten Sohn, der damals fünfzehn Jahre alt war. Den Rest des Tages verbrachten wir zusammen und gingen abends ins Theater, denn Mongenod und seine Familie waren heißhungrig danach. Am nächsten Tage ließ ich die Summe ins Staatsschuldbuch eintragen und hatte nun etwa fünfzehntausend Franken Rente. Dieses Vermögen erlaubte mir, auf das Buchführen am Abend zu verzichten und meine Stellung aufzugeben, zur großen Befriedigung der Supernumerare. Nach der Gründung des Bankhauses Mongenod & Co., das bei den ersten Anleihen der Restaurationszeit enorme Gewinne machte, starb mein Freund 1827 im Alter von dreiundsechzig Jahren. Seine Tochter, der er dann eine Mitgift von mehr als einer Million gab, heiratete den Vicomte de Fontaine. Der Sohn, den Sie kennen, ist noch nicht verheiratet; er lebt mit seiner Mutter und seinem jüngeren Bruder zusammen. Wir bekommen bei ihnen alle Summen, die wir nötig haben könnten. Friedrich – sein Vater hat ihm in Amerika meinen Vornamen gegeben –, Friedrich Mongenod ist mit sechsunddreißig Jahren einer der gewandtesten und ehrenhaftesten Bankiers von Paris. Es ist noch nicht lange her, dass mir Frau Mongenod schließlich eingestanden hat, wie sie ihr Haar für zwei Taler verkauft hatte, um Brot dafür anzuschaffen. Sie spendet alljährlich vierundzwanzig Klafter Holz, die ich an Bedürftige verteile, zum Andenken an die halbe Klafter, die ich ihr einst geschickt habe.«

»Das erklärt mir Ihre Beziehungen zu dem Hause Mongenod, sagte Gottfried, »und Ihr Vermögen ... Der gute Alte sah Gottfried lächelnd, immer noch mit dem Ausdruck freundlichen Spottes an.

»Fahren Sie doch fort ...« , bemerkte Gottfried, da er Herrn Alain ansah, dass er noch nicht alles gesagt hatte. »diese Lösung der Angelegenheit, mein lieber Gottfried, machte auf mich einen tiefen Eindruck. Wenn auch der Mann, der so viel gelitten hatte, wenn auch mein Freund mir meine Ungerechtigkeit verzieh, so konnte ich sie mir selbst doch nicht verzeihen.«

»Oh«, machte Gottfried.

»Ich beschloss, alles für mich Überflüssige, etwa zehntausend Franken jährlich, den Zwecken einer überlegten Wohltätigkeit zu opfern«, fuhr Alain ruhig, fort. »Um diese Zeit machte ich die Bekanntschaft eines Richters am Seinegericht erster Instanz, eines gewissen Popinot, den wir vor drei Jahren zu verlieren das Unglück hatten, und der fünfzehn Jahre hindurch die eifrigste Wohltätigkeit im Stadtviertel Saint-Marcel ausübte. Er hatte zusammen mit dem verehrungswürdigen Vikar von Notre-Dame und mit der gnädigen Frau den Plan zu dem Werk entworfen, an dem wir jetzt mitarbeiten und das seit dem Jahre 1825 im verborgenen manches Gute gestiftet hat. Dieses Werk hat in Frau de la Chanterie seine Seele erhalten, denn sie ist in Wahrheit die Seele dieses Unternehmens. Der Vikar vermochte uns noch frömmer zumachen, als wir vorher waren, indem er uns die Notwendigkeit bewies, selber tugendhaft zu sein, um diese Tugend andern einflößen zu können und mit gutem Beispiel voranzugehen. Je weiter wir auf diesem Wege fortgeschritten sind, umso glücklicher haben wir uns untereinander gefühlt. Es war also die Reue darüber, dass ich das Herz meines Jugendfreundes so verkannt hatte, die mir den Gedanken eingab, freiwillig den Armen das

Vermögen zu opfern, das er mir zurückbrachte und das ich annahm, ohne gegen die im Verhältnis zu der geliehenen ungeheure Summe, die er mir wiedergab, Einspruch zu erheben: Eine solche Bestimmung rechtfertigte alles.«

Dieser Bericht, der ohne Emphase mit rührender Natürlichkeit in Ton, Geste und Blick gegeben war, hätte Gottfried den Wunsch, in diese fromme edle Vereinigung einzutreten, einflößen müssen, wenn sein Entschluss dazu nicht schon vorher gefasst gewesen wäre.

»Sie kennen die Welt wenig«, sagte Gottfried, »wenn Sie solche Skrupel wegen einer Sache haben, die sonst kein Gewissen beunruhigen würde.«

»Ich kenne nur die Unglücklichen«, antwortete der gute Alte. »Ich habe wenig Verlangen, eine Welt kennenzulernen, wo man so wenig Bedenken hat, den andern falsch zu beurteilen. Aber es ist bald Mitternacht, und ich habe noch über mein Kapitel der ›Nachahmung Christi‹ nachzudenken. Gute Nacht.«

Gottfried ergriff die Hand des Alten und drückte sie voller Verehrung.

»Können Sie mir auch die Lebensgeschichte der Frau de la Chanterie erzählen?«, fragte Gottfried.

»Das ist ohne ihre Einwilligung unmöglich«, erwiderte Alain, »denn sie hängt mit einem der schrecklichsten Ereignisse der kaiserlichen Politik zusammen. Ich habe die gnädige Frau durch meinen Freund Bordin kennengelernt, er kennt alle Geheimnisse dieses edlen Lebens, und er war es, der mich sozusagen in dieses Haus gebracht hat.«

»Wie dem auch sei«, antwortete Gottfried, »ich danke Ihnen jedenfalls dafür, dass Sie mir Ihr Leben erzählt haben, ich kann daraus Lehren für mich schöpfen.«

»Wissen Sie auch, was die Moral davon ist?«

»Sagen Sie es mir«, entgegnete Gottfried, »denn ich könnte etwas anderes daraus schließen als Sie ...«

»Also«, sagte der gute Alte, »Genießen ist eine Nebensache in einem christlichen Leben, aber nicht sein Zweck, und das begreifen wir zu spät.«

»Und was gewinnt man, wenn man ein Christ wird?«, fragte Gottfried.

»Sehen Sie dorthin!«, sagte der Alte.

Und er zeigte mit dem Finger auf eine Inschrift in goldnen Buchstaben auf schwarzem Grunde, die der neue Pensionär noch nicht hatte bemerken können, da er zum ersten Male Alains Zimmer betreten hatte. Gottfried wandte sich um und las: Transire benefaciendo.

»Das ist der Sinn, mein Kind, den man dann dem Leben zu geben hat. Wenn Sie einer der Unseren werden, so wird das Ihre einzige Devise sein. Wir lesen diese Vorschrift, die wir uns selbst gegeben haben, zu jeder Stunde, wenn wir aufstehen, wenn wir uns niederlegen, wenn wir uns ankleiden ... Ach! Wenn Sie wüssten, welche unendliche Freude die Erfüllung dieser Regel mit sich bringt! ...«

»Wie das? ...«, sagte Gottfried, in der Hoffnung auf nähere Erklärungen.

»Zunächst sind wir ebenso reich wie der Baron von Nucingen... Aber die ›Nachahmung Christi‹ verbietet uns, etwas für uns zu besitzen; wir sind nur die Verteiler, und wenn wir die geringste Regung von Stolz fühlten, wären wir nicht würdig, die Verteiler zu sein. Das wäre nicht transire benefaciendo, das wäre, in dem Gedanken daran einen Genuss zu empfinden. Wenn Sie sich mit etwas aufgeblähten Nasenflügeln sagen würden: Ich spiele die Rolle der Vorsehung!, wie Sie vielleicht hätten denken können, wenn Sie heute Morgen an meiner Stelle gewesen wären, als ich einer Familie das Leben wiederschenkte, so würden Sie ein Sardanapal geworden sein, und zwar ein schlimmer! Keiner von den Herren hier denkt an sich, wenn er Gutes tut, man muss sich jeder Eitelkeit entschlagen, jedes Stolzes, jeder Eigenliebe, und das ist schwer, glauben Sie mir! ...«

Gottfried wünschte Herrn Alain Gute Nacht und begab sich in sein Zimmer, tief bewegt von Alains Erzählung; aber seine Neugierde war eher erregt als befriedigt, denn die Hauptfigur dieses Interieurs war Frau de la Chanterie. Das Leben dieser Frau erschien ihm so bedeutungsvoll, dass er dessen Erkundung zum Hauptzweck seines Aufenthalts im Hause de la Chanterie machte. Wohl erkannte er bereits in der Vereinigung der fünf Personen eine gewaltige Wohltätigkeitsorganisation; aber er beschäftigte sich in seinen Gedanken viel weniger damit als mit seiner Heldin.

Der Neophyt verbrachte mehrere Tage damit, die auserlesenen Leute, in deren Gesellschaft er sich befand, genauer, als er es bisher getan hatte, zu beobachten, und dabei vollzog sich in seinem Innern ein Phänomen, das die modernen Philanthropen, vielleicht aus Unwissenheit, nicht beachtet haben. Die Sphäre, in der er lebte, übte einen positiven Einfluss auf Gottfried aus. Dem Gesetz, dem die physische Natur bezüglich des Einflusses des atmosphärischen Milieus auf die Daseinsbedingungen der in ihr sich entwickelnden Existenzen, unterworfen ist, unterliegt in gleicher Weise auch die sittliche Natur; daraus folgt, dass das Zusammenleben verurteilter Gefangener eins der größten sozialen Verbrechen, ihre Isolierung aber einen Versuch von zweifelhaftem Erfolge darstellt. Die Verurteilten sollten religiösen Instituten übergeben und überreich mit dem Guten versorgt werden, anstatt dass sie inmitten des ausgebreitetsten Bösen verharren müssen. Man kann hierbei auf das opfervollste Entgegenkommen der Kirche rechnen; wenn sie Missionare zu wilden oder barbarischen Völkern entsendet, so würde sie auch mit größter Freude religiösen Orden die Mission übertragen, die Wilden der Zivilisation bei sich aufzunehmen, um sie zu bekehren; denn jeder Verbrecher ist ein Gottloser, und häufig, ohne es selbst zu wissen. Gottfried sah, dass die fünf Personen dieselben Eigenschaften besaßen, die sie bei ihm forderten; sie alle waren ohne Stolz, ohne Eitelkeit, wahrhaft bescheiden und fromm und ohne die Ansprüche der Scheinheiligen. Solche Tugenden sind ansteckend; er wurde von dem Verlangen ergriffen, es diesen unbekannten Helden gleichzutun, und kam schließlich dazu, mit Begeisterung das Buch, das er anfangs verschmäht hatte, zu studieren. Binnen vierzehn Tagen gestaltete er sein Leben so einfach, wie es eigentlich sein soll, wenn man es von dem hohen Gesichtspunkte aus betrachtet, zu dem die religiöse Gesinnung hinführt. So bekam auch seine Neugierde, die zuerst so weltlicher Art und auf so niedrigen

Beweggründen beruhend gewesen war, einen reineren Charakter; er verzichtete zwar noch nicht auf sie, denn es wäre ihm schwer geworden, sein Interesse in Bezug auf Frau de la Chanterie fahren zu lassen; aber er bewies dabei, ohne es zu wollen, eine Diskretion, die von den Männern gewürdigt wurde, bei denen der göttliche Geist eine außerordentliche Vertiefung ihrer Fähigkeiten bewirkt hatte, wie das bei allen Frommen der Fall ist. Die Konzentration der moralischen Kräfte verzehnfacht ihre Wirkung, welches System man auch dabei anwenden mag.

»Unser Freund ist noch nicht bekehrt«, sagte der gute Abbé de Vèze, »aber er verlangt danach, es zu werden ...«

Ein unvorhergesehenes Ereignis beschleunigte die Enthüllung der Geschichte der Frau de la Chanterie für Gottfried, sodass seine hauptsächlichste Wissbegierde schnell befriedigt wurde.

Paris beschäftigte sich damals mit dem Ausgang eines jener schrecklichen Kriminalprozesse, die in den Annalen unserer Schwurgerichtshöfe einen Markstein bedeuten. Bei diesem Prozess lenkte sich das Hauptinteresse auf die Verbrecher selbst, die mit ihrer Keckheit, mit ihren, den gewöhnlichen Angeklagten weit überlegenem Geist und ihren zynischen Antworten die Gesellschaft entsetzten. Dabei war nun eins auffällig: keine Zeitung fand Eingang in das Haus de la Chanterie, und Gottfried hörte von der Zurückweisung der von den Verurteilten eingelegten Berufung nur durch seinen Lehrer in der Buchführung, denn der Prozess selbst war lange vor seinem Einzug bei Frau de la Chanterie verhandelt worden.

»Begegnen Sie auch«, sagte er zu seinen künftigen Freunden, »solchen fürchterlichen Schurken? Und wenn Sie auf sie treffen, wie verhalten Sie sich zu ihnen?«

»Zunächst«, sagte Herr Nikolaus, »gibt es keine fürchterlichen Schurken, sondern das sind kranke Naturen, die nach Charenton gehören; aber abgesehen von solchen krankhaften Ausnahmen, sehen wir nur Menschen, die ihre Vernunft nicht zu gebrauchen wissen, und es ist die Mission hilfreicher Männer, ihre Seelen wiederaufzurichten und die Verirrten wieder auf den rechten Weg zu bringen.«

»Und«, sagte der Abbé de Vèze, »dem Apostel ist alles möglich, er hat Gott für sich ...«

»Wenn man Sie nun zu diesen beiden Verurteilten entsenden würde, könnten Sie bei ihnen etwas ausrichten?«

»Die Zeit dazu würde mangeln«, bemerkte der gute Alain.

»Im Allgemeinen«, sagte Herr Nikolaus, »wendet man sich an die Religion bei Leuten, die äußerst unbußfertig sind, und verlangt in unzureichender Zeit Wunder. In unsern Händen würden die Leute, von denen Sie sprechen, ganz ausgezeichnete Männer geworden sein, sie besitzen eine ungeheure Energie; aber sobald sie einen Mord begangen haben, ist es nicht mehr möglich, sich mit ihnen zu befassen, die menschliche Gerechtigkeit bemächtigt sich ihrer ...

»Also«, sagte Gottfried, »sind Sie ein Gegner der Todesstrafe? ...«

Herr Nikolaus erhob sich schnell und ging hinaus.

»Erwähnen Sie niemals die Todesstrafe vor Herrn Nikolaus; er hat in einem Verbrecher, über dessen Hinrichtung er zu wachen hatte, seinen natürlichen Sohn erkannt ...«

»Und er war unschuldig!«, bemerkte Herr Joseph.

In diesem Moment kehrte Frau de la Chanterie, die sich für einige Augenblicke entfernt hatte, in den Salon zurück.

»Immerhin müssen Sie gestehen,« wandte sich Gottfried an Herrn Joseph, »dass die menschliche Gesellschaft nicht ohne die Todesstrafe bestehen könnte, und dass diejenigen, denen man morgen früh den Hals ab ...«

Hier fühlte Gottfried, dass ihm von kräftiger Hand der Mund geschlossen wurde, und der Abbé de Vèze führte Frau de la Chanterie, bleich und wie eine Sterbende, hinaus.

»Was haben Sie getan? ...«, sagte Herr Joseph zu Gottfried. »Führen Sie ihn fort, Alain!«, sagte er und zog die Hand zurück, mit der er Gottfried zum Schweigen gebracht hatte. Dann folgte er dem Abbé de Vèze in das Zimmer der Frau de la Chanterie.

»Kommen Sie«, sagte Alain zu Gottfried, »Sie haben uns gezwungen, Ihnen die Geheimnisse des Lebens der gnädigen Frau anzuvertrauen.«

Nach einigen Minuten befanden sich die beiden Freunde im Zimmer des biederen Alain in gleicher Weise wie gestern, als der Alte dem jungen Manne seine eigene Lebensgeschichte erzählt hatte.

»Nun?«, sagte Gottfried, dessen Gesicht Verzweiflung darüber erkennen ließ, dass er die Ursache dessen gewesen war, was man in diesem geheiligten Hause eine Katastrophe nennen konnte.

»Ich warte, bis Manon uns beruhigt hat«, antwortete der gute Alte, der das Geräusch der Schritte des Mädchens auf der Treppe hörte.

»Die gnädige Frau befindet sich wieder wohl, der Herr Abbé hat ihr eingeredet, dass sie das, was gesagt wurde, missverstanden hat«, berichtete Manon, wobei sie einen beinahe wütenden Blick auf Gottfried warf.

»Oh, mein Gott!«, rief der arme junge Mann aus, dem die Tränen in die Augen kamen.

»Setzen Sie sich doch«, sagte Alain und nahm selbst Platz.

Und er machte eine Pause, um sich zu sammeln.

»Ich weiß nicht«, sagte der biedere Alte, »ob ich imstande sein werde, in würdiger Weise die Geschichte eines so grausam geprüften Lebens zu erzählen; Sie werden mich entschuldigen, wenn Sie die Worte eines so schlechten Redners nicht auf der Höhe der Handlungen und Katastrophen finden sollten. Bedenken Sie, dass es schon lange her ist, seitdem ich die Schule verlassen habe, und dass ich das Kind einer Zeit bin, wo man sich mehr mit dem Inhalt als mit dem Ausdruck beschäftigte, einer prosaischen Zeit, wo man die Dinge nur bei ihrem Namen zu nennen verstand.

Gottfried machte eine zustimmende Bewegung, aus der der biedere Alain eine aufrichtige Verehrung entnehmen konnte, und die zu sagen schien ›Ich höre zu.‹

»Sie haben eben gesehen, mein junger Freund,« begann der Alte wieder, »dass Sie unmöglich länger unter uns weilen können, ohne einige der furchtbaren Ereignisse in dem Leben dieser heiligen Frau zu kennen. Es gibt Ansichten, Anspielungen, verhängnisvolle Worte, die in diesem Hause vollkommen verpönt sind, wenn man nicht bei der gnädigen Frau Wunden aufreißen will, deren Schmerzen im Wiederholungsfalle tödlich für sie sein könnten ...«

»Oh, mein Gott!«, rief Gottfried, »was habe ich nur getan? ...«

»Ohne Herrn Joseph, der Ihnen das Wort abschnitt, da er ahnte, dass Sie das verhängnisvolle Instrument der Hinrichtung erwähnen wollten, hätten Sie die arme Frau zu Boden geschmettert ... Es ist Zeit, dass Sie alles erfahren, denn Sie werden zu uns gehören, davon sind wir heute alle überzeugt.«

»Frau de la Chanterie«, sagte er nach einer Pause, »stammt von einer der ersten Familien der Niedernormandie ab. Ihr Name war Fräulein Barbe-Philiberte de Champignelles, aus der jüngeren Linie dieses Hauses. Sie war daher dazu bestimmt, den Schleier zu nehmen, wenn sie nicht eine Heirat unter der obligaten Verzichtleistung auf ihre rechtmäßigen Erbansprüche würde machen können, wie das bei armen Familien so üblich war. Nun wollte ein Herr de la Chanterie, dessen Familie im Range tief hinabgesunken war, obwohl sie sich bis auf den Kreuzzug Philipp Augusts zurückdatieren konnte, die ihr gebührende Stellung als alter Adel der Normandie zurückerobern. Dieser Edelmann hatte sich äußerst unwürdig betragen, denn er hatte bei Heereslieferungen für die königliche Armee während des Krieges in Hannover dreihunderttausend Taler beiseite gebracht. Indem er allzu sehr auf einen solchen Reichtum, der bei den Unruhen in der Provinz noch gewachsen war, baute, hatte der Sohn in Paris ein für einen Familienvater ziemlich beunruhigendes Leben geführt. Fräulein von Champignelles Verdienste hatten ihr im Lande Bessin eine ziemliche Berühmtheit verschafft. Der Alte, dessen kleines Lehnsgut de la Chanterie zwischen Caen und Saint-Lô lag, hörte, wie man es beklagte, dass ein so vortreffliches Fräulein, so geeignet, einen Mann glücklich zu machen, seine Tage in einem Kloster beschließen sollte; auf seinen Wunsch, diesem Fräulein näherzutreten, ließ man ihn hoffen, dass er, allerdings ohne Mitgift, die Hand des Fräuleins Philiberte für seinen Sohn würde erhalten können. Er begab sich nach Bayeux, hatte mehrere Zusammenkünfte mit der Familie de Champignelles und war entzückt von den hervorragenden Eigenschaften der jungen Dame. Schon mit sechzehn Jahren verriet Fräulein de Champignelles, was dereinst aus ihr werden würde. Sie ließ eine unerschütterliche Frömmigkeit, einen unverrückbaren gesunden Verstand, ein unbeugsames Rechtsgefühl und einen Charakter erkennen, der sich niemals von einer Hingabe, sei sie auch eine anbefohlene, abbringen ließ. Der alte, durch seine schlechten Lieferungen reich gewordene Edelmann erkannte in diesem reizenden Mädchen die Frau, die seinen Sohn durch das Beispiel ihrer Tugenden und durch ihre, bei aller Milde unerschütterliche Charakterfestigkeit stützen konnte; Sie haben ja selbst gesehen, dass niemand milder sein kann als Frau de la Chanterie; aber niemand konnte auch vertrauensseliger sein; sie wird sich bis zu ihrer Lebensneige die Reinheit der Unschuld bewahren; sie wollte früher nicht an das Böse glauben; das wenige von Misstrauen, was Sie bei ihr bemerken, war die Folge der Schicksalsschläge, die sie betroffen haben. Der Alte verpflichtete sich den Champignelles gegenüber, im Ehekontrakt anzuerkennen, dass Fräulein Philiberte ihr rechtmäßiges Erbteil empfangen habe; dafür versprachen die Champignelles, die mit den großen Adelsfamilien in naher Beziehung standen, dass das Lehen de la Chanterie zur Baronie erhoben werden sollte, und sie hielten ihr Wort. Die Tante des zukünftigen Gatten, Frau de Boisfrelon, die Frau des Parlamentsrats, der in Ihrer Wohnung gestorben ist, versprach, ihr Vermögen ihrem Neffen zu hinterlassen. Als alle diese Abmachungen zwischen den beiden Familien erledigt waren, ließ der Vater seinen Sohn kommen. Berichterstatter über die Bittschriften im Großen Rat, fünfundzwanzig Jahre alt, hatte der junge Mann zusammen mit den anderen jungen Adligen dieser Zeit zahlreiche Torheiten begangen, indem er ebenso wie sie lebte; deshalb hatte der alte Armeelieferant schon mehrmals erhebliche Schulden für ihn bezahlt. Der arme Vater, der weitere Verschwendungen seines Sohnes voraussah, war recht froh, dass seine künftige Schwiegertochter ein gewisses Vermögen haben würde; aber er hatte solche Bedenken, dass er die Nachfolge in dem Lehen de la Chanterie auf die Kinder männlichen Geschlechts, die aus dieser Ehe entsprießen würden, übertrug. – Die Revolution«, bemerkte Alain in Parenthese, »hat diese Vorsicht überflüssig gemacht. – Schön wie ein Engel, von wunderbarer Gewandtheit in

allen körperlichen Übungen, besaß der junge Berichterstatter die Gabe der Verführung«, fuhr er fort. »Fräulein
de Champignelles verliebte sich also, wie Sie sich leicht
denken können, sehr in ihren Bräutigam. Der Alte,
überglücklich darüber, dass die Ehe so begann, und auf
eine Sinnesänderung seines Sohnes vertrauend, schickte
selbst die Neuvermählten nach Paris. Das geschah zu
Beginn des Jahres 1788. Dieses Jahr war beinahe ein
Glücksjahr zu nennen. Frau de la Chanterie wurde die
bis ins einzelne gehende Fürsorge und die zarteste Aufmerksamkeit zuteil, wie sie nur ein liebevoller Ehemann
an eine Frau, die er allein liebt, verschwenden kann. Wie
kurz der Honigmond auch war, er hat doch das Herz
dieser so edlen und so unglücklichen Frau mit seinem
Glanze erfüllt. Sie wissen, dass die Mütter damals ihre
Kinder selbst nährten, und die gnädige Frau hatte eine
Tochter geboren. Diese Periode, während deren eine
Frau der Gegenstand verdoppelter Zärtlichkeit hätte
sein müssen, war im Gegenteil der Anfang unerhörten
Unglücks. Der Berichterstatter war genötigt, alles, wo-
rüber er verfügen konnte, zu verkaufen, um alte Schulden, die er verheimlicht hatte, und neue Spielschulden,
die er machte, zu bezahlen. Bald darauf verfügte die Na-
tionalversammlung die Auflösung des Großen Rats, des
Parlaments und aller so teuer gekauften Justizämter. Der
junge Hausstand, noch durch eine Tochter vermehrt,
stand also ohne andere Einkünfte da als die der vererb-
ten Güter und der anerkannten Mitgift der Frau de la
Chanterie. Nach zwanzig Monaten sah sich die reizende,
siebzehneinhalb Jahre alte Frau genötigt, mit ihrer Tochter, die sie nährte, von dem Ertrage der Arbeit ihrer

Hände in einer obskuren Gegend, in die sie übergesiedelt war, zu leben. Sie war damals völlig von ihrem Manne verlassen, der in Gesellschaft von Kreaturen schlimmster Sorte von Stufe zu Stufe herabsank. Niemals machte die Frau ihrem Manne einen Vorwurf, niemals beklagte sie sich auch nur im geringsten. Sie sagte uns, dass sie während dieser schlimmen Tage für ihren teuren Heinrich zu Gott gebetet habe. – Dieses schlechte Subjekt hieß Heinrich,« bemerkte der gute Alte, »das ist ein Name, der hier nie genannt werden darf, ebenso wenig der Name Henriette. – Ich fahre nun fort. Da sie ihr kleines Zimmer in der Rue de la Corderie du Temple nur verließ, um Nahrungsmittel einzukaufen oder sich Arbeit zu holen, so konnte Frau de la Chanterie ihren Unterhalt bestreiten, dank einem Zuschuss von hundert Franken monatlich, den ihr Schwiegervater, von solch tugendhaftem Verhalten gerührt, ihr zukommen ließ. Trotzdem hatte die arme junge Frau, in der Befürchtung, dass diese Hilfe einmal ausbleiben könnte, sich dem schweren Gewerbe einer Korsettmacherin zugewendet und arbeitete bei einer berühmten Schneiderin. Und in der Tat wurde, als der alte Steuerpächter starb, seine Erbschaft, dank der Aufhebung der Gesetze der Monarchie, von seinem Sohne schnell verbraucht. Der ehemalige Berichterstatter, der einer der blutgierigsten Vorsitzenden des Revolutionstribunals geworden war, wurde der Schrecken der Normandie und konnte jetzt allen seinen Leidenschaften frönen. Nach dem Sturze Robespierres seinerseits eingekerkert, war er durch den Hass seines Departements dem sicheren Tode geweiht. Frau de la Chanterie erfuhr aus einem Abschiedsbriefe, welches Los ihren Gatten erwarte. Sofort vertraute sie ihre kleine Tochter einer Nachbarin an und begab sich mit einigen Louisdors, die ihr ganzes Vermögen ausmachten, nach der Stadt, wo der Elende gefangen saß; diese Louisdors dienten ihr dazu, in sein Gefängnis einzudringen; es gelang ihr, ihren Mann, indem sie ihn in ihre Kleider steckte, unter ähnlichen Umständen zu retten, wie sie später der Frau de la Valette zu Hilfe kamen. Sie wurde zum Tode verurteilt, aber man scheute sich, das Urteil zu vollstrecken; und dasselbe Tribunal, dem einst ihr Mann präsidiert hatte, begünstigte unter der Hand ihre Flucht aus dem Gefängnis. Zu Fuß kehrte sie nach Paris zurück, ohne Beistand, indem sie in Bauernhäusern schlief und sich oft von Almosen ernährte.

»Mein Gott!«, rief Gottfried aus.

»Warten Sie nur, ...«, fuhr Alain fort, »das ist noch gar nichts. Während acht Jahren sah die arme Frau dreimal ihren Gatten wieder. Beim ersten Mal blieb der Herr zweimal vierundzwanzig Stunden in der bescheidenen Wohnung seiner Frau und nahm ihr all ihr Geld ab, indem er sie mit Zärtlichkeiten überhäufte und sie an seine völlige Bekehrung glauben ließ. ›Ich war‹, sagte sie,› kraftlos einem Manne gegenüber, für den ich alle Tage betete und der mein ganzes Denken ausschließlich beherrschte.‹ Das zweite Mal erschien Herr de la Chanterie bei ihr todkrank und an was für einer Krankheit leidend! ... Sie pflegte ihn und heilte ihn; dann versuchte sie, ihn wieder an anständige Gesinnung und Lebensweise zu gewöhnen. Nachdem er alles, worum ihn dieser Engel bat, versprochen hatte, versank der Revolutionär wieder in ein furchtbar wüstes Leben und entging der Verfolgung des Staatsanwalts nur, indem er sich zu seiner Frau flüchtete, bei der er in Sicherheit starb.

Oh, das ist alles noch nichts!« rief der biedere Alain aus, da er sah, welches Erstaunen sich auf Gottfrieds Gesicht malte. »Niemand in der Welt, in der er lebte, wusste, dass dieser Mensch verheiratet war. Zwei Jahre nach dem Tode des Elenden erfuhr Frau de la Chanterie, dass noch eine zweite Frau de la Chanterie existierte, Witwe wie sie und ebenso ruiniert wie sie. Dieser Bigamist hatte zwei Engel gefunden, die unfähig waren, ihn zu verraten.

Gegen das Jahr 1803«, begann Alain nach einer Pause wieder, »kam Herr de Boisfrelon, der Onkel der Frau de la Chanterie, nachdem er von der Liste der Emigrierten gestrichen war, nach Paris zurück und übergab ihr eine Summe von zweihunderttausend Franken, die ihm einstmals der alte Steuerpächter anvertraut hatte, mit dem Auftrag, sie für die Kinder seiner Nichte aufzuheben. Er veranlasste seine Nichte, in die Normandie zurückzukehren, wo sie die Erziehung ihrer Tochter vollendete und wo sie, immer von dem früheren Beamten beraten, unter den günstigsten Bedingungen ein Lehnsgut erwarb.«

»Ah!«, rief Gottfried.

»Auch das ist noch nichts«, sagte Alain, »wir sind noch nicht bei den Stürmen angelangt. Ich fahre fort. Im Jahre 1807, nach vier ruhigen Jahren, verheiratete Frau de la Chanterie ihre einzige Tochter mit einem Edelmanne, dessen Frömmigkeit, Vorleben und Vermögen jede Garantie darboten, einem Manne, der nach der vulgären

Bezeichnung ›Hahn im Korbe‹ bei der besten Gesellschaft des Hauptortes der Präfektur war, wo die gnädige Frau und ihre Tochter den Winter verbrachten. Bemerken Sie dabei, dass diese Gesellschaft aus sieben bis acht Familien bestand, die zum hohen Adel Frankreichs gehörten, den d'Esgrignons, den Troisvilles, den Casterans, den Nouâtres und anderen. Nach anderthalb Jahren verließ dieser Mensch seine Frau und verschwand in Paris, nachdem er seinen Namen geändert hatte. Frau de la Chanterie erfuhr den Grund dieser Trennung, als die Blitze des Gewitters, das über sie hereinbrach, Klarheit brachten. Ihre Tochter, die mit peinlichster Sorgsamkeit und nach den Grundsätzen reinster Frömmigkeit erzogen worden war, bewahrte absolutes Schweigen über dieses Ereignis. Dieser Mangel an Vertrauen verletzte das Empfinden der Frau de la Chanterie schwer. Schon mehrfach hatte sie bei ihrer Tochter Züge wahrgenommen, die den Abenteurercharakter des Vaters verrieten, noch verstärkt durch eine fast männliche Festigkeit. Der Gatte hatte sich aus freiem Antriebe entfernt und seine Angelegenheiten in einem jammervollen Zustande zurückgelassen. Frau de la Chanterie ist heute noch erstaunt über diese Katastrophe, die keine menschliche Macht hätte verhindern können. Alle Leute, die sie vorsichtig um Rat gefragt hatte, hatten ihr erklärt, dass das Vermögen des zukünftigen Schwiegersohnes einwandfrei und liquide sei und aus hypothekenfreiem Landbesitz bestünde, während es bereits seit zehn Jahren über seinen Wert hinaus belastet war. So wurden jetzt die Besitzungen verkauft, und die junge Frau, die nur noch ihr eigenes Vermögen besaß, kehrte zu ihrer Mutter zurück.

Frau de la Chanterie hat später erfahren, dass dieser Mensch von den ehrenwertesten Leuten des Landes im Interesse ihrer Forderungen gestützt wurde; der Elende schuldete allen mehr oder weniger erhebliche Beträge. Daher war Frau de la Chanterie, sobald sie sich in der Provinz niedergelassen hatte, als gute Beute angesehen worden. Abgesehen davon gab es für die Katastrophe aber noch andere Gründe, die Sie aus einem vertraulichen Bericht ersehen werden, der dem Kaiser vorgelegt wurde. Jener Mensch hatte sich außerdem das Wohlwollen der royalistischen Führer des Departements durch seine Hingebung an die königliche Sache während der stürmischsten Zeiten der Revolution zu erschleichen verstanden. Einer der tätigsten Sendboten Ludwigs XVIII., war er von 1793 an in alle Verschwörungen verwickelt; aber er wusste sich so klug und gewandt herauszuziehen, dass er schließlich Verdacht erregte. Von Ludwig XVIII. entlassen und von allen Unternehmungen ferngehalten, war er seit langer Zeit auf seine überschuldeten Güter zurückgekehrt. Diese damals noch geheimnisvollen Vorgänge (die in die Geheimnisse des königlichen Kabinetts Eingeweihten bewahrten über einen so gefährlichen Mitarbeiter Stillschweigen) machten den Menschen zu einem Gegenstande abgöttischer Verehrung in einer den Bourbonen ergebenen Stadt, wo die grausamsten Taten der Chouannerie als rechtmäßige Kriegführung angesehen wurden. Die d'Esgrignons, die Casterans, der Ritter von Valois, kurz, die ganze Aristokratie und die Kirche öffneten diesem royalistischen Diplomaten ihre Arme und nahmen ihn in ihren Schutz. Diese Protektion wurde noch durch den Wunsch verstärkt,dass seine Gläubiger ihr Geld wiederbekommen wollten. Der Elende, ein Gegenstück zu dem verstorbenen de la Chanterie, verstand es, sich so drei Jahre lang zu halten; er trug die größte Scheinheiligkeit zur Schau und wusste seine Laster zu unterdrücken. Während der ersten Monate, die die Neuvermählten zusammen verbrachten, übte er einen gewissen Einfluss auf seine Frau aus; er versuchte, sie durch seine Doktrinen, wenn anders der Atheismus eine Doktrin ist, und durch den scherzenden Ton, mit dem er über die heiligsten Grundsätze sprach, zu verderben. Dieser Diplomat niederer Ordnung stand seit seiner Rückkehr in die Heimat in intimen Beziehungen zu einem jungen Manne, der, wie er, mit Schulden überhäuft war, sich aber durch ebenso viel Freimütigkeit und Mut auszeichnete wie jener durch Heuchelei und Feigheit. Dieser Genosse, dessen Anmut, Charakter und abenteuerliches Leben auf ein junges Mädchen Einfluss ausüben mussten, war in den Händen des Gatten wie ein Instrument, dessen er sich bediente, um seine niederträchtigen Lehren zu unterstützen. Niemals ließ die Tochter die Mutter wissen, in welchen Abgrund sie das Geschick gestürzt hatte; denn man kann nicht mehr von menschlicher Voraussicht sprechen, wenn man an die peinlichsten Vorsichtsmaßregeln denkt, die Frau de la Chanterie traf, als es sich um die Heirat ihrer einzigen Tochter handelte. Dieser letzte Schlag, der das so opfervolle, so reine, so fromme Leben einer Frau traf, die schon so viel Unglück erfahren hatte, machte Frau de la Chanterie misstrauisch gegen sich selbst, und dies Misstrauen trennte sie umso mehr von ihrer Tochter, als diese, zum Ausgleich für ihr trauriges Geschick, fast völlige Freiheit für sich verlangte, ihre Mutter beherrschte und sie manchmal sogar hart anließ. So in allen ihren liebevollen Neigungen zurückgestoßen, in ihrer Hingebung und Liebe für ihren Gatten, dem sie ohne ein Wort der Klage ihr Glück, ihr Vermögen, ihr Leben geopfert hatte, getäuscht, vergeblich bemüht, ihrer Tochter eine streng religiöse Erziehung zu geben, von der Gesellschaft sogar bei der Verheiratung der Tochter betrogen und von dem Herzen, in das sie nur edle Gesinnungen zu säen versucht hatte, nicht anerkannt, vereinigte sie sich aufs Innigste mit Gott, dessen Hand sie so schwer getroffen hatte. Diese fast wie eine Nonne lebende Frau ging jeden Morgen in die Kirche, erfüllte die strengen klösterlichen Vorschriften und sparte sich Geld ab, um die Armen zu unterstützen.

Hat es schon einmal ein heiligeres und schwerer geprüftes Leben gegeben als das dieser edlen Frau, die so sanft trotz ihres Missgeschicks, so mutig in der Gefahr und immer so wahrhaft christlich gesinnt ist?« sagte der wackere Alain, als er Gottfrieds erstauntes Gesicht sah. »Sie kennen die gnädige Frau, Sie können beurteilen, ob es ihr an Verstand, Urteil, Überlegung mangelt; sie besitzt alle diese Eigenschaften im höchsten Grade. Nun, diese Unglücksfälle, die genügen würden, zu sagen, dass ein solches Leben alle anderen an Missgeschick überträfe, sind nichts im Vergleich mit dem, was Gott dieser Frau noch vorbehalten hatte. Befassen wir uns zunächst nur mit der Tochter der Frau de la Chanterie«, mit diesen Worten nahm der gute Alte den Faden seiner Erzählung wieder auf. »Mit achtzehn Jahren, zurzeit als sie sich verheiratete, war Fräulein de la Chanterie ein junges Mädchen von zarter Konstitution, brünett, von frischen Farben, schlank, mit einem reizenden Gesicht. Über einer Stirn von edlem Schnitt sah man das schönste schwarze Haar, das vortrefflich zu den braunen Augen und dem heiteren Gesichtsausdruck passte. Eine gewisse Zierlichkeit ihrer Physiognomie täuschte über ihren wahren Charakter und ihre männliche Entschlossenheit. Sie hatte kleine Hände und Füße und etwas Zartes und Schwächliches in ihrer ganzen Erscheinung, das jeden Gedanken an Kraft und Lebhaftigkeit ausschloss. Da sie immer bei ihrer Mutter gelebt hatte, so war sie von vollkommener Sittenreinheit und bemerkenswerter Frömmigkeit. Das junge Mädchen war ebenso wie Frau de la Chanterie den Bourbonen bis zum Fanatismus ergeben, eine Feindin der Französischen Republik und sah auch die Regierung Napoleons nur als eine Strafe an, die die Vorsehung Frankreich für die Attentate von 1793 auferlegt hatte. Die Übereinstimmung der Ansichten von Schwiegermutter und Schwiegersohn war, wie immer bei solchen Gelegenheiten, einer der für die Heirat entscheidenden Gründe gewesen, für die sich ja auch die ganze Aristokratie des Landes interessierte. Der Freund des Elenden hatte seit der Wiederaufnahme der Feindseligkeiten im Jahre 1799 einen Trupp der Chouans befehligt. Es scheint, dass der Baron (der Schwiegersohn der Frau de la Chanterie war Baron), als er seine Frau und seinen Freund zusammenbrachte, keine andere Absicht dabei hatte, als sich dieser Neigung zu bedienen, um dann Hilfe und Unterstützung von ihnen zu verlangen. Obgleich mit Schulden überhäuft und ohne Existenzmittel, lebte der jugendliche Abenteurer sehr gut und konnte in der Tat den Begünstiger royalistischer Verschwörungen leicht unterstützen.

Hier muss ich einige Worte über eine Vereinigung einfügen, die damals viel Lärm machte«, unterbrach Alain seine Erzählung. »Ich will von den ›Chauffeurs‹ reden. Jede Provinz im Westen war damals mehr oder minder von diesem Räuberunwesen bedroht, das weit weniger auf Raub ausging als auf ein Wiederanfachen des Royalistenkrieges. Man bediente sich, wie es heißt, der großen Anzahl von Leuten, die sich dem Gesetz über die Konskription widersetzt hatten, das damals, wie Sie wissen, bis zum Übermaß durchgeführt wurde. Zwischen Mortagne und Rennes und selbst noch darüber hinaus bis zu den Ufern der Loire fanden nächtliche Streifzüge statt, die in bestimmten Teilen der Normandie, hauptsächlich gegen die, die Nationalgüter zurückbehielten, erfolgten. Diese Banden verbreiteten einen furchtbaren Schrecken auf dem Lande. Ich sage Ihnen nichts Falsches, wenn ich Sie darauf hinweise, dass in gewissen Departements die Hand der Justiz lange Zeit völlig gelähmt war. Dieses letzte Aufflackern des Bürgerkriegs machte nicht so viel Aufsehen, wie Sie glauben könnten, da wir heute an die beunruhigende Verbreitung in der Öffentlichkeit gewöhnt sind, die die Presse auch den unbedeutendsten politischen und privaten Prozessen zuteil werden lässt. Die kaiserlichen Regierungsmaximen waren dieselben wie die aller absoluten Herrscher. Die Zensur ließ nichts bekannt werden, was sich auf die Politik bezog, ausgenommen vollendete Tatsachen, und auch diese wurden entstellt. Wenn Sie sich die Mühe machen wollten, den ›Moniteur‹ zu durchblättern oder andere damalige Zeitungen, selbst diejenigen der westlichen Gebiete, so würden Sie darin nicht ein Wort über die vier oder fünf Kriminalprozesse finden, die sechzig bis achtzig Briganten das Leben kosteten. Diese Bezeichnung, die während der Revolutionszeit den Vendéern, den Chouans und allen denen gegeben wurde, die für das Haus Bourbon die Waffen ergriffen, wurde auch unter dem Kaiserreich von Gerichts wegen auf die royalistischen Opfer einiger vereinzelter Verschwörungen angewendet. Für manche leidenschaftlichen Gemüter waren der Kaiser und seine Regierung der Feind; alles was ihn angriff, war ihnen willkommen. Ich erkläre Ihnen diese Anschauungen, ohne mir anzumaßen, ein Urteil über sie abzugeben, und fahre nun fort.

Stellen Sie sich nun vor,« sagte er nach einer Pause, die bei so langen Berichten unvermeidlich ist, »dass diese durch den Bürgerkrieg von 1793 ruinierten Royalisten in die leidenschaftlichste Erregung geraten waren; dass es ungewöhnliche Naturen wie die des Schwiegersohns der Frau de la Chanterie und des früheren Anführers waren, die von der Not bedrängt wurden, und Sie werden verstehen, dass sie sich hinreißen lassen konnten, im eigenen Interesse räuberische Taten auszuführen, die ihre politische Überzeugung gegen die kaiserliche Regierung zugunsten der guten Sache zuließ. Der junge Anführer ging nun daran, den Brand der Chouannerie wiederanzufachen, um im geeigneten Moment loszuschlagen. Der Kaiser machte damals eine schreckliche Krise durch, als er, auf der Insel Lobau eingeschlossen, dem vereinigten Angriff der Engländer und Österreicher unterliegen zu müssen schien. Der Sieg bei Wagram machte die innere Verschwörung ziemlich bedeutungslos. Die Hoffnung, die Fackel des Bürgerkrieges in der Bretagne, der Vendée und einem Teil der Normandie wiederanzufachen, traf in verhängnisvoller Weise mit der Zerrüttung der Vermögensverhältnisse des Barons zusammen, der mit dem Gedanken einer Unternehmung liebäugelte, deren Ertrag ausschließlich dazu dienen sollte, seine Besitzungen zu retten. In ihrem vornehmen Empfinden weigerten sich seine Frau und sein Freund, im Privatinteresse die Gelder beiseitezubringen, die mit bewaffneter Hand aus der Staatskasse geraubt werden sollten, um die Aufrührer und Chouans zu besolden und Waffen und Munition zu beschaffen, um eine Erhebung der Parteigänger ins Werk zu setzen. Als nach anzüglichen Diskussionen der junge Anführer, unterstützt von der Frau, sich definitiv weigerte, dem Ehemann hunderttausend Franken zu überlassen, deren Raub zugunsten der königlichen Armee an einer der Generalstaatskassen des Westens verübt werden sollte, verschwand der Baron, um sich mehreren dringenden Haftbefehlen zu entziehen. Seine Gläubiger wollten sich an das Vermögen der Frau halten, aber der Elende hatte das Interesse verscherzt, das eine Gattin dazu bringt, sich für ihren Mann zu opfern. Alles das war der armen Frau de la Chanterie unbekannt; aber auch das ist noch nichts im Vergleiche mit dem Komplott, das hinter dieser einleitenden Auseinandersetzung verborgen war.

Heute Abend«, sagte der gute Alte, nachdem er auf die kleine Kaminuhr gesehen hatte, »ist es schon zu spät geworden, und wir würden noch lange Zeit brauchen, wenn ich Ihnen den Rest dieser Geschichte erzählen wollte. Der alte Bordin, mein Freund, der durch die Führung des Prozesses Simeuse bei der royalistischen Partei berühmt geworden ist, der in dem Kriminalprozess der sogenannten Chauffeurs von Mortagne die Anklage vertrat, hat mir nach meiner Niederlassung hier zwei Schriftstücke übergeben, die ich aufbewahrt habe; denn er ist bald darauf gestorben. Sie werden darin die Dinge in viel gedrängterer Darstellung, als ich sie Ihnen zu geben vermöchte; lesen können. Es sind so zahlreiche Tatsachen, dass ich mich in Einzelheiten verlieren würde und mehr als zwei Stunden darüber reden müsste, während Sie sie hier zusammengefasst in Händen haben. Morgen früh werde ich Ihnen das, was Frau de la Chanterie betrifft, zu Ende erzählen; Sie werden nach der Lektüre so gut Bescheid wissen, dass ich nur noch wenige Worte hinzuzufügen brauche.« Darauf übergab der Wackere Gottfried einige vom Alter vergilbte Papiere; dieser wünschte seinem Nachbar Gute Nacht und zog sich in sein Zimmer zurück, wo er vor dem Einschlafen folgende beiden Aktenstücke durchlas:

»Anklageakte. Sondergericht für Strafsachen des Departements l'Orne.

Der Generalstaatsanwalt beim Kaiserlichen Gerichtshof von Caen, der mit der gleichen Funktion bei dem besonderen Strafgerichtshof in Alençon durch Kaiserliches Dekret vom September 1809 betraut ist, unterbreitet dem Gerichtshof als Ergebnis des Untersuchungsverfahrens folgenden Tatbestand:

Ein von langer Hand und mit unerhörter Frechheit vorbereitetes räuberisches Komplott, das in Zusammenhang mit dem Aufstand der weltlichen Departements steht, hat mehrfache Attentate auf Bürger und ihre Besitzungen, vor allem aber einen Angriff und eine Beraubung eines Wagens, der am ... Mai 180 ... die Staatskasse von Caen transportierte, mit bewaffneter Hand zur Folge gehabt. Dieses Attentat, das an den beklagenswerten, glücklicherweise erloschenen Bürgerkrieg erinnert, war die Ausführung verbrecherischer Pläne, die sich durch keine Gewalt der Leidenschaften rechtfertigen lassen.

Von seinem Beginn bis zu seiner Ausführung ist das Komplott so verwickelt und seine Einzelheiten so zahlreich, dass die Untersuchung mehr als ein Jahr gedauert hat; nun aber ist über alle einzelnen Schritte des Verbrechens, über die Vorbereitungen, die Ausführung und die Folgen Klarheit geschaffen worden.

Der erste Gedanke des Komplotts ist einem gewissen Charles-Amédée-Louis-Joseph Rifoël, der sich Chevalier du Vissard nennt, da er in Vissard, einer Gemeinde von Saint-Mexme bei Ernée geboren ist, einem ehemaligen Anführer der Rebellen, zuzuschreiben.

Dieser Schuldige, der von Seiner Majestät dem Kaiser und König anlässlich der definitiven Beendigung der Unruhen begnadigt wurde, und der die Großmut des Souveräns mit neuen Verbrechen beantwortete, hat seine zahlreichen Missetaten bereits mit dem Tode gebüßt; aber es ist nötig, auf einige seiner Taten zurückzugreifen, denn er hat seinen Einfluss auf die jetzt vor Gericht stehenden Angeklagten ausgeübt und steht in Beziehung zu jeder Einzelheit des Prozesses.

Dieser gefährliche Agitator, der sich, entsprechend den Gewohnheiten der Rebellen, unter dem Namen Pierrot verbarg, trieb sich in den weltlichen Departements herum und sammelte die Elemente für eine neue Verschwörung um sich; sein sicherstes Asyl aber war das Schloss Saint-Savin, der Wohnsitz einer Dame Lechantre und ihrer Tochter, der Dame Bryond, in der Gemeinde Saint-Savin im Bezirk von Mortagne gelegen. Dieser strategische Punkt ist mit den furchtbarsten Erinnerungen an den Aufstand von 1799 verknüpft. Hier wurde der Postkondukteur ermordet und sein Wagen von einer Räuberbande unter dem Befehl einer Frau, der der allzu berüchtigte Marche-à-Terre Beistand leistete, ausgeplündert. Die Räuberei ist also in dieser Gegend sozusagen endemisch.

Intime Beziehungen, die wir nicht näher bezeichnen wollen, bestanden seit mehr als einem Jahre zwischen der Dame Bryond und dem Manne, der sich Rifoël nannte.

In dieser Gemeinde fand nun im Monat April des Jahres 1808 eine Zusammenkunft zwischen Rifoël und einem gewissen Boislaurier, Oberbefehlshaber und bekannt unter dem Namen August bei den verhängnisvollen Aufständen im Westen, statt, der der leitende Kopf in der dem Gerichtshof vorliegenden Sache gewesen ist.

Der dunkle Punkt bezüglich der Beziehungen der beiden Anführer, der durch zahlreiche Zeugen vollkommen aufgeklärt ist, wurde auch durch den Spruch des Gerichtshofes bei der Verurteilung Rifoëls klargestellt.

Boislaurier verabredete damals mit Rifoël, gemeinsam vorzugehen.

Beide, und zwar zuerst allein, teilten sich ihre blutigen Projekte mit, angestachelt durch die Abwesenheit Seiner Kaiserlichen und Königlichen Majestät, die damals die Armeen in Spanien befehligte. Zu dieser Zeit müssen sie, um eine Grundlage für ihre Operationen zu haben, den Raub der staatlichen Kassen beschlossen haben.

Kurze Zeit danach sandte ein gewisser Dubut aus Caen einen Boten nach dem Schlosse Saint-Savin, einen gewissen Hiley, genannt der Laboureur und seit Langem als Posträuber bekannt, um Angaben über die Leute, denen man Vertrauen schenken könne, zu machen. So geschah es, dass das Komplott auf Hileys Veranlassung von Anfang an sich die Mitwirkung eines gewissen Herbomez, genannt der Général-Hardi, eines ehemaligen Rebellen vom Schlage eines Rifoël, und wie er als Amnestierter wortbrüchig, sicherte. Herbomez und Hiley warben dann in den umliegenden Gemeinden sieben Banditen an, die hier aufgezählt werden müssen:

1. Jean Cibot, genannt Pille-Miche, einer der frechsten Briganten des von Montauran im Jahre VII gebildeten Korps, einer der an dem Überfall und der Ermordung des Kondukteurs von Mortagne Beteiligten.

2. François Lisieux, mit dem Beinamen Grand-Fils, ein Aufständischer aus dem Departement la Mayenne.

3. Charles Grenier, genannt Fluer-de-Genêt, ein Deserteur der 69. Halbbrigade.

4. Gabriel Bruce, genannt Gros-Jean, einer der wildesten Chouans der Division Fontaine.

5. Jacques Horeau, genannt der Stuart, Exleutnant derselben Halbbrigade, einer der Vertrauten Tinténiacs, genügend durch seine Teilnahme an der Expedition von Quibéron bekannt.

6. Marie-Anne Cabot, genannt Lajeunesse, ehemaliger Bereiter des Herrn Carol d'Alençon.

7. Louis Minard, Aufständischer.

Diese Angeworbenen wurden in drei verschiedenen Gemeinden untergebracht bei den Herbergs- oder Schankwirten Binet, Mélie und Lavarinière, alles dem Rifoël ergebene Leute.

Die erforderlichen Waffen wurden ihnen sofort durch den Notar Jean-Francois Léveillé, den unverbesserlichen Schriftführer der Briganten, das Bindeglied zwischen ihnen und mehreren sich im verborgenen haltenden Führern, mit dem Beinamen der Confesseur, geliefert; endlich auch durch einen gewissen Felix Courceuil, einen ehemaligen Wundarzt der Rebellenheere der Vendée, beide aus Alençon. Elf Flinten wurden in dem Hause verborgen, das Bryond in einer Vorstadt von Alençon besaß, und zwar ohne sein Wissen; denn er wohnte damals auf seinem Landgute zwischen Alençon und Mortagne. Als der Herr Bryond sich von seiner Frau trennte und sie auf dem verhängnisvollen Wege, den sie einschlagen sollte, allein ließ, wurden die Flinten heimlich aus dem Hause geholt und von der Dame Bryond selbst im Wagen in das Schloss Saint-Savin überführt. So konnten im Departemente l'Orne und in den benachbarten Departements diese Räubertaten ausgeführt werden, die die Behörden nicht weniger als die Bewohner dieser

Gegenden, die so lange in Frieden gelebt hatten, über-
raschten, und die beweisen, dass die verabscheuungswürdigen Feinde der Regierung und des französischen
Kaiserreichs in das Geheimnis der Koalition von 1809
durch ihr Einvernehmen mit dem Auslande eingeweiht
waren.

Der Notar Léveillé, die Dame Bryond, Dubut aus Caen,
Herbomez aus Mayenne, Boislaurier aus Le Mans und
Rifoël, also die Führer dieser Gesellschaft, zu der auch
die mit Rifoël zusammen Verurteilten gehörten, bilden
den Gegenstand des jetzigen Anklageverfahrens, und
außerdem noch mehrere andere, die sich durch die
Flucht oder infolge des Schweigens ihrer Komplizen der
strafenden Hand der Justiz entzogen haben.

Von seinem Wohnsitz Caen aus meldete Dubut dem
Notar Léveillé den Transport der Kasse. Darauf machte
Dubut mehrere Fahrten von Caen nach Mortagne, und
Léveillé war ebenfalls auf den Landstraßen unterwegs.

Hier muss erwähnt werden, dass nach der Transportie-
rung der Flinten Léveillé, als er Bruce, Grenier und Cibot
in Mélins Hause aufsuchte, sie beim Verstecken der Flinten in einem Schuppen im Inneren des Hauses antraf
und ihnen selber dabei Hilfe leistete.

Eine Zusammenkunft aller im Hôtel de l'Écu de France
in Mortagne fand dann statt. Alle Angeklagten trafen
sich dort in verschiedenen Verkleidungen. Hier versi-
cherten sich nun Léveillé, die Dame Bryond, Dubut,
Herbomez, Boislaurier und Hiley, der gewandteste der
Komplizen zweiten Ranges, wie Cibot der frechste war,
der Mitwirkung eines gewissen Vauthier, genannt

Vieux-Chêne, eines früheren Dieners des berüchtigten Longuy, der damals Stallknecht in dem Hotel war. Vauthier willigte ein, die Dame Bryond zu benachrichtigen, wann der Wagen mit der Kasse zu erwarten sei, der gewöhnlich in diesem Hotel Station macht.

Der Augenblick des Handelns war bald für die vereinigten angeworbenen Briganten gekommen, die man auf Anordnung von Courceuil und Léveillé an verschiedenen Stellen, bald in der einen, bald in der andern Gemeinde untergebracht hatte. Die Gesellschaft arbeitete unter dem Schutze der Dame Bryond, die den Briganten noch einen andern Zufluchtsort in einem unbewohnten Teile des Schlosses von Saint-Savin gewährte, in dem sie mit ihrer Mutter einige Meilen von Mortagne entfernt seit der Trennung von ihrem Gatten wohnte. Die Briganten, mit Hiley an ihrer Spitze, verbargen sich dort und brachten daselbst mehrere Tage zu. Die Dame Bryond sorgte mit ihrem Kammermädchen Godard selbst dafür, dass alles für die Unterbringung und Ernährung solcher Gäste Erforderliche besorgt wurde. Sie beschaffte sich Strohsäcke dazu, sie besuchte die Briganten in dem Asyl, das sie ihnen verschafft hatte, und erschien mehrmals mit Léveillé bei ihnen. Die Vorräte und Lebensmittel wurden unter der Leitung von Courceuil beschafft, den Rifoël und Boislaurier damit beauftragt hatten.

Die Zeit für die Ausführung kommt nun heran, alle sind mit Waffen versehen; die Briganten verlassen ihr Versteck in Saint-Savin und rücken bei Nacht in der Erwartung der transportierten Kasse aus, und das Land gerät in Schrecken über wiederholte von ihnen verübte Angriffe.

Es ist unzweifelhaft, dass die Attentate in La Sartinière, in Vonay, im Schlosse von Saint-Seny von dieser Bande ausgeführt wurden, deren Frechheit ihrer Schnelligkeit gleichkam und die einen so großen Schrecken zu verbreiten verstand, dass alle ihre Opfer Stillschweigen bewahrten, sodass die Justiz auf Vermutungen angewiesen blieb.

Aber während sie von Käufern von Nationalgütern Geld erpressten, erforschten sie sorgfältig das Gehölz von le Chesnay, das sie zum Schauplatz ihrer Verbrechen ausgewählt hatten.

Nicht weit davon liegt das Dorf Louvigny. Hier wird eine Herberge von den Brüdern Chaussard gehalten, früheren Jagdwärtern der Herrschaft Troisville; in dieser Herberge sollte das letzte Rendezvous der Briganten stattfinden. Den beiden Brüdern war die Rolle, die sie zu spielen hatten, vorher bekannt; Courceuil und Boislaurier hatten sie seit langer Zeit bearbeitet, um ihren Hass gegen die Regierung unseres erhabenen Kaisers wiederanzufachen, und ihnen angekündigt, dass unter den Gästen, die kommen würden, sich Bekannte von ihnen, der gefürchtete Hiley und der nicht weniger gefürchtete Cibot, befänden.

In der Tat erschienen am sechsten die sieben Banditen unter Führung Hileys bei den Brüdern Chaussard und brachten dort zwei Tage zu. Am achten führte der Anführer die Gesellschaft weg, sagte ihnen, dass sie drei Meilen zu marschieren hätten, und befahl den beiden Brüdern, ihnen Proviant zu verschaffen, der dann an einem Kreuzweg nahe beim Dorfe niedergelegt wurde. Hiley kehrte darauf allein zum Übernachten zurück.

Zwei Leute zu Pferde, die die Dame Bryond und Rifoël gewesen sein müssen – denn es ist bewiesen, dass diese Dame Rifoël bei seinen Streifzügen zu Pferde und als Mann verkleidet begleitete – erschienen am Abend und hatten eine Unterredung mit Hiley.

Am nächsten Tage schrieb Hiley einen Brief an den Notar Léveillé, den einer der Brüder Chaussard besorgte, der auch gleich wieder die Antwort zurückbrachte.

Zwei Stunden später kamen die Dame Bryond und Rifoël an, um mit Hiley zu reden.

Bei all diesen Besprechungen und bei dem Kommen und Gehen stellte sich die Notwendigkeit heraus, in den Besitz eines Beils zu gelangen, um die Kassen aufzubrechen. Der Notar begleitete die Dame Bryond nach Saint-Savin zurück, wo man ebenfalls vergeblich nach einem Beil sucht. Der Notar kehrt zurück und trifft auf halbem Wege Hiley, dem er mitteilt, dass man kein Beil habe.

Hiley begibt sich in die Herberge, bestellt ein Abendessen für zehn Personen und bringt die sieben Briganten herein, die jetzt alle bewaffnet sind. Hiley kommandiert, dass die Waffen in militärischer Weise zusammengestellt werden. Man setzt sich zu Tisch, isst in Eile, und Hiley verlangt, dass man ihm sehr reichlich Lebensmittel zum Mitnehmen bringe. Dann nimmt er den älteren Chaussard beiseite und fordert von ihm ein Beil. Der Herbergswirt ist, wenn man ihm Glauben schenken darf, über dieses Verlangen erstaunt und weigert sich, eins herzugeben. Courceuil und Boislaurier kommen hinzu, die Nacht verrinnt, und die drei Männer gehen im Zimmer im Gespräch über das Komplott auf und ab.

Courceuil, genannt der Confesseur, der durchtriebenste aller Briganten, bemächtigt sich eines Beils, und gegen zwei Uhr morgens entfernen sich alle durch verschiedene Ausgänge.

Die Augenblicke werden kostbar, die Ausführung des Verbrechens war für diesen verhängnisvollen Tag angesetzt. Hiley, Courceuil und Boislaurier bringen ihre Leute heran und weisen ihnen ihre Plätze an. Hiley legt sich mit Minard, Cabot und Bruce rechts vom Gehölz von le Chesnay in den Hinterhalt. Boislaurier, Grenier und Horeau stellen sich in der Mitte auf. Courceuil, Herbomez und Lisieux besetzen einen Engpass am Ausgang. Alle diese Stellungen sind auf dem beiliegenden topografischen Plan verzeichnet.

Inzwischen war der Wagen, den ein gewisser Rousseau kutschierte, welchen die Ereignisse genügend belasteten, um seine Verhaftung zu rechtfertigen, gegen ein Uhr morgens von Mortagne abgefahren. Er musste bei langsamer Fahrt gegen drei Uhr im Gehölz von le Chesnay eintreffen.

Ein einziger Gendarm eskortierte den Wagen, in Donnery sollte gefrühstückt werden. Drei Reisende befanden sich in Begleitung des Gendarmen. Als der Kutscher, der sehr langsam gefahren war, an der Brücke von Chesnay, am Eingang des gleichnamigen Gehölzes anlangt, treibt er seine Pferde mit Gewalt und mit auffallender Eile an und lenkt in einen Umweg ein, der der Weg von Senzey genannt wird. Der Wagen entschwindet den Blicken, sein Weg ist nur durch das Geläut der Schellen erkennbar; der Gendarm und die drei jungen Männer beeilen sich, ihn einzuholen. Ein Schrei ertönt. Es wird geschrien: Halt, ihr Schufte! Und vier Flintenschüsse werden abgefeuert.

Der Gendarm, der nicht getroffen ist, zieht seinen Säbel und jagt in der Richtung vorwärts, in der er den Wagen vermutet. Er wird von vier Männern angehalten, die Feuer auf ihn geben; seine Eile bewahrt ihn vor einer Verwundung, denn er war zu den jungen Leuten hingesprengt, um einem von ihnen zu sagen, er solle in le Chesnay Sturm läuten lassen; aber zwei Briganten stürzen ihm nach und legen auf ihn an, er ist gezwungen, einige Schritte zurückzuweichen, und im Moment, wo er das Gehölz durchsuchen will, erhält er eine Kugel in die linke Schulter, die ihm den Arm zerschmettert; er stürzt zu Boden und sieht sich sofort kampfunfähig gemacht. Die Schreie und das Gewehrfeuer waren bis nach Donnery gehört worden. Der Brigadier und ein Gendarm dieses Ortes kamen herbeigelaufen; ein Pelotonfeuer ließ sie sich nach der Seite des Gehölzes wenden, die derjenigen, wo sich die Plünderung vollzog, entgegengesetzt war. Der Gendarm versucht, durch Schreie die Briganten einzuschüchtern und damit das Herannahen von Hilfsmannschaften vorzuspiegeln. Er ruft: »Vorwärts! Hierher Feuer geben! Wir haben sie! Dorthin noch einmal schießen!«

Die Briganten rufen ihrerseits! »Zu den Waffen! Hierher, Kameraden! So schnell wie möglich!«

Der Lärm der Schüsse gestattet dem Brigadier nicht, die Schreie des verwundeten Gendarmen zu hören, noch auch ein ähnliches Manöver auszuführen wie das, womit der andere Gendarm die Briganten in Schach hält; aber er kann ein Geräusch unterscheiden, das von dem

Aufbrechen und Einschlagen der Kassen herrührt. Er geht in dieser Richtung vorwärts, aber vier bewaffnete Banditen gebieten ihm Halt; er ruft ihnen zu: »Ergebt euch, ihr Verbrecher!«

Sie antworten ihm: »Komm nicht näher, oder du bist des Todes!« Der Brigadier stürzt vor, zwei Schüsse gehen los, er ist getroffen; eine Kugel geht ihm durch das Bein und bleibt in der Flanke seines Pferdes stecken. Der tapfere Soldat ist blutüberströmt genötigt, den ungleichen Kampf aufzugeben; er ruft vergeblich: »Hierher! Die Briganten sind in le Quesnay!«

Die Banditen, die dank ihrer Überzahl Herren des Kampfplatzes geblieben sind, plündern nun den Wagen aus, der absichtlich in einen Hohlweg gefahren wurde. Zum Schein hatten sie dem Postillon die Augen verbunden. Man bricht die Kassen auf, und die Geldsäcke bedecken bald die Erde. Die Wagenpferde werden ausgespannt und mit den Geldsäcken beladen. Dreitausend Franken in Scheidemünze lässt man zurück, hundertdreitausend Franken werden auf den vier Pferden weggebracht. Der Zug geht nach dem Weiler von Manneville, der an den Marktflecken Saint-Savin stößt. Die Horde mit ihrer Beute macht an einem einzelstehenden Hause Halt, das den Brüdern Chaussard gehört und in dem ihr Onkel, ein gewisser Bourget, wohnt, der von Anfang an in die Anschläge eingeweiht war. Der Alte nimmt, unterstützt von seiner Frau, die Briganten auf, heißt sie sich still verhalten, packt das Geld von den Pferden ab und bringt den Leuten zu trinken. Sein Weib steht inzwischen beim Schlosse Schildwache. Der Alte führt die Pferde in das Gehölz zurück und übergibt sie wieder dem Postillon; dann macht er die beiden jungen Leute frei, die man, ebenso wie den willfährigen Postillon, gefesselt hatte. Nachdem sie sich ein wenig ausgeruht haben, machen sich die Banditen wieder auf den Weg. Courceuil, Hiley und Boislaurier versammeln ihre Mitschuldigen um sich, und nachdem man an jeden eine karg bemessene Belohnung ausgeteilt hat, entfernt sich die Bande.

Als sie an einen Ort, der Champ-Landry heißt, gelangt sind, warfen die Verbrecher, der inneren Stimme gehorchend, die alle Schurken zu widerspruchsvollen und falsch berechneten Schritten treibt, ihre Flinten in einem Getreidefelde weg. Dieses gemeinsame Tun ist das letzte Zeichen gegenseitigen Einverständnisses. Voll Schrecken über die Frechheit ihres Attentats und auch über dessen erfolgreichen Ausgang zerstreuen sie sich.

Nachdem dieser Raub mit bewaffneter Hand und ohne vor einem Morde zurückzuschrecken ausgeführt war, werden im Anschluss daran andere Schritte vorbereitet, und andere Akteure treten auf, um das Geraubte seiner Bestimmung zuzuführen.

Rifoël, der sich in Paris verborgen hält, wo alle Fäden des Komplotts in seiner Hand zusammenlaufen, übersendet Léveillé die Anweisung, für ihn so schnell als möglich fünfzigtausend Franken bereitzustellen. Courceuil, der sich für jeden verbrecherischen Plan als der geeignete Mann erwies, hatte schon Hiley abgesandt, um Léveillé zu benachrichtigen, dass der Anschlag gelungen sei und dass er nach Mortagne käme. Dorthin begibt sich auch Léveillé.

Vauthier, auf dessen Treue man rechnen zu können glaubte, macht sich anheischig, den Onkel der Chaussards aufzusuchen; als er in dessen Hause anlangt, bedeutet ihm der Alte, er solle sich an seine Neffen wenden, die namhafte Beträge der Dame Bryond übergeben hätten. Trotzdem heißt er ihn auf der Straße warten und übergibt ihm einen Sack mit zwölfhundert Franken, die Vauthier der Dame Lechantre für ihre Tochter bringt.

Auf das Drängen Léveillés kehrt Courceuil zu Bourget zurück, der ihn diesmal direkt an seine Neffen verweist. Der ältere Chaussard nimmt Vauthier in das Gehölz mit und bezeichnet ihm einen Baum, an dem man einen Sack mit tausend Franken in der Erde vergraben findet. Schließlich machen Léveillé, Hiley und Vauthier immer neue Fahrten, und jedes Mal wird ihnen eine im Verhältnis zu dem geraubten Betrage minimale Summe ausgeliefert.

Frau Lechantre nahm diese Summen in Mortagne entgegen und brachte sie auf ein Anweisungsschreiben ihrer Tochter nach Saint-Savin, wohin die Dame Bryond zurückgekehrt war.

Es ist hier jetzt nicht zu untersuchen, ob die Dame Lechantre schon vorher von dem Komplott Kenntnis gehabt hat.

Es genügt in diesem Moment, darauf hinzuweisen, dass die Dame Mortagne verließ, um am Abend vor der Ausführung des Verbrechens sich nach Saint-Savin zu begeben und ihre Tochter von dort abzuholen; dass die Damen sich unterwegs begegnen und nach Mortagne zurückkehren; dass am nächsten Tage der Notar, von

Hiley benachrichtigt, sich von Alençon nach Mortagne begibt, sofort zu ihnen kommt und sie dann veranlasst, die von den Brüdern Chaussard und von Bourget so schwer herausbekommenen Gelder in ein Haus in Alençon, von dem gleich die Rede sein wird und das einem Herrn Pannier, einem Kaufmann, gehört, zu bringen.

Die Dame Lechantre schreibt dem Wächter in Saint-Savin, er solle sie und ihre Tochter in Mortagne abholen und auf geradestem Wege nach Alençon bringen.

Die Gelder, die sich im ganzen auf zwanzigtausend Franken belaufen, werden bei Nacht verpackt, und das Dienstmädchen Godard leistet dabei Hilfe. Der Notar hatte ihnen den Weg angegeben. Man langt in der Herberge eines Vertrauten, eines gewissen Louis Chargegrain, in der Gemeinde Littray an. Trotz der Vorsichtsmaßregeln des Notars, der dem Wagen vorausgeht, haben sich Zeugen gefunden, die das Ausladen der Felleisen und Säcke, die das Geld enthielten, mitangesehen haben.

Als aber Courceuil und Hiley, als Frauen verkleidet, auf einem Platze in Alençon sich mit dem Herrn Pannier, dem Schatzmeister der Rebellen seit dem Jahre 1794, der Rifoël ganz ergeben war, trafen, um zu verabreden, wie man Rifoël den verlangten Betrag übermitteln solle, war der Schrecken über die bereits erfolgten Verhaftungen und die weiteren Verfolgungen so groß geworden, dass die Dame Lechantre in Angst bei Nacht aus der Herberge, in der sie sich befand, mit ihrer Tochter auf Umwegen entfloh und den Notar Léveillé im Stich ließ, um sich in den im Schlosse Saint-Savin hergestellten Verstecken zu verbergen. Dieselben Alarmnach-richten störten die übrigen Schuldigen auf. Courceuil, Boislaurier und sein Verwandter Dubut wechselten zweitausend Talerstücke in Gold bei einem Kaufmann ein und flohen durch die Bretagne nach England.

In Saint-Savin angelangt, erfahren die Damen Lechant-re und Bryond die Verhaftung Bourgets, des Postillons und der Banditen.

Die Gerichte, die Gendarmerie, die Behörden gingen mit so fester Hand vor, dass es dringend nötig erschien, die Dame Bryond den Nachforschungen der Justiz zu entziehen; denn sie war der Gegenstand der Verehrung aller dieser Übeltäter, die sich vor ihr gebeugt hatten. Daher verließ die Dame Bryond Saint-Savin und verbarg sich zuerst in Alençon, wo ihre Getreuen Rat hielten und beschlossen, sie in einem Keller Panniers zu verstecken.

Hier treten neue Ereignisse in die Erscheinung.

Zwei Gendarmen, mit den Nachforschungen nach der Dame Bryond beauftragt, gelingt es, bei Pannier einzu-dringen, und einer Besprechung beizuwohnen; aber die-se des Vertrauens ihrer Vorgesetzten unwürdigen Leute unterliegen, statt die Dame Bryond festzunehmen, der Verführung. Diese unwürdigen Soldaten, namens Ratel und Mallet, bezeigen für die Frau das lebhafteste Inte-resse und bieten sich an, sie ungefährdet zu den Chaus-sards zu bringen, um diese zur Herausgabe des Geldes zu zwingen.

Die Dame Bryond reitet, als Mann verkleidet, weg, be-gleitet von Ratel, Mallet und dem Mädchen Godard. Die Reise wird bei Nacht ausgeführt. Sie kommt an und hat allein mit einem der Brüder Chaussard eine sehr lebhaft geführte Unterredung. Sie war mit einer Pistole bewaffnet und entschlossen, ihren Mitschuldigen, wenn er sich weigerte, niederzuschießen; aber er führt sie in das Gehölz, und sie kehrt mit einem schweren Geldsack zurück. Sie findet darin Scheidemünzen und Zwölfsousstücke im Betrage von fünfzehnhundert Franken.

Man beschließt nun, alle Komplizen bei Chaussard zu versammeln, um sie festzuhalten und sie der Folter zu unterwerfen.

Pannier, von dem Misserfolg benachrichtigt, kommt wütend dazu und stößt Drohungen aus; und die Dame Bryond, obwohl sie ihrerseits ihm mit dem Zorne Rifoëls droht, ist genötigt, zu fliehen.

Alle diese Einzelheiten ergaben sich aus dem Geständnis Ratels.

Mallet, gerührt von ihrer bedrängten Lage, schlägt der Dame Bryond vor, sie in einem Verstecke unterzubringen. Alle bringen dann die Nacht in dem Gehölz von Troisville zu. Dann begeben sich Mallet und Ratel in Begleitung Hileys und Cibots nachts zu den Brüdern Chaussard; hier aber hören sie, dass die beiden Brüder die Gegend verlassen haben, und dass der Rest des Geldes sicherlich fortgeschafft ist. Dies war die letzte Anstrengung der Mitglieder des Komplotts, die geraubten Gelder wiederzuerlangen. Es muss nun festgestellt werden, welcher besondere Anteil einem jeden der Anstifter des Komplotts zuzuschreiben ist.

Dubut, Boislaurier, Gentil, Herbomez, Courceuil und Hiley sind als Führer anzusehen, die einen als Anstifter, die andern als Täter.

Boislaurier, Dubut und Courceuil, alle drei flüchtig, gegen die also in contumaciam verhandelt werden muss, sind berufsmäßige Rebellen, Begünstiger von Unruhen und unversöhnliche Feinde Napoleons des Großen, seiner Siege, seiner Dynastie und seiner Regierung, unserer neuen Gesetze und der Verfassung des Kaiserreichs.

Herbomez und Hiley haben frech mit bewaffneter Hand das ins Werk gesetzt, was sie geplant hatten. Die Schuld der Sieben, deren man sich als Instrumente zur Ausführung des Verbrechens bediente, der Cibot, Lisieux, Grenier, Bruce, Horeau, Cabot und Minard, ist klar; sie ergibt sich aus den Geständnissen derjenigen von ihnen, die sich in Haft befinden, denn Lisieux ist während der Untersuchung gestorben, und Bruce ist flüchtig.

Das Verhalten des Postillons Rousseau trägt den Stempel des Einverständnisses mit den Verbrechern an sich. Seine langsame Fahrt unterwegs, die Eile, mit der er die Pferde beim Eingang des Gehölzes antrieb, sein hartnäckiges Betonen, dass ihm die Augen verbunden waren, obwohl der Anführer der Briganten ihm das Taschentuch abnehmen ließ, damit er sie erkenne, was die jungen Leute bezeugt haben: Alle diese Umstände lassen sehr klar auf sein Einverständnis schließen.

Was die Dame Bryond und den Notar Leveille anlangt – kann es eine bündigere und klarere Mitschuld geben als die Ihrige? Sie haben fortgesetzt die verbrecherischen

Handlungen unterstützt, gekannt und jede Hilfe dabei geleistet. Leveille war bei jeder Gelegenheit unterwegs. Die Dame Bryond ersann eine List nach der anderen, sie setzte alles, sogar ihr Leben aufs Spiel, um die Herausgabe der Gelder zu erreichen. Sie hat ihr Schloss, ihren Wagen zur Verfügung gestellt, sie war von Anfang an an dem Komplott beteiligt; sie hat auch den Hauptanführer nicht davon abzubringen versucht, indem sie pflichtmäßig ihren Einfluss auf ihn geltend machte, um ihn daran zu verhindern. Sie hat auch ihr Kammermädchen, die Godard, mit hineingezogen. Leveille war an der Ausführung so sehr beteiligt, dass er sogar versucht hat, den Briganten das Beil, das sie verlangten, zu beschaffen.

Die Frau Bourget, Vauthier, die Chaussards, Pannier, die Dame Lechantre, Mallet und Ratel waren alle in verschiedenem Grade an dem Verbrechen beteiligt, ebenso die Herbergswirte Melin, Linet, Laravinière und Chargegrain.

Bourget ist während der Untersuchung gestorben, nachdem er ein Geständnis abgelegt hat, das jede Ungewissheit bezüglich des Anteils Vauthiers und der Dame Bryond beseitigt; und wenn er dabei versucht hat, die Schuld seiner Frau und seines Neffen Chaussard abzuschwächen, so sind die Gründe seiner Zurückhaltung leicht begreiflich.

Die Chaussards haben als Mitwisser den Briganten Lebensmittel gegeben, sie haben gesehen, dass sie bewaffnet waren, sie waren Zeugen aller Verabredungen, sie haben das zum Aufbrechen der Kasse notwendige Beil wegnehmen lassen, wobei sie wussten, wozu es dienen sollte. Endlich waren sie die Hehler, sie haben gesehen, wie die geraubten Gelder fortgeschleppt wurden, sie haben einen Teil davon versteckt und das meiste verschleudert.

Pannier, der alte Schatzmeister der Rebellen, hat die Dame Bryond versteckt gehalten; er ist einer der gefährlichsten Komplizen des Verbrechens und war von Anfang an darin eingeweiht. Auf ihn weisen noch andere Verdachtsmomente hin, die zwar noch nicht aufgeklärt sind, denen aber die Justiz nachgeht. Er ist der getreue Anhänger Rifoëls, der Vertrauensmann für die geheimen Umtriebe der gegenrevolutionären Partei im Westen; er bedauerte, dass Rifoël Frauen an dem Komplott beteiligt und ihnen Vertrauen geschenkt hat; er hat Geldsummen an Rifoël gesandt und war Hehler der geraubten Gelder.

Was das Verhalten der beiden Gendarmen Ratel und Mallet anlangt, so fordert es die äußerste Strenge der Justiz heraus; denn sie haben ihren Eid gebrochen. Der eine von ihnen, der sein Schicksal voraussah, hat Selbstmord begangen, nachdem er wichtige Eröffnungen gemacht hatte. Der andere, Mallet, hat nichts geleugnet; sein Geständnis beseitigt jede Ungewissheit.

Die Dame Lechantre hat, trotz ihres standhaften Leugnens, von allem gewusst. Das Vorleben dieser heuchlerischen Frau, die es versucht, ihre angebliche Unschuld durch eine äußerliche, lügnerische Frömmigkeit glaubhaft zu machen, beweist ihre Entschlossenheit und Unerschrockenheit in Notfällen. Sie beruft sich darauf, dass sie von ihrer Tochter getäuscht worden sei, dass sie geglaubt habe, es handele sich um Gelder, die dem Herrn

Bryond gehörten. Das ist eine plumpe Lüge! Wenn der Herr Bryond Geld besessen hätte, würde er nicht die Gegend verlassen und den Anblick seines wirtschaftlichen Zusammenbruchs vermieden haben. Die Dame Lechantre behauptet, dass sie an einen Raub nicht glauben konnte, da sie sah, dass die Sache von seinem Genossen Boislaurier gebilligt wurde. Aber wie erklärt sie die Anwesenheit Rifoëls in Saint-Savin, die Ausflüge und die Beziehungen dieses jungen Mannes zu ihrer Tochter, den Aufenthalt der Briganten, der ihnen durch das Mädchen Godard und die Dame Bryond ermöglicht wurde? Sie schützt ihren tiefen Schlaf vor, sie versteckt sich hinter ihrer angeblichen Gewohnheit, abends um sieben Uhr zu Bett zu gehen, wusste aber auf die Bemerkung des Untersuchungsrichters, dass sie dann doch mit Tagesanbruch aufstünde und sodann etliche Spuren des Komplotts und die Anwesenheit so vieler Leute hätte bemerken und sich über das nächtliche Fortgehen und Wiederkommen ihrer Tochter beunruhigen müssen, nichts zu erwidern. Sie hielt dem nur entgegen, dass sie im Gebet versunken gewesen sei. Diese Frau ist das Musterbild einer Heuchlerin. Ihre Reise am Tage des Verbrechens, die Mühe, die sie sich gibt, ihre Tochter nach Mortagne zu bringen, ihre Fahrt mit dem Gelde, ihre eilige Flucht, als alles entdeckt war, die Sorgfalt, mit der sie sich versteckt, ihr Verhalten bei ihrer Festnahme – alles beweist, dass sie als Mitschuldige seit langer Zeit beteiligt war. Sie hat nicht gehandelt wie eine Mutter, die ihre Tochter eines Besseren belehren und sie der Gefahr entziehen will, sondern wie eine Mitschuldige, die zittert; und ihre Mitschuld war nicht der Ausfluss übermäßiger Zärtlichkeit, sondern die Folge des Parteigeistes, der wohlbekannte Hass gegen die Regierung Seiner Kaiserlichen und Königlichen Majestät. Auch ein Übermaß von mütterlicher Zärtlichkeit würde sie nicht entlasten, und es darf nicht übersehen werden, dass ihre seit Langem und mit Vorbedacht gegebene Zustimmung den klarsten Beweis ihrer Mitschuld liefert.

Ebenso wie über die Tatsachen des Verbrechens ist auch über seine Anstifter Klarheit geschaffen. Es zeigt sich dabei eine abscheuliche Vereinigung von wütendem Fanatismus mit Verleitung zum Raube und zum Morde, wozu der Parteigeist angestiftet hat, auf den man sich zu berufen versucht, um vor sich selbst die niedrigsten Missetaten zu rechtfertigen. Die Anführer geben das Signal zum Raube von Staatsgeldern, um Geld für die schlimmsten Verbrechen zu beschaffen; elende wilde Söldner übernehmen um niedrigen Lohn die Ausführung und scheuen auch nicht vor dem Morde zurück; und die nicht weniger schuldigen Helfershelfer der Rebellen unterstützen das Verteilen und Verstecken der Beute. Welche menschliche Gesellschaft darf solche Attentate dulden? Keine Strafe ist dafür streng genug.

Deshalb wird der Sondergerichtshof für Strafsachen über die vorbezeichneten Angeklagten Herbomez, Hiley, Cibot, Grenier, Horeau, Cabot, Minard, Melin, Binet, Laravinière, Rousseau, die Frau Bryond, Léveillé, die Frau Bourget, Vauthier, den älteren Chaussard, Pannier, die Witwe Lechantre und Mallet, alle bereits näher bezeichnet und hier anwesend, und die schon benannten Boislaurier, Dubut, Courceuil, Bruce, den jüngeren Chaussard, Chargegrain, das Mädchen Godard, diese sämtlich flüchtig, das Urteil zu fällen haben, ob sie schuldig oder nicht schuldig der in dieser Anklageschrift erwähnten Handlungen sind.

Caen, den 1. Dezember 180 ...

Die Staatsanwaltschaft. Gezeichnet: Baron Bourlac.«

Diese Anklageschrift, die viel kürzer und bestimmter abgefasst war als die heutigen, die so peinlich genau und eingehend sich mit allen Nebenumständen und besonders mit dem Vorleben der Angeklagten befassen, erregte Gottfried aufs Tiefste. Der trockene Stil, in dem die amtliche Feder mit roter Tinte die Hauptumstände der Sache darstellte, setzte seine Fantasie in Tätigkeit. Zusammenfassende, präzise Berichte sind für manche Geister Texte, in die sie sich eingraben, um sich in ihre geheimnisvollen Abgründe zu vertiefen.

Mitten in der Nacht, in der Stille und Dunkelheit, die ihn umgab, und im Nachsinnen über die furchtbaren Beziehungen zwischen diesem Schriftstück und Frau de la Chanterie, die der gute Alain ihn hatte ahnen lassen, wandte Gottfried all seinen Scharfsinn auf, um sich über diesen Punkt Aufklärung zu verschaffen.

Sicher musste der Name Lechantre der Stammname der de la Chanterie sein, in den man unter der Republik und dem Kaiserreich ihren Aristokratennamen geändert hatte.

Er sah die Landschaft, in der sich diese Tragödie abgespielt hatte, vor sich. Die Figuren der Mitschuldigen zweiten Ranges zogen an seinem Auge vorbei.

Seine Fantasie stellte sich nicht einen gewissen Rifoël, sondern einen Chevalier du Vissard vor, einen jungen

Mann, der etwa dem Fergus Walter Scotts ähnlich und eine Art französischer Jakobit war. Er erlebte den Roman eines jungen Mädchens mit, das, durch die Niederträchtigkeit ihres Gatten in grober Weise betrogen (solche Romane waren damals modern), einen jungen Rebellenführer, der gegen den Kaiser konspirierte, liebt, sich wie Diana Vernon Hals über Kopf in die Verschwörung stürzt, sich dafür begeistert und, einmal auf diese abschüssige Bahn geraten, nicht mehr haltmacht! War sie bis auf das Schafott gekommen?

Gottfried sah eine ganze Welt vor sich. Er irrte in den normännischen Gehölzen umher, er erblickte den bretonischen Chevalier und Frau Bryond hinter den Hecken; er lebte mit im Schlosse Saint-Savin; er wohnte den verschiedenen Szenen bei, in denen so viele Menschen verführt wurden, und sah den Notar, den Kaufmann und alle die kühnen Führer der Chouans leibhaft vor sich. Er ahnte, wie fast das ganze Land daran teilhatte, in dem die Erinnerung an die Anschläge des berüchtigten Marche-à-Terre, der Grafen von Bauvan und Longuy, an das Massaker von la Vivetière, an den Tod des Marquis von Mautauran, von dessen Heldentaten ihm schon Frau de la Chanterie erzählt hatte, fortlebte. Diese Art Vision der Dinge, Menschen und Ortschaften ging schnell vorüber. Da er daran dachte, dass es sich um die bedeutende, vornehme, fromme alte Frau handelte, deren edle Eigenschaften einen solchen Einfluss auf ihn ausübten, dass er im Begriff war, ein anderer Mensch zu werden, so nahm Gottfried voll Schrecken die zweite Schrift, die ihm der biedere Alain gegeben hatte, in die Hand; sie war überschrieben:

»Gnadengesuch für Frau Henriette Bryond des Tours-Minières, geborene Lechantre de la Chanterie.«

»Hier ist kein Zweifel mehr möglich!«, sagte sich Gottfried.

Die Schrift lautete:

»Wir sind verurteilt und schuldig; aber wenn jemals ein Souverän Grund gehabt hat, von seinem Begnadigungsrecht Gebrauch zu machen, ist das nicht in der vorliegenden Sache der Fall?

Es handelt sich um eine junge Frau, die erklärt hat, dass sie sich Mutter fühlt, und die zum Tode verurteilt ist.

Auf der Schwelle des Gefängnisses, im Anblick des Schafotts, das sie erwartet, wird diese Frau die reine Wahrheit sagen.

Die Wahrheit wird für sie reden, ihr wird sie die Begnadigung zu verdanken haben.

Der vor dem Strafgerichtshof von Alençon verhandelte Prozess hat, wie alle Prozesse, bei denen eine große Anzahl Angeklagter in ein gemeinsames Komplott verwickelt ist, das vom Parteigeist angezettelt wurde, ganz unaufgeklärte Teile gezeigt.

Die Kanzlei Seiner Kaiserlichen und Königlichen Majestät weiß, was sie heute von der mysteriösen Persönlichkeit des sogenannten Le Marchand zu halten hat, dessen Anwesenheit im Departement l'Orne während der Prozessverhandlungen vor dem öffentlichen Ankläger nicht geleugnet wurde, den vorzuladen aber die Staatsanwaltschaft sich nicht veranlasst gesehen hat, während die Verteidigung keine Möglichkeit hatte, ihn vorführen zu lassen, noch ihn überhaupt aufzufinden.

Diese Persönlichkeit ist, wie die Staatsanwaltschaft, die Präfektur, die Pariser Polizei und die Kanzlei Seiner Kaiserlichen und Königlichen Majestät wissen, der Herr Bernhard-Polydor Bryond des Tours-Minières, seit 1794 Korrespondent des Grafen von Lille, im Ausland als Baron des Tours-Minières und in den Annalen der Pariser Polizei unter dem Namen Contenson bekannt.

Das ist ein Ausnahmemensch, ein Mann, dessen Adel und Jugend durch so lasterhafte Neigungen, durch eine so tiefe Immoralität, durch so strafbare Verirrungen befleckt sind, dass dieses elende Dasein sicher schon auf dem Schafott geendet hätte, ohne die Kunst, mit der er sich in einer Doppelrolle, entsprechend seinem doppelten Namen, nützlich zu machen verstand. Aber mehr und mehr von seinen Leidenschaften, von immer neuen Bedürfnissen beherrscht, wird er schließlich noch unter die tiefste Stufe des Lasters sinken und bald bei dessen untersten Ausläufern angelangt sein, trotz seiner unbestreitbaren Begabung und seinem bemerkenswerten Verstande.

Als die Vorsicht des Grafen von Lille Bryond nicht mehr erlaubte, Geld im Auslande zu erheben, wollte er der blutigen Arena, in die ihn seine Geldansprüche hinabgezogen hatten, entrinnen.

War seine Karriere nicht ertragreich genug gewesen? Waren es Gewissensbisse oder die Schande, die diesen Mann in das Land zurückführten, wo seine Besitzungen, die bei seiner Abreise mit Schulden überlastet waren, seinem Genie wenig Hilfsmittel darbieten konnten? Es ist unmöglich, das zu glauben. Es ist wahrscheinlicher, anzunehmen, dass er in den Departements, wo noch einige Funken unserer Bürgerkriege glommen, eine Mission zu erfüllen hatte.

Als er die Gegend durchforschte, in der seine hinterlistige Zusammenarbeit mit den von England und dem Grafen von Lille angesponnenen Intrigen ihm das Vertrauen der Familien, die der durch das Genie unseres unsterblichen Kaisers besiegten Partei anhingen, verschafften, begegnete er einem früheren Anführer der Rebellen, zu dem er seit der Unternehmung von Quibéron und der letzten Erhebung der Rebellen im Jahre VII als Abgesandter des Auslandes Beziehungen hatte. Er bestärkte den großen Agitator, der seine Komplotte gegen den Staat mit dem Tode gebüßt hat, in seinen Hoffnungen. So vermochte Bryond die Geheimnisse dieser unverbesserlichen Partei zu erfahren, die den Ruhm Seiner Majestät des Kaisers Napoleon I. und damit die wahren Interessen des Landes, die in seiner geheiligten Person vereinigt sind, verkannte.

Im Alter von sechsunddreißig Jahren, tiefste Frömmigkeit heuchelnd, eine grenzenlose Ergebenheit für die Interessen des Grafen von Lille und eine anbetungsvolle Ergebenheit für die Insurgenten, die ihren Tod bei den Kämpfen im Westen gefunden hatten, wusste er geschickt die Anzeichen seiner erschöpften Jugendkraft, die sich noch durch einige äußerliche Vorzüge empfahl, zu verbergen; und aufs Beste unterstützt durch das Schweigen seiner Gläubiger und durch eine unerhörte Gefälligkeit der Junker des Landes, ließ sich dieser

Mensch, ein wahres übertünchtes Grab, mit großen Ansprüchen auf Berücksichtigung bei der Dame Lechantre, die für sehr reich galt, einführen.

Man machte ein Komplott, um diesen Schützling der Junker die einzige Tochter der Frau Lechantre, die junge Henriette, heiraten zu lassen.

Priester, frühere Adlige, Gläubiger, jeder aus anderen Beweggründen, die bei den einen loyal waren, bei den andern auf Habgier beruhten, für deren Folgen aber die Mehrzahl blind war, – alle arbeiteten zusammen, um die Heirat Bernhard Bryonds mit Henriette Lechantre zustande zu bringen.

Die Vorsicht des Notars, der die Geschäfte der Frau Lechantre führte, und vielleicht auch etwas Misstrauen waren die Veranlassung, dass die junge Dame ins Verderben gestürzt wurde. Herr Chesnel, der Notar von Alençon, schloss die Besitzung Saint-Savin, das einzige, was die künftige Ehefrau besaß, von der Gütergemeinschaft aus, wobei er der Mutter die Wohnung und eine bescheidene Rente vorbehielt.

Die Gläubiger, die bei der Dame Lechantre aufgrund ihres Ordnungssinnes und ihrer Sparsamkeit erhebliche Kapitalien vermuteten, sahen sich in ihren Erwartungen getäuscht; alle hielten die Dame für geizig und gingen nun gegen Bryond vor, dessen prekäre Lage jetzt offenbar wurde.

Es brachen scharfe Zwistigkeiten zwischen den jungen Ehegatten aus, bei denen der jungen Frau die Verdorbenheit, die religiöse und politische Gottlosigkeit und – darf ich es sagen? – die Niederträchtigkeit des Mannes klar wurden, an den ihr Geschick so verhängnisvoll geknüpft war. Bryond sah sich genötigt, seine Frau in das Geheimnis der verabscheuungswürdigen Komplotte gegen die kaiserliche Regierung einzuweihen und in seinem Hause Rifoël du Vissard ein Asyl anzubieten.

Der abenteuerliche, tapfere, edelmütige Charakter Rifoëls übte auf alle, die ihm nähertraten, eine verführerische Anziehung aus, wofür eine Unzahl von Beweisen in den Strafprozessen vorliegen, die vor den drei Sondergerichtshöfen in Strafsachen geführt worden sind.

Sein unwiderstehlicher Einfluss, seine absolute Herrschaft über eine junge Frau, die sich in einen Abgrund gestürzt sah, wird nur zu deutlich bei der Katastrophe, deren Schrecken sie als Bittflehende vor den Stufen des Thrones niederknien lässt. Was aber die Kanzlei Seiner Kaiserlichen und Königlichen Majestät leicht feststellen kann, das ist die niederträchtige Bereitwilligkeit Bryonds, mit der er, weit entfernt, seine Pflicht als Führer und Berater des Kindes, das eine betrogene Mutter ihm anvertraut hatte, zu erfüllen, eine Freude daran fand, das Band der Intimität zwischen der jungen Henriette und dem Rebellenführer nur noch enger zu knüpfen.

Der Plan dieses verabscheuungswürdigen Menschen, der sich rühmt, alles zu verachten und jede Sache nur unter dem Gesichtspunkte seiner Gelüste zu betrachten und der die moralischen und religiösen Vorschriften nur als leicht zu beseitigende Hindernisse betrachtet, dieser Plan war folgender:

Es muss zunächst betont werden, wie vertraut mit einem derartigen Vorgehen ein Mann war, der seit dem

Jahre 1794 eine doppelte Rolle spielt und der es acht Jahre hindurch verstanden hat, den Grafen von Lille und seine Anhänger und vielleicht auch die oberste Polizeibehörde des Reichs zu täuschen: Dienen solche Menschen nicht demjenigen, der sie am besten bezahlt?

Bryond trieb Rifoël zu dem Verbrechen, er drängte darauf, mit bewaffneter Hand die Staatskassen zu rauben und von den Käufern von Nationalgütern eine hohe Kontribution unter Anwendung scheußlicher Martern zu erheben, die fünf Departements in Schrecken setzen sollten, und die er ausgedacht hatte. Er verlangte, dass ihm dreihunderttausend Franken ausgehändigt würden, um damit die auf seinen Gütern lastenden Schulden abzulösen.

Falls seine Frau oder Rifoël ihm Widerstand leisten würden, hatte er sich vorgenommen, sich für die tiefe Verachtung, die er dieser geradsinnigen Seele eingeflößt hatte, zu rächen, indem er beide der Strenge des Gesetzes ausliefern wollte, sobald sie ein Kapitalverbrechen begangen haben würden.

Als er sah, dass die Anhänglichkeit an die Partei bei diesen beiden Wesen, die er aneinander gebunden hatte, stärker war als die Berücksichtigung seiner Interessen, verschwand er und kehrte nach Paris zurück, versehen mit eingehenden Auskünften über die Situation in den weltlichen Departements.

Die Brüder Chaussard und Vauthier waren Bryonds Korrespondenten, das ist der Kanzlei bekannt.

Heimlich und verkleidet erschien er, sobald das Attentat auf die Kassen von Caen ausgeführt war, wieder im

Lande unter dem Namen Le Marchand und setzte sich im geheimen mit dem Herrn Präfekten und den Behörden in Verbindung. Was geschah nun? Niemals ist eine so weit verbreitete Verschwörung, an der so viele Personen der verschiedensten Stufen der gesellschaftlichen Stellung teilnahmen, der Justiz so schnell bekannt geworden wie dieses unerwartete Attentat auf die Kassen von Caen. Alle Schuldigen wurden verfolgt und sechs Tage nach dem Attentat aufgespürt, und zwar mit einer Sicherheit, die die vollkommenste Kenntnis der Pläne und der Individuen beweist. Die Verhaftungen, der Prozess, der

Tod Rifoëls und seiner Mitschuldigen sind der Beweis dafür, den wir nur erwähnen, um zu zeigen, dass wir dessen sicher sind. Der Kanzlei, wir wiederholen es, ist über diesen Punkt mehr bekannt als uns. Wenn jemals ein Verurteilter sich an die Gnade des Souveräns wenden dürste, so ist es Henriette Lechantre.

Mitgerissen von ihrer leidenschaftlichen Liebe, von den Ideen der Rebellion, die sie mit der Muttermilch eingesogen hatte, ist sie in den Augen der Justiz sicherlich nicht zu entschuldigen; werden aber von dem großherzigsten der Kaiser der niedrigste Verrat und der heißeste Enthusiasmus nicht zu ihren Gunsten sprechen?

Der größte Feldherr, der unsterbliche Genius, der den Fürsten Hatzfeld begnadigte und, gleich Gott selbst, die verhängnisvollen Triebe des Herzens versteht, wird er nicht zugeben, dass dieser Trieb unüberwindlich ist und ein Verbrechen, so groß es auch sei, zu entschuldigen vermag?

Zweiundzwanzig Köpfe sind bereits durch das Schwert der Gerechtigkeit gefallen, nachdem die drei Strafgerichtshöfe das Urteil gesprochen haben; es ist nur noch der einer jungen Frau von zwanzig Jahren, einer Minderjährigen übrig: Wird Kaiser Napoleon der Große sie nicht schonen, damit sie bereuen kann? Wird er die Vergeltung nicht Gott überlassen?

Für Henriette Lechantre, die Gattin Bryonds des Tours-Minières,

ihr Verteidiger Bordin, Advokat am Gerichtshof erster Instanz des Seine-Departements.

Diese furchtbare Tragödie beunruhigte den kurzen Schlaf, den Gottfried fand. Er träumte von der Hinrichtung, wie sie der Arzt Guillotin in philanthropischem Interesse erfunden hat. Mitten in seinem schweren Albdrücken sah er die junge Frau nach den letzten Vorbereitungen auf dem Karren fortgeschleppt, wie sie das Schafott bestieg mit dem Rufe: Es lebe der König!

Die Neugierde peinigte Gottfried. Bei Tagesanbruch erhob er sich, kleidete sich an, ging im Zimmer auf und ab und stellte sich schließlich ans Fenster, indem er mechanisch den Himmel betrachtete und sich, wie es ein moderner Autor machen würde, die Tragödie als einen Roman in mehreren Bänden vor Augen stellte. Beständig sah er von dem dunklen Hintergrunde von Chouans, Landleuten, Provinzedelleuten, Anführern,Gerichtspersonen, Advokaten, Spionen sich strahlend die Figuren der Mutter und der Tochter abheben; der Tochter, die ihre Mutter täuschte, der Frau, die das Opfer eines Ungeheuers geworden war und das Opfer ihrer Zuneigung zu einem jener kühnen Männer, die man später Helden nannte, und dem die Einbildungskraft Gottfrieds eine Ähnlichkeit mit Leuten wie Charette, Georges Cadoudal, mit den Gewaltigen in dem Kampfe zwischen Republik und Monarchie verlieh.

Sobald Gottfried den braven Alain sich in seinem Zimmer bewegen hörte, ging er zu ihm; aber als er die Tür geöffnet hatte, kehrte er wieder um. Der Greis kniete auf seinem Betschemel und sprach sein Morgengebet. Der Anblick dieses weißen, in tiefste Andacht versunkenen Hauptes erinnerte Gottfried an seine versäumte Pflicht, und er kniete nieder, um ein heißes Gebet zum Himmel zu richten.

»Ich erwartete Sie«, sagte der Alte, als er Gottfried eine Viertelstunde später eintreten sah, »ich habe Ihrer Ungeduld Rechnung getragen und bin früher als sonst aufgestanden.«

»Frau Henriette? ...«, fragte Gottfried in sichtlicher Angst.

»Ist die Tochter der gnädigen Frau«, unterbrach der Alte Gottfried. »Die gnädige Frau nennt sich Lechantre de la Chanterie. Unter dem Kaiserreich wurden weder die Adelstitel noch die dem Familien- oder dem ursprünglichen Namen hinzugesetzten anerkannt. So nannte sich die Baronin des Tours- Minières Frau Bryond. Der Marquis d'Esgrignon nahm wieder den Namen Carol an, er wurde der Bürger Carol und später der Herr Carol. Die Troisvilles wurden die Herren Guibelin.«

»Und wie lief die Sache aus? Hat der Kaiser sie begnadigt?«

»Leider nicht!«, erwiderte Alain. »Die unselige kleine Frau von einundzwanzig Jahren starb auf dem Schafott. Als der Kaiser die Eingabe Bordins gelesen hatte, antwortete er seinem Justizminister etwa Folgendes:

›Weshalb soll ich mich um einen Spion bekümmern? Ein Polizeiagent ist kein gewöhnlicher Mensch mehr, er darf auch keine menschlichen Gefühle haben; er ist ein Rad in einer Maschine, Bryond hat nur seine Pflicht getan. Wenn solche Instrumente nicht das wären, was sie sein müssen, Männer von Eisen, die ihren Geist nur im Sinne des Herrn, dem sie dienen, anstrengen, dann wäre jede Regierung unmöglich. Die Urteilssprüche der Sonderstrafgerichte müssen vollzogen werden, sonst würden meine Beamten weder zu ihnen noch zu mir Vertrauen haben.

Übrigens sind die Söldner dieser Leute hingerichtet worden, und sie waren weniger schuldig als die Anführer. Außerdem muss man den Frauen aus dem Westen zeigen, dass sie sich nicht an Komplotten beteiligen sollen. Gerade weil hier eine Frau durch den Spruch des Gerichts betroffen ist, muss der Gerechtigkeit freier Lauf gelassen werden. Gegenüber dem Staatsinteresse kann es keine Entschuldigung geben. Das war ungefähr der Inhalt dessen, was der Justizminister so freundlich war, Bordin aus seiner Unterredung mit dem Kaiser mitzuteilen. Als er erfuhr, dass Frankreich und Russland sich bald miteinander messen sollten und dass der Kaiser sich siebenhundert Meilen von Paris entfernen musste, um ein ungeheures ödes Land anzugreifen, begriff Bordin die wahren Gründe der kaiserlichen Ungnade. Um Ruhe im Westen zu haben, der schon Rebellen genug in sich barg, schien es Napoleon notwendig, starken Schrecken zu verbreiten. Daher riet der Justizminister dem Advokaten auch, nichts weiter für seine Klienten zu versuchen.

»Und für seine Klientin?«, sagte Gottfried.

»Frau de la Chanterie wurde zu zweiundzwanzig Jahren Zuchthaus verurteilt«, sagte Alain. »Da sie schon nach Bicêtre, nahe bei Rouen, überführt war, um ihre Strafe zu verbüßen, durfte man sich mit ihr erst befassen, nachdem ihre Henriette scheinbar gerettet war, die nach der schrecklichen Gerichtsverhandlung ihr so ans Herz gewachsen war, dass ohne Bordins Zusicherung, dass er ihre Begnadigung durchsetzen würde, die gnädige Frau die Verurteilung wohl nicht überlebt hätte. Man täuschte also die arme Mutter. Sie sah ihre Tochter noch, nachdem die andern zum Tode Verurteilten schon hingerichtet waren, ohne zu ahnen, dass dieser Aufschub nur ihrer fälschlichen Angabe, sie sei schwanger, zuzuschreiben war.«

»Ach, nun begreife ich alles!«, rief Gottfried.

»Nein, mein Kind, es gibt Dinge, die man sich nicht vorstellen kann. Die gnädige Frau hat ihre Tochter sehr lange Zeit am Leben geglaubt ...«

»Wie das?«

»Als Frau des Tours-Minières von Bordin die Abweisung ihres Gnadengesuchs erfuhr, hatte die großherzige kleine Frau den Mut, zwanzig Briefe zu verfassen, von Monat zu Monat nach ihrer Hinrichtung datiert, um den Glauben zu erhalten, dass sie noch lebe, und in ihnen die Leiden einer erdichteten Krankheit, die zum Tode führte, zu beschreiben. Diese Briefe umfassten einen Zeitraum von zwei Jahren. Frau de la Chanterie wurde so auf den Tod ihrer Tochter vorbereitet, aber auf einen natürlichen Tod: von ihrer Hinrichtung erfuhr sie erst im Jahre 1814. Zwei Jahre lang war sie im Kerker zusammen mit den elendesten Geschöpfen ihres Geschlechts in Gefangenenkleidern; nach Ablauf des zweiten Jahres erhielt sie dann auf das dringende Bemühen der Champignelles und der Beauséants ein eigenes Zimmer, in dem sie wie eine Nonne im Kloster lebte.

»Und was geschah mit den anderen?«

»Der Notar Léveillé, d'Herbomey, Hiley, Cibot, Grenier, Horeau, Cabot, Minard und Mallet wurden zum Tode verurteilt und am gleichen Tage hingerichtet. Pannier, zu zwanzig Jahren Zwangsarbeit verurteilt, auch Chaussard und Vauthier wurden gebrandmarkt und in den Bagno geschickt; aber der Kaiser begnadigte Chaussard und Vauthier; Melin, Laravinière und Binet wurden zu fünf Jahren Zuchthaus verurteilt, Frau Bourget zu zwanzig Jahren Zuchthaus. Chargegrain und Rousseau wurden freigesprochen. Alle Geflüchteten wurden in contumaciam zum Tode verurteilt, außer dem Mädchen Godard, die niemand anderes ist, Sie ahnen es wohl, als unsere arme Manon ...«

»Manon? ...«, rief Gottfried verblüfft.

»Oh, Sie kennen Manon noch nicht!«, erwiderte der gute Alain. »Dieses aufopfernde Wesen, das zu zweiundzwanzig Jahren Zuchthaus verurteilt war, stellte sich freiwillig, um Frau de la Chanterie im Gefängnis als Dienerin beizustehen. Unser verehrter Vikar ist der

Priester von Mortagne, der die Baronin des Tours-Minières mit den Sterbesakramenten versah und den Mut hatte, sie auf das Schafott zu geleiten, und der ihren letzten Abschiedskuss empfangen hat. Dieser mutige, hochherzige Priester hat auch dem Chevalier du Vissard beigestanden. Unser teurer Abbé hat also alle Geheimnisse der Verschwörer erfahren ...«

»Nun weiß ich, was ihm das Haar gebleicht hat!«, sagte Gottfried.

»Ach!«, fuhr Alain fort, »er hat von Amédée du Vissard das Miniaturbild der Frau des Tours-Minières empfangen, das einzige Bild, das von ihr existiert; daher war der Abbé für Frau de la Chanterie ein Heiliger, als sie glorreich wieder in die Gesellschaft zurückkehrte.«

»Wie das? ...«, fragte Gottfried erstaunt.

»Nun, bei der Rückkehr Ludwigs XVIII. im Jahre 1814. Boislaurier, der jüngere Bruder des Herrn Boisfrelon, hatte vom König den Befehl gehabt, den Westen im Jahre 1809 und dann nochmals im Jahre 1812 aufzuwiegeln. Sein Name ist Dubut, der Dubut aus Caen ist sein Verwandter. Es waren drei Brüder: Dubut de Boisfranc, Präsident des Hilfsgerichts; Dubut de Boisfrelon, Parlamentsrat, und Dubut-Boislaurier, Dragonerrittmeister. Der Vater hatte seinen Söhnen die Namen von drei verschiedenen Besitzungen gegeben, um ihre niedere Herkunft zu verbergen, denn der Großvater der Dubuts war Leinwandhändler. Der Dubut aus Caen, der sich zu retten vermochte, gehörte zu den Dubuts, die Kaufleute geblieben waren, und er hoffte, durch seine Hingabe für die Sache des Königs es zu erreichen, dass er den Titel des Herrn de Boisfranc übertragen bekam. Ludwig XVIII. hat auch den Wunsch dieses treuen Dieners erfüllt, der im Jahre 1815 Generalprofos und später Generalstaatsanwalt, unter dem Namen de Boisfranc, wurde; er ist als erster Präsident eines Obergerichts gestorben. Der Marquis du Vissard, der ältere Bruder des armen Chevalier, zum Pair von Frankreich ernannt und vom König mit Ehren überhäuft, wurde Leutnant der Maison rouge und nach Auflösung der Maison rouge Präfekt. Der Bruder des Herrn d'Herbomez wurde Graf und Generalsteuereinnehmer. Der arme Bankier Pannier ist kinderlos als Generalleutnant und Gouverneur eines königlichen Schlosses gestorben. Die Herren von Champignelles und von Beauséant, der Herzog von Verneuil und der Großsiegelbewahrer haben Frau de la Chanterie dem König vorgestellt. ›Sie haben um meinetwillen viel gelitten, Frau Baronin; Sie haben Anspruch auf meine Gunst und meine volle Dankbarkeit‹, sagte er zu ihr. ›Sire‹, erwiderte sie, ›Euer Majestät haben so viele Unglückliche zu trösten, ich will Sie nicht noch mit einem untröstlichen Schmerz belasten. In Zurückgezogenheit leben, meine Tochter beweinen und Gutes tun, das soll den Rest meiner Tage ausfüllen. Wenn etwas meinen Jammer versüßen kann, so ist das die Güte meines Königs und die Freude, zu sehen, dass die Vorsehung so viel Hingebung nicht hat vergeblich sein lassen.‹«

»Und was hat Ludwig XVIII. getan?«, fragte Gottfried.

»Der König ließ Frau de la Chanterie zweihunderttausend Franken zustellen, denn die Herrschaft Saint- Savin war verkauft worden, um die Prozesskosten zu decken«, antwortete der Alte. »Die Begnadigungsschreiben für die Frau Baronin und ihre Dienerin sprechen das Bedauern des Königs über die in seinem Dienste ausgestandenen Leiden aus und erwähnen, ›dass der Eifer seiner Diener in der Anwendung der Mittel zu weit gegangen sei‹; aber, schrecklich zu sagen, und was Ihnen als der merkwürdigste Charakterzug dieses Monarchen erscheinen wird: Er verwendete Bryond weiter während seiner Regierung in seiner Geheimpolizei.«

»Oh, die Könige, die Könige!«, rief Gottfried aus. »Und lebt der Schurke noch?«

»Nein. Der Elende, der seinen Namen wenigstens hinter dem Namen Contenson verbarg, ist Ende 1829 oder Anfang 1850 gestorben. Als er einen Verbrecher verhaften wollte, der auf das Dach eines Hauses geflüchtet war, stürzte er auf die Straße hinab. Ludwig XVIII. teilte die Anschauungen Napoleons über die Polizei. Frau de la Chanterie ist eine Heilige, sie betet für das Seelenheil dieses Ungeheuers und lässt jährlich zwei Messen für ihn lesen. Obgleich von einem der größten Redner und berühmtesten Advokaten der Zeit verteidigt, konnte Frau de la Chanterie, die von der Gefahr, die ihre Tochter lief, erst erfuhr, als das geraubte Geld weggeschafft wurde, und auch erst dadurch, dass ihr Verwandter Boislaurier sie darüber aufklärte, doch niemals ihre Unschuld beweisen. Der Präsident du Ronceret und Blondet, der Vizepräsident des Gerichts von Alençon, versuchten vergeblich, die arme Frau zu retten; der Einfluss des kaiserlichen Gerichtsrats, der dem Sonderstrafgericht präsidierte, des berühmten Mergi, der später Generalstaatsanwalt und ein fanatischer Anhänger von Thron und Altar wurde, auf seine beiden Kollegen war so groß, dass er die Verurteilung der armen Baronin de la Chanterie durchsetzte. Die Herren Bourlac und Mergi bewiesen während des Prozesses eine unglaubliche Hartnäckigkeit. Der Präsident redete die Baronin des Tours mit Frau Bryond und die gnädige Frau mit Frau Lechantre an. Die Namen der Angeklagten wurden nach republikanischem Muster sämtlich verkürzt und beinahe verstümmelt. Der Prozess zeichnete sich durch ganz ungewöhnliche Umstände aus, von denen ich mich nicht mehr an alle erinnere; nur ein kühner Zug ist mir im Gedächtnis geblieben, der Ihnen beweisen kann, was für Leute die Chouans waren. Die Menschenmassen, die den Prozessverhandlungen beiwohnen wollten, überfliegen alles, was Sie sich vorstellen können; sie füllten die Korridore an, und auf dem Platze sah es aus wie an einem Markttage. Eines Tages, bei Eröffnung der Sitzung, noch vor Eintreten des Gerichtshofs, sprang Pille-Miche, der berüchtigte Chouan, über die Schranken mitten in die Menge hinein, machte sich mit den Ellbogen Platz, verschwand in der Masse und flüchtete mit dem Strom der erschreckten Menschen, ›sich vorwärts kämpfend wie ein wilder Eber‹, erzählte mir Bordin. Die Gendarmen und die Wache stürmten hinter ihm her, und er wurde erst am Ende der Treppe, gerade als er den freien Platz erreicht hatte, gepackt. Infolge dieses kühnen Wagnisses wurde die Wache verdoppelt. Eine Gendarmerieabteilung wurde auf dem Platze konsigniert; denn man befürchtete, dass sich Chouans finden könnten, die bereit waren, den Angeklagten Schutz und Hilfe zu gewähren. Bei diesen Versuchen wurden drei Menschen im Gedränge totgedrückt. Nachher hat man erfahren, dass Contenson (ebenso wie mein alter Freund Bordin kann ich mich nicht entschließen, ihn den Baron des Tours-Minières oder Bryond, was auch ein alter Adelsname ist, zu nennen), man hat also, sage ich, erfahren, dass dieser Elende sechzigtausend Franken von dem geraubten Gelde beiseitegeschafft und verschwendet hat; zehntausend hat er dem jungen Chaussard gegeben und ihn für die Polizei angeworben, wobei er ihn mit seinen Gelüsten und Lastern angesteckt hat; aber keiner seiner Mitschuldigen hat Glück gehabt. Der flüchtige Chaussard wurde von dem Herrn von Boislaurier ins Meer gestürzt, sobald dieser durch ein Wort Panniers den Verrat dieses Schurken erfuhr, dem Contenson geraten hatte, sich mit den flüchtigen Verschwörern zu vereinigen, um sie zu überwachen. Vauthier wurde in Paris ermordet, zweifellos von einem der heimlichen ergebenen Genossen des Chevaliers du Vissard. Der jüngste Chaussard endlich wurde bei einer der besonderen nächtlichen Streifzüge der Polizei ermordet; es ist anzunehmen, dass Contenson sich von seinen Ansprüchen oder seinen Gewissensbissen befreite, indem er ihn, wie man sagt, ›dem Himmel empfahl‹. Frau de la Chanterie ließ ihr Geld ins Staatsschuldbuch eintragen und kaufte dieses Haus, um den Wunsch ihres Oheims, des alten Rats de Boisfrelon, zu erfüllen, der ihr das zum Erwerbe nötige Geld gab. Diese ruhige Gegend liegt in der Nachbarschaft des erzbischöflichen Palais, wo unser teurer Abbé bei dem Kardinal tätig ist. Das war der Hauptgrund der gnädigen Frau, dem Wunsche des Alten zu entsprechen, dessen Vermögen nach fünfundzwanzig Revolutionsjahren auf eine Rente von sechstausend Franken zusammengeschmolzen war. Im Übrigen hatte die gnädige Frau das Verlangen, ihrem entsetzlichen Unglück, das sie seit sechsundzwanzig Jahren verfolgte, durch ein klösterliches Leben ein Ende zu setzen. Sie werden sich jetzt die majestätische Größe dieses, wie ich zu sagen wage, erhabenen Opfers erklären können ...«

»Ja«, sagte Gottfried, »der Druck aller Schicksalsschläge, die sie getroffen haben, hat ihr eine gewisse majestätische Größe verliehen.«

»Jede Wunde, jeder neue Schlag hat ihre Geduld, ihre Ergebung nur verdoppelt«, fuhr Alain fort; »wenn Sie sie aber erst so, wie wir kennten, wenn Sie wüssten, wie feinfühlig ihr Empfinden, wie unerschöpflich die Zärtlichkeit ihres Herzens sich betätigt, so würden Sie erschreckt sein, wenn Sie zählen wollten, wie viel Tränen sie vergossen, wie viel heiße Bitten sie an Gott gerichtet hat. Man muss, wie sie, nur eine flüchtige Zeitspanne voll Glückes gekannt haben, umso vielen Schicksalsschlägen widerstehen zu können! Sie hat ein zärtliches Herz, eine sanfte Seele in einem Körper von Eisen, den Entbehrungen, Arbeiten, Kasteiungen nur noch härter gemacht haben.«

»Ihr Leben lässt Einen das lange Leben der Einsiedler begreifen«, sagte Gottfried.

»Zuweilen frage ich mich, welchen Sinn ein solches Leben haben mag ... Hat Gott diese schlimmsten, grausamsten Prüfungen denjenigen unter seinen Geschöpfen vorbehalten, die sich am Tage nach ihrem Hinscheiden an seine Seite setzen dürfen?« sagte der brave Alain, oh-

ne zu ahnen, dass er damit ganz unbewusst Sweden-
borgs Lehre von den Engeln wiedergab.

»Aber wie denn«, rief Gottfried aus, »Frau de la Chanterie war zusammengesperrt mit ...?

»Im Gefängnis hat die gnädige Frau ihre ganze Erhabenheit bewiesen«, erwiderte Alain. »Drei Jahre hindurch hat sie die Dichtung des Vikars von Wakefield in
die Tat umgesetzt, denn sie hat etliche von den verdor-
benen Weibern, die sie umgaben, bekehrt. Während ihrer Haft hat sie das Leben dieser Zuchthäuslerinnen studiert, und ein heißes Mitleid mit dem Jammer des Vol-
kes hat sie ergriffen, das sie nie verlassen und sie zur
Königin der Pariser Wohltätigkeitswerke gemacht hat.
In dem scheußlichen Bicêtre bei Rouen hat sie den Plan
entworfen, dessen Verwirklichung wir uns geweiht haben. Das war, wie sie sagt; ihr wundervoller Traum, eine
himmlische Eingebung inmitten der Hölle; sie glaubte
nicht, ihn jemals verwirklichen zu können. Als im Jahre
1819 in Paris die Ruhe wieder eingekehrt zu sein schien,
kam sie auf ihren Traum zurück. Die Herzogin von An-
goulême, dann die Dauphine, die Herzogin von Berri,
der Erzbischof, später der Kanzler und andere fromme
Persönlichkeiten spendeten freigebig die ersten erforderlichen Beiträge. Diese Summen wurden um den verfüg-
baren Anteil unserer Einkünfte vermehrt, von denen jeder von uns nur das unbedingt Notwendige verbraucht.«

Gottfried stiegen die Tränen in die Augen.

»Wir sind die getreuen Verweser einer christlichen
Idee, und wir gehören mit Leib und Seele dem Werke,

dessen geistiges Haupt und Begründerin die Baronin de la Chanterie ist, die Sie von uns so respektvoll mit ›gnädige Frau‹ anreden hören.«

»Ach, ich will einer der Ihrigen werden«, sagte Gottfried und streckte dem ehrlichen Alten die Hände entgegen.

»Verstehen Sie jetzt, dass gewisse Dinge bei der Unterhaltung nicht berührt werden dürfen, nicht einmal durch eine Anspielung?«, fuhr der Alte fort. »Begreifen Sie, welche Verpflichtungen zu taktvollem Verhalten jeder Bewohner dieses Hauses derjenigen gegenüber übernimmt, die wir für eine Heilige halten? Begreifen Sie, welche Anziehungskraft eine Frau auszuüben vermag, die durch so viel Unglück geweiht ist, die so viel erfahren hat, die das Elend bis auf die Neige ausgekostet, aber in jedem Schicksalsschlag nur eine Mahnung gesehen hat, deren edle Tugenden durch die härtesten Prüfungen und durch beständige Tätigkeit doppelt geheiligt sind, deren Seele ohne Fehl, ohne Tadel ist, die von der Mutterschaft nur die Schmerzen, von der ehelichen Liebe nur die Bitterkeiten kennengelernt, der das Lebensglück nur ein paar Monate gelächelt hat, und der im Himmel sicherlich eine Palme zugedacht ist für so viel Ergebung und Sanftmut bei allen Kümmernissen? Steht sie nicht höher als Hiob, sie, die niemals über ihr Elend gejammert hat? Nun werden Sie sich nicht mehr darüber wundern, dass ihre Worte so eindringlich, ihr Alter so jugendlich, ihre Seele so mitteilsam, ihre Blicke so überzeugend sind; sie besitzt außerordentliche Fähigkeiten, in den Seelen der Duldenden zu lesen, denn sie hat selbst alles erduldet. Neben dem Ihrigen muss jeder andere Schmerz schweigen.«

»Sie ist das lebende Bild der Barmherzigkeit!«, rief Gottfried begeistert aus. »Werde ich zu Ihnen gehören dürfen?«

»Sie müssen sich der Prüfung unterwerfen und vor allem gläubig werden!«, sagte der Alte sanft. »Solange Sie den Glauben nicht haben, solange Sie in Ihr Herz und in Ihren Geist den göttlichen Sinn des Kapitels im heiligen Paulus über die Barmherzigkeit nicht aufgenommen haben, so lange können Sie an unserm Werke nicht mitarbeiten.«

Der Aufgenommene

Ebenso wie das Böse wirkt auch das Gute ansteckend. So empfand auch der Pensionär der Frau de la Chanterie, nachdem er einige Monate in dem alten stillen Hause verbracht hatte, nach den letzten vertraulichen Eröffnungen des guten Alain, die ihm den tiefsten Respekt für die, mit denen er wie mit Ordensbrüdern zusammen lebte, einflößten, das geistige Wohlgefühl, das ein geregeltes Leben, eine angenehme Tätigkeit und die harmonische Übereinstimmung mit der Umgebung verleihen. Nach vier Monaten, in denen er weder laute Worte noch einem Streit gehört hatte, musste sich Gottfried selbst gestehen, dass er sich nicht erinnern konnte, seit Beginn seines Mannesalters sich, wenn auch nicht glücklich, doch niemals so beruhigt gefühlt zu haben. Da er sie jetzt nur von fern sah, beurteilte er die Welt verständig. Und schließlich wurde der Wunsch, den er seit drei Monaten hegte, Mitarbeiter an dem Werke der geheimnisvollen Personen zu werden, zur Leidenschaft; ohne ein großer Philosoph zu sein, kann sich jeder vorstellen, wie stark eine Leidenschaft in der Einsamkeit werden kann.

Eines Tages nun, – und dieser Tag wurde für ihn ein feierlicher, da er an ihm die Allmacht des Geistes empfand –, begab sich Gottfried, nach dem er sein Herz durchforscht und seine Kräfte geprüft hatte, zu dem guten alten Alain, den Frau de la Chanterie »ihr Lamm« nannte, und der von allen Hausgenossen der am wenigsten imponierende und der zugänglichste war, mit der Absicht, von ihm einige Aufklärungen über die Art der opferwilligen Tätigkeit, die die Ordensbrüder in Paris entfalteten, zu erbitten. Die Anspielungen auf eine Zeit der Prüfung verhießen ihm die erwartete Aufnahme. Durch das, was der ehrwürdige Greis ihm über die Bedingungen seines Beitritts zu dem Werke der Frau de la Chanterie gesagt hatte, war seine Neugierde nicht befriedigt worden; er wollte mehr darüber wissen.

Zum dritten Mal fand sich Gottfried bei dem braven Alain um zehneinhalb Uhr abends ein, wo der Alte bei der Lektüre der »Nachahmung Christi« zu sein pflegte. Dieses Mal vermochte der freundliche Führer ein Lächeln nicht zu unterdrücken, als er den jungen Mann erblickte; und ohne ihm Zeit zum Reden zu lassen, sagte er:

»Warum wenden Sie sich an mich, mein lieber Junge, anstatt an die gnädige Frau? Ich bin der Unwissendste, der Geistloseste und Unvollkommenste des ganzen Hauses. Seit drei Tagen schon lesen die gnädige Frau und meine Freunde in Ihrem Herzen«, fügte er mit einem etwas listigen Gesichtsausdruck hinzu.

»Und was haben sie darin gelesen? ...«, fragte Gottfried.

»Oh«, erwiderte der Gute ohne Umschweife, »sie ahnten, dass Sie ziemlich instinktiv Lust haben, zu unserer kleinen Truppe zu gehören. Aber diese Empfindung ist bei Ihnen noch nicht zu dem glühenden Gefühl geworden, dazu berufen zu sein. Ja,« fuhr er lebhaft fort, als er eine Bewegung Gottfrieds bemerkte, »noch ist es bei Ihnen mehr Neugierde als ein heißer Wunsch. Und dann haben Sie sich noch nicht so völlig von Ihren früheren Anschauungen losgesagt, dass Sie nicht in unserer Tätigkeit etwas gewissermaßen Abenteuerliches, etwas Romantisches, wie man sagt, sähen ...«

Gottfried konnte ein Erröten nicht unterdrücken. »Sie betrachten unser Tun wie das der Kalifen in ›Tausendundeiner Nacht‹, und Sie empfinden schon im Voraus eine Art Genugtuung, die Rolle des guten Genius in Wohltätigkeitsromanen, die Sie sich zusammenzudichten belieben, zu spielen! ... Ja, mein Sohn, Ihr verlegenes Lächeln beweist mir, dass wir uns nicht getäuscht haben. Wie können Sie glauben, dass es möglich sei, Leuten eine Empfindung zu verheimlichen, deren Beruf es ist, den geheimsten Seelenvorgängen, den Listen der Armen, den Spekulationen der Bedürftigen auf die Spur zukommen, die ehrenhafte Spione sind, Polizisten des lieben Gottes, also Richter, deren Gesetzbuch nur Freisprüche kennt, Ärzte für alle Leiden, deren einziges Heilmittel klug verteiltes Geld ist. Aber, sehen Sie, mein Kind, wir bekümmern uns nicht um die Beweggründe, die uns einen Neophyten zuführen, wenn er nur bei uns bleibt und ein Bruder unseres Ordens wird. Wir werden Sie nach Ihren Taten beurteilen. Es gibt zwei Arten von

Neugierde: die auf das Gute und die auf das Böse ge-
richtete; Sie sind jetzt auf das Gute neugierig. Wenn Sie
ein Arbeiter in unserem Weinberge werden sollten, so
wird der Saft der Trauben Ihnen den unstillbaren Durst
nach der göttlichen Frucht einflößen. Der Anfang ist, wie
in allen Wissenschaften, scheinbar leicht, in Wirklichkeit
aber schwer. Es geht mit der Wohltätigkeit wie mit der
Dichtkunst. Nichts leichter, als den äußeren Schein vorzuspiegeln. Aber hier wie auf dem Parnass sind wir erst
befriedigt, wenn wir das Vollkommene erreicht haben.
Wenn Sie einer der Unsrigen werden wollen, müssen Sie
sich umfassende Kenntnis des Lebens erwerben, und
was für eines Lebens, mein Gott! Des Pariser Lebens, das
selbst dem Scharfsinn des Herrn Polizeipräfekten und
seiner Leute spottet. Müssen wir nicht gegen die beständigen Verschwörungen des Bösen ankämpfen und es in
all seinen wechselnden Formen packen, die schier un-
endlich zu sein scheinen? Die Barmherzigkeit muss in
Paris ebenso schlau sein wie das Laster, gleichwie der
Polizeiagent ebenso gerissen sein muss wie der Dieb. Jeder von uns muss zugleich offenherzig und misstrauisch
sein und auf den ersten Blick klar und schnell zu urteilen vermögen. Wir alle, mein Kind, sind ja auch alte oder
gealterte Leute; aber wir sind so zufrieden mit den Re-
sultaten, die wir erreicht haben, dass wir nicht sterben
möchten, ohne Nachfolger zu hinterlassen; und Sie sind
uns allen umso teurer, als Sie, wenn Sie an Ihrem Vor-
satz festhalten, unser erster Schüler sein werden. Einen
Zufall gibt es nicht für uns, wir haben Sie Gott zu verdanken! Sie sind gut, aber verbittert; und seitdem Sie
hier wohnen, sind die schlechten Keime in Ihnen kraftlo-

ser geworden. Das göttliche Wesen der gnädigen Frau hat seinen Eindruck auf Sie nicht verfehlt. Gestern haben wir Rat gehalten; und da ich Ihr Vertrauen besitze, haben meine Mitbrüder beschlossen, mich Ihnen als Beschützer und Lehrer zur Seite zu stellen ... Sind Sie damit zufrieden?«

»Ach, mein lieber Herr Alain, Ihre beredten Worte haben in mir ...«

»Nicht ich bin es, mein Kind, der gut redet, es sind die Dinge, die so beredt sprechen ... Man kann immer der großen erhebenden Wirkung sicher sein, wenn man Gott gehorsam ist und Jesus Christus nachzuleben versucht, so weit das Menschen vermögen, denen der Glaube hilft ...«

»Ja, dieser Augenblick hat über mein Leben entschieden, und ich fühle die Begeisterung des Neophyten in mir! Rief Gottfried. »Auch ich will mein Leben damit hinbringen, Gutes zu tun ...«

»Darin besteht das Geheimnis der Vereinigung mit Gott«, versetzte der biedere Alain. »Haben Sie sich den Spruch recht überlegt: Transire bene faciendo? Transire, das will heißen: Aus dem Leben scheiden, nachdem man eine tiefe Spur ausgedehnter guter Taten hinterlassen hat.«

»Ich habe ihn wohl verstanden, ich habe den Spruch selbst über meinem Bette angeschrieben.«

»Das ist gut! Diese an sich so unerhebliche Handlung wiegt schwer in meinen Augen! Also, mein Kind, ich habe ein erstes Geschäft für Sie, Ihren ersten Kampf mit dem Elend, ich werde Ihnen den Steigbügel halten ...

Wir müssen voneinander scheiden ... Ich selbst, ich bin vom Kloster entsandt worden, um Aufenthalt im Krater eines Vulkans zu nehmen. Ich soll Werkmeister in einer großen Fabrik werden, deren sämtliche Arbeiter von den Lehren der Kommunisten angesteckt sind und eine soziale Umwälzung planen, die Vernichtung ihrer Leiter, ohne zu bedenken, dass das der Tod der Industrie, des Handels, der Fabriken bedeutet ... Ich werde dort, wer weiß, vielleicht ein Jahr bleiben, die Kasse und die Bücher führen, die hundert bis hundertzwanzig Haushaltungen armer Leute kennenlernen, die gewiss schon durch das Elend zu Verirrungen gebracht worden sind, bevor sie es durch schlechte Bücher wurden. Trotzdem werden wir uns hier an allen Sonn- und Feiertagen sehen ... Da wir in demselben Bezirk weiter wohnen bleiben, bezeichne ich Ihnen als Ort, wo wir uns treffen können, die Kirche Saint-Jacques du Haut-Pas; dort werde ich täglich um siebeneinhalb Uhr die Messe hören. Wenn Sie mir anderswo begegnen, dürfen Sie mich nicht kennen, es sei denn, dass ich mir mit zufriedener Miene die Hände reibe. Das ist eins unserer Zeichen. Wir haben wie die Taubstummen eine Zeichensprache, deren Notwendigkeit Ihnen bald ausgiebig klar werden wird.«

Gottfried machte eine Bewegung, die der gute Alain verstand, denn er lächelte und fuhr sogleich fort: »Also, Ihr Geschäft ist dieses: Die Art von Wohltätigkeit und Philanthropie, die Ihnen bekannt ist, und die in mehrere Zweige zerfällt und von Schwindlern auf dem Gebiete der Wohltätigkeitsbestrebungen wie des Handels ausgebeutet wird, die üben wir nicht aus; wir stellen uns in den Dienst der Barmherzigkeit so wie sie unser großer erhabener, heiliger Paulus verstanden wissen will; denn wir meinen, mein liebes Kind, dass die Mildtätigkeit allein die klaffenden Wunden der Stadt Paris verbinden kann. Deshalb haben in unseren Augen das Unglück, das Elend, das Leid, der Kummer, das Böse, was auch ihre Ursache sein mag, in welcher Gesellschaftsklasse sie auch zutage treten mögen, dasselbe Recht. Welchen Glauben, welche Ansichten er auch hat, ein Unglücklicher ist vor allem ein Unglücklicher; und wir dürfen ihn erst an unsere heilige Mutter, die Kirche verweisen, nachdem wir ihn vor der Verzweiflung und dem Hunger bewahrt haben. Und auch dann sollen wir ihn mehr durch unser Beispiel und unsere Sanftmut bekehren als anderswie; denn wir glauben, dass Gott uns hierbei helfen wird. Jeder Zwang ist also von Übel. Von allem Pariser Elend ist das am schwersten zu entdeckende und das böseste das der anständigen Leute, das der oberen Klassen des Bürgertums, deren Familien in Not geraten sind; denn sie setzen ihre Ehre darein, das geheim zu halten. Diese Unglücksfälle, mein lieber Gottfried, sind der Gegenstand unserer besonderen Sorgsamkeit. Und diese Personen zeigen, wenn wir ihnen geholfen haben, Verständnis und Herz: Sie erstatten uns die geliehenen Summen mit Zinsen zurück, sodass nach einer gewissen Zeit diese Wiedererstattungen unsere Verluste decken, die wir an Schwachsinnigen, an Betrügern oder an solchen, die das Unglück verblödet hat, erleiden. Wir erhalten wohl manchmal Auskünfte von unsern eigenen Schuldnern; aber unser Werk ist so sehr ins Ungeheure gewachsen, die besonderen Umstände sind so mannigfaltige geworden, dass wir ihnen nicht mehr genügen können. So haben wir auch seit sieben oder acht Monaten in jedem Pariser Bezirk einen eigenen Arzt. Jedem von uns sind vier Bezirke zugeteilt. Wir bezahlen jedem Arzte jährlich dreitausend Franken für die Behandlung unserer Armen. Dafür muss er uns in erster Linie seine Zeit und seine Tätigkeit zur Verfügung stellen; wir verbieten ihm aber nicht, auch andere Kranke zu behandeln. Wissen Sie, dass wir im Verlaufe von acht Monaten nicht zwölf solche wertvollen Männer, zwölf ehrenwerte Leute zu finden vermochten, trotz der Hilfe unserer Freunde und unserer persönlichen Beziehungen? Brauchten wir doch Männer von unbedingter Verschwiegenheit, reinem Lebenswandel, erprobten Kenntnissen, arbeitsfreudig und von dem Wunsche beseelt, Gutes zu tun! Obwohl es nun in Paris zehntausend Personen gibt, die mehr oder weniger für unsern Dienst geeignet sind, haben wir erst nach einem Jahre zwölf Auserwählte zusammengebracht.

»Unser Herr hat Mühe gehabt, seine Apostel um sich zu sammeln, und auch unter ihnen fanden sich noch ein Verräter und ein Ungläubiger!«, sagte Gottfried. »Jetzt endlich, seit vierzehn Tagen, haben alle unsere Bezirke ihren Aufseher, wie wir unsere Ärzte nennen«, fuhr der Alte lächelnd fort; »seit vierzehn Tagen haben wir auch übermäßig zu arbeiten; aber wir verdoppeln eben unsere Tätigkeit. – Wenn ich Ihnen dieses Geheimnis unseres neuen Ordens anvertraue, so geschieht das, weil Sie den Arzt des Bezirks, in den Sie sich begeben sollen, kennenlernen müssen, umso mehr, da die Auskünfte von ihm herrühren. Dieser Aufseher heißt Berton, Doktor Berton, und wohnt in der Rue d'Enfer. Es handelt sich um Folgendes: Der Doktor Berton behandelt eine Dame, deren Krankheit aller Wissenschaft spottet. Das geht uns allerdings nichts an, sondern die Fakultät; unser Geschäft besteht darin, das Elend, in dem sich die Familie der Kranken befindet, festzustellen, das nach der Vermutung des Doktors furchtbar sein muss und das mit einer Hartnäckigkeit und einem Stolz verborgen gehalten wird, die unsere ganze Sorgsamkeit erfordern. Früher, mein Kind, hätte ich dieser Anforderung genügen können; heute ist für das Werk, dem ich mich geweiht habe, ein Helfer in meinen vier Bezirken nötig, und dieser Helfer sollen Sie sein. Die Familie also wohnt in der Rue Notre-Dame des Champs, in einem Hause, das auch an dem Boulevard Mont-Parnasse liegt. Sie werden dort wohl ein Zimmer mieten können und versuchen, während der Zeit, wo Sie dort wohnen, die Wahrheit herauszubekommen. Für sich selbst seien Sie schmutzig geizig; aber wegen des Geldes, das Sie spenden sollen, brauchen Sie sich nicht zu beunruhigen; ich werde Ihnen, unter uns gesagt, die Beträge, die wir nach eingehender Prüfung aller Umstände für erforderlich halten, zustellen. Aber studieren Sie genau den Charakter dieser Unglücklichen. Das gute Herz, die vornehme Gesinnung, das sind unsere Hypotheken! Geizig für uns selbst, freigebig gegen die Leidenden, müssen wir vorsichtig und berechnend sein, denn wir schöpfen aus dem Schatz der Armen. Also morgen früh brechen Sie auf, und denken Sie daran, über welche Macht Sie verfügen. Die Brüder werden Sie mit ihren Gedanken begleiten! ...«

»Oh«, rief Gottfried aus, »dass Sie mir die Möglichkeit geben, Gutes zu tun und mich würdig zu zeigen, eines Tages einer der Ihrigen zu werden, das bereitet mir eine solche Freude, dass ich nicht schlafen werde! ...«

»Und nun noch eine letzte Bemerkung, mein Kind. Ebenso wenig wie mich dürfen Sie ohne das verabredete Zeichen auch die anderen Herren, die gnädige Frau und selbst die Angestellten des Hauses kennen. Dieses unbedingte Incognito ist für unsere Unternehmungen notwendig, und wir waren so oft gezwungen, es zu bewahren, dass wir es uns zum Gesetz gemacht haben. Im Übrigen müssen wir ja auch in Paris unbekannt und verborgen bleiben ... Denken Sie auch, lieber Gottfried, an den Grundsatz unseres Ordens, dass wir niemals als die Wohltäter auftreten, sondern die bescheidene Rolle der Vermittler spielen. Wir geben uns immer als die Agenten einer frommen, gottergebenen Person (wir arbeiten ja für Gott!) aus, damit man sich nicht für verpflichtet zur Dankbarkeit gegen uns hält und uns nicht für reich ansieht. Die wahre, echte, nicht die falsche Bescheidenheit, die sich klein macht, um ans Licht gezogen zu werden, muss Sie begeistern und Ihr ganzes Denken beherrschen ... Wohl dürfen Sie Befriedigung empfinden, wenn Ihnen etwas geglückt ist; aber solange Sie noch eine Regung von Eitelkeit und Stolz verspüren, sind Sie nicht würdig, in unsern Orden einzutreten. Zwei vollkommene Menschen haben wir gekannt: der eine war einer unserer Gründer, der Richter Popinot; der andere, der durch seine Schöpfungen berühmt geworden ist, war ein Landarzt, der seinen Namen in seinem Kanton unvergesslich gemacht hat. Dieser, mein lieber Gottfried, war einer der größten Männer unserer Zeit; eine ganze Gegend hat er aus der Barbarei in einen gesegneten Zustand gebracht, die Religionslosen hat er zu Katholiken gemacht, die Barbaren zu zivilisierten Menschen. Die Namen dieser beiden Männer sind in unsere Herzen eingegraben, und wir betrachten sie als unsere Vorbilder. Wir würden sehr glücklich sein, wenn wir einmal auf Paris denselben Einfluss ausüben könnten wie dieser Landarzt auf seinen Kanton. Aber hier ist die klaffende Wunde ungeheuer groß, und unsere Kräfte reichen, vor der Hand wenigstens, nicht aus. Möge Gott, uns noch lange die gnädige Frau erhalten und uns Helfer wie Sie senden, dann werden wir vielleicht eine Institution hinterlassen, die die Menschen ihre heilige Religion segnen lassen wird. Also, leben Sie wohl ... Ihre Probezeit beginnt ... Ach! Ich schwatze wie ein Professor und vergesse die Hauptsache. Hier ist die Adresse der Familie«, sagte er und reichte Gottfried ein Stück Papier; »ich habe auch die Nummer des Hauses aufgeschrieben, in dem der Herr Berton in der Rue d'Enfer wohnt ... Und nun gehen Sie und beten Sie zu Gott, dass er Ihnen hilfreich beistehe.«

Gottfried ergriff die Hände des guten Alten, drückte sie zärtlich, wünschte ihm Gute Nacht und versprach ihm, alle seine Anordnungen zu befolgen.

»Alles, was Sie mir gesagt haben«, fügte er hinzu, »ist für alle Zeit in mein Gedächtnis eingegraben.«

Der Alte lächelte, ohne einen Zweifel zu äußern, und erhob sich, um auf seinem Betschemel niederzuknien. Gottfried kehrte in sein Zimmer zurück, glücklich darüber, dass er endlich in die Geheimnisse dieses Hauses eingeweiht wurde, und dass er eine Tätigkeit gefunden hatte, die er bei seinem jetzigen Geisteszustande mit Freuden ergriff.

Am andern Morgen fehlte der gute Alain beim Frühstück; Gottfried machte keine Andeutung über den Grund seiner Abwesenheit; er wurde auch nicht über die Mission befragt, mit der ihn der Alte betraut hatte; so nahm er seine erste Lektion in der Zurückhaltung. Trotzdem ging er nach dem Frühstück mit Frau de la Chanterie beiseite und meldete ihr, dass er einige Tage abwesend sein würde.

»Schön, mein Kind!« antwortete Frau de la Chanterie; »geben Sie sich Mühe, Ihrem Paten Ehre zu machen; Herr Alain hat sich für Sie bei den Brüdern verbürgt.«

Gottfried verabschiedete sich von den drei andern Brüdern, die ihn mit einem freundlichen Gruß entließen, als wollten sie sein Debüt in seiner schwierigen Laufbahn segnen.

Die Assoziation, eine der bedeutendsten sozialen Kräfte, die aus den mittelalterlichen Staaten das heutige Europa gemacht hat, beruht auf einer geistigen Tendenz, die seit 1792 in Frankreich nicht mehr vorhanden ist, wo der Individualismus über den Staatsbegriff gesiegt hat. Die Assoziation verlangt vor allem eine Hingebung, die hier nicht verstanden wird, dann einen kindlichen Glauben, der dem Geist der Nation widerspricht, und schließlich eine Disziplin, gegen die sich alle sträuben und die allein die katholische Religion durchsetzen kann. Sobald sich eine Assoziation in unserem Lande bildet, denkt jedes Mitglied, wenn es aus einer Versammlung, in der die schönsten Grundsätze verkündet wurden, heimkehrt, nur daran, wie es sich von dieser gemeinsamen Hingebung, von dieser Zusammenfassung der Kräfte loslösen, sinnt nur darauf, wie es die gemeinsame Kuh für sich selber melken könne, die dann, da sie so vielen einzelnen Ansprüchen nicht genügen kann, die Schwindsucht bekommt.

Man ahnt nicht, wie viele edelmütige Gefühle so hinwelkten, wie viele fruchtbringende Keime verdorrten, wie viele Federn zerbrachen und so für unser Land verloren gingen infolge der elenden Betrügereien der französischen Carbonari, durch die patriotischen Sammlungen für das Kinderasyl und anderen politischen Schwindel, durch den aus gewaltigen edlen Dramen Vaudevilles der Zuchtpolizei wurden. So ging es mit den industriellen wie mit den politischen Assoziationen. Die Eigenliebe hat sich an die Stelle der Sorge für das Allgemeinwohl gesetzt. Die Korporationen und die Hansen des Mittelalters, auf die man wieder zurückkommen wird, sind vorläufig noch unmöglich; daher sind die einzigen »Gesellschaften«, die noch übrig geblieben sind, die religiösen; und die bekämpft man jetzt aufs Schärfste, denn die Kranken sind von Natur aus bestrebt, sich gegen die Heilmittel und oft auch gegen die Ärzte aufzulehnen. Die Franzosen kennen den Begriff der Selbstverleugnung nicht. Daher kann auch jede Assoziation nur auf dem religiösen Empfinden aufgebaut werden, dem einzigen, das die Auflehnung des Geistes, die Pläne des Ehrgeizes und die Begierden jeder Art zu bändigen vermag. Die Weltverbesserer wissen nicht, dass die Assoziation uns neue Welten zu schenken imstande ist.

Als er durch die Straßen schritt, fühlte sich Gottfried wie ein anderer Mensch. Wer in sein Inneres hätte blicken können, würde beobachtet haben, wie sich die zusammengefasste Macht der anderen auf ihn übertragen hatte. Er war nicht mehr ein einzelnes, sondern ein verzehnfachtes Wesen, da er sich als Repräsentant von fünf Personen fühlte, deren vereinte Kräfte sein Handeln stützten, und die ihn auf seinen Wegen begleiteten. In dem Bewusstsein einer solchen Kraft empfand er sein Leben als ein so reiches, seine Macht als so erhaben, dass er von Begeisterung erfüllt wurde. Es war, wie er später erzählte, einer der schönsten Momente seines Daseins; er genoss sein Leben in einem neuen Sinne, in dem Gefühl einer Allmacht, die fester gegründet war als die eines Despoten. Die moralische Kraft ist wie der Geist unbegrenzt.

›Für seinen Nächsten leben‹, sagte er sich, ›gemeinsam wie ein Einzelner handeln und allein wie alle zusammen; als Leitstern die Barmherzigkeit haben, die schönste und lebendigste Idealgestalt, die die katholischen Tugenden geschaffen haben, das heißt leben! Aber ich muss dieses kindliche Freudengefühl, über das der Vater Alain lächeln würde, unterdrücken. Ist es aber nicht, eigentümlich‹, sagte er sich weiter, ›wie ich gerade dadurch, dass ich allem entsagen wollte, diese Macht, die ich seit so langer Zeit ersehnt hatte, erlangt habe? Die ganze Welt der Unglücklichen wird mir gehören!‹

Er legte den Weg von dem Kloster Notre-Dame bis zur Avenue de l'Observatoire in solcher Erregung zurück, dass er die Länge der Entfernung gar nicht gewahr wurde. Als er in der Rue Notre-Dame des Champs bis an die Stelle gelangt war, wo sie in die Rue de l'Ouest mündet, die damals beide noch nicht gepflastert waren, erstaunte er, an einem so herrlichen Orte einen solchen Morast zu finden. Man konnte nur an den Bretterzäunen der sumpfigen Gärten oder an den Häusern entlang auf schmalen Steigen vorwärts kommen, die auch bald von dem stagnierenden Wasser in Rinnsteine verwandelt wurden. Nach einigem Suchen entdeckte er schließlich das bezeichnete Haus, das er nicht ohne Mühe erreichte. Es war anscheinend eine alte verlassene Fabrik. Der ziemlich gedrückte Bau sah aus wie eine lange, von Fenstern durchbrochene Mauer ohne jeden Schmuck; aber die Fensteröffnungen befanden sich nur im Erdgeschoss, wo man außerdem nur noch eine kleine Tür sah.

Gottfried nahm an, dass der Hauseigentümer hier kleine Wohnungen eingerichtet habe, um einen Ertrag zu erzielen; denn über der Tür befand sich eine mit der Hand geschriebene Anzeige: ›Mehrere Zimmer zu vermieten.‹ Gottfried läutete, aber niemand erschien; und während er wartete, machte ihn ein Vorübergehender darauf aufmerksam, dass das Haus noch einen Eingang am Boulevard habe, dort würde er jemanden finden, mit dem er reden könne.

Gottfried befolgte diesen Rat und erblickte am Ende eines kleinen Gartens, der sich am Boulevard hinzog, die Fassade des Gebäudes hinter den Bäumen. Das ziemlich schlecht gehaltene Gärtchen war tief gelegen, denn zwischen dem Boulevard und der Rue Notre-Dame des Champs ist ein ziemlich beträchtlicher Höhenunterschied, der das Gärtchen zu einer Art Graben machte. Gottfried betrat eine Allee, an deren Ende er eine alte Frau erblickte, deren zerlumpte Kleidung in vollkommener Übereinstimmung mit dem Hause stand.

»Waren Sie das, der in der Rue Notre-Dame geklingelt hat? Fragte sie.

»Jawohl ... Können Sie mir die Zimmer hier zeigen?«

Auf die bejahende Antwort dieser Portiersfrau von zweifelhaftem Alter erkundigte sich Gottfried danach, ob das Haus von ruhigen Leuten bewohnt werde; er habe eine Beschäftigung, die Ruhe und Schweigen brauche; er sei Junggeselle und wolle mit der Portiersfrau ein Abkommen treffen, dass sie ihm die Aufwartung machen solle.

Nach dieser Ankündigung machte die Frau ein freundliches Gesicht und sagte:

»Der Herr trifft es hier gut, denn außer an den Tagen, an denen in der Grande Chaumière getanzt wird, ist der Boulevard so menschenleer wie die Pontinischen Sümpfe ...«

»Kennen Sie denn die Pontinischen Sümpfe?«, sagte Gottfried.

»Nein, mein Herr; aber ich habe da oben einen alten Herrn wohnen, dessen Tochter beständig im Sterben liegt, der sagt so; ich spreche es ihm bloß nach. Der arme Alte wird sehr froh sein, wenn er erfährt, dass der Herr Ruhe liebt und verlangt; denn ein Mieter, der Skandal macht, würde seiner Tochter den Rest geben ... Im zweiten Stock haben wir zwei Leute, die so was wie Schriftsteller sind; aber die kommen am Tage um Mitternacht nach Hause, und nachts gehen sie um acht Uhr früh wieder weg. Sie nennen sich Autoren, aber ich weiß nicht, wo und ob sie arbeiten.«

Unter solchem Geschwätz hatte die Portiersfrau Gottfried eine scheußliche Treppe hinauf geführt, die aus Bruchsteinen und Holz bestand, welche so schlecht miteinander verbunden waren, dass man nicht wusste, ob das Holz sich von den Steinen trennen wollte oder ob die Steine unwillig waren, dass sie vom Holze festgehalten wurden, weshalb sich diese beiden Materien gegeneinander durch Mengen von Staub im Sommer und von Kot im Winter wehrten. Die rissigen Kalkwände trugen mehr Inschriften, als die Akademie des Belles-Lettres aufgefunden hat. Am ersten Absatz hielt die Portiersfrau still.

»Hier, mein Herr, sind zwei zusammenhängende, sehr saubere Zimmer, die nach dem Flur des Herrn Bernard hinausgehen. Das ist der alte Herr, von dem ich sprach, ein sehr feiner Mann. Er besitzt Orden, hat aber, wie es scheint, Unglück gehabt, denn er trägt seine Orden niemals ... Sie hatten zuerst einen Dienstboten aus der Provinz, aber vor drei Jahren haben sie ihn entlassen ... Der junge Sohn der Dame ist nun für alles da, er besorgt die Wirtschaft ...«

Gottfried machte eine Bewegung.

»Oh«, rief die Portiersfrau, »haben Sie keine Angst, sie werden Ihnen nichts erzählen, sie reden mit niemandem. Der Herr wohnt hier seit der Julirevolution, er ist im Jahre 1831 hergezogen ... Es sind Leute aus der Provinz, die wohl durch den Regierungswechsel werden ruiniert worden sein; sie sind stolz und stumm wie die Fische ... Seit vier Jahren, lieber Herr, haben sie sich von mir auch nicht den geringsten Dienst leisten lassen, aus Angst, dass sie etwas dafür bezahlen müssten ... Hundert Sous zu Neujahr, das ist alles, was ich an ihnen verdiene ... Da soll einer noch über die Schriftsteller reden! Da kriege ich zehn Franken monatlich bloß dafür, dass ich allen, die nach ihnen fragen, sage, dass sie am letzten Termin ausgezogen sind.«

Dieses Geschwätz ließ Gottfried hoffen, dass er an der Portiersfrau eine Verbündete haben würde; während sie rühmte, wie gesund die beiden Zimmer seien, teilte sie ihm mit, dass sie keine Portiersfrau, sondern die Vertrauensperson des Hauseigentümers sei, für den sie gewissermaßen das Haus verwalte. »Man kann mir Vertrauen schenken, lieber Herr; die Frau Vauthier möchte lieber gar nichts besitzen als einen Sou, der einem andern gehört.«

Frau Vauthier war mit Gottfried bald einig, der die Wohnung nur möbliert und bei monatlicher Kündigung mieten wollte. Die elenden Zimmer wurden an Studenten oder unglückliche Schriftsteller möbliert und unmöbliert vermietet. Die riesigen Dachböden, die sich über dem ganzen Gebäude hinstreckten, enthielten die erforderlichen Möbel. Herr Bernard hatte die von ihm bewohnten Zimmer selber möbliert.

Aus dem Gerede der Dame Vauthier merkte Gottfried, dass es ihr Wunsch war, eine bürgerliche Pension zu halten; aber seit fünf Jahren hatte sich unter ihren Mietern auch nicht einer bei ihr in Pension geben wollen. Sie hauste in dem nach dem Boulevard hin belegenen Erdgeschoss und bewachte von dort aus das Haus mithilfe eines großen Hundes, eines dicken Dienstmädchens und eines kleinen Laufjungen, der die Stiefel putzte, die Zimmer aufräumte und die Gänge besorgte; diese beiden armen Wesen passten, ebenso wie sie, zu dem Elend des Hauses, der Mieter und des vernachlässigten traurigen Gartens vor dem Hause.

Die beiden waren Findelkinder, denen die Witwe Vauthier als Lohn Essen gab, und was für ein Essen! Der Junge, den Gottfried gesehen hatte, trug als Livree eine zerlumpte Bluse, Tuchstrümpfe statt Stiefel und auf der Straße Holzschuhe. Zerzaust wie ein Sperling, der eben ein Bad genommen hat, mit schwarzen Händen, arbeitete er auf den Holzplätzen des Boulevards, nachdem er vorher seinen Morgendienst gemacht hatte; und nachmittags, wenn er bei den Holzhändlern um viereinhalb Uhr seine Arbeit beendet hatte, nahm er seine häusliche Tätigkeit wieder auf. Er holte dann das für das Haus nötige Wasser aus dem Brunnen an der Sternwarte, das die Witwe, ebenso wie das von ihm kleingemachte Brennholz, den Mietern lieferte.

Seinen Lohn musste Nepomuk, so hieß der Sklave der Witwe Vauthier, seiner Herrin abliefern. Im Sommer, an den Sonn- und Montagen, war das arme Findelkind Kellner bei den Weinschenken im Weichbild. Dazu gab ihm die Witwe anständige Sachen.

Das dicke Dienstmädchen besorgte die Küche unter der Leitung der Witwe Vauthier, der sie auch während der übrigen Zeit bei ihrem Gewerbe half; denn die Witwe übte einen Beruf aus: Sie machte für Hausierer Schuhe aus Tuchleisten.

Gottfried erfuhr alle diese Einzelheiten im Verlauf einer Stunde, während deren die Witwe ihn überall herumführte, ihm das Haus zeigte und seine Umwandlung erklärte. Bis zum Jahre 1828 war dort eine Seidenwürmerzucht eingerichtet gewesen, weniger um Seide zu fabrizieren, als um das zu erzielen, was man die Eier nennt. Elf mit Maulbeerbäumen bepflanzte Morgen in der Ebene von Montrouge und drei Morgen in der Rue de l'Ouest, die dann später mit Häusern bebaut wurden, hatten die Fabrik mit den Eiern der Seidenwürmer versorgt. Gerade als die Witwe Gottfried auseinandersetzte, wie Herr Barbet von einem Italiener, namens Fresconi, dem Inhaber der Fabrik, das als Hypothek auf den Grund und Boden und die Fabrik eingetragene Darlehn nur durch den Verkauf der drei Morgen, die sie ihm auf der andern Seite der Rue Notre-Dame des Champs zeigte, hatte zurückbekommen können, erschien ein großer hagerer alter Herr mit vollkommen weißem Haar am Ende der Straße, die an der Ecke der Rue de l'Ouest einmündet.

»Ah, da kommt er gerade recht!«, rief die Vauthier; »sehen Sie, das ist Ihr Nachbar, Herr Bernard ... – Herr Bernard,« sagte sie zu ihm, als der Alte in Hörweite war, »Sie werden nicht mehr allein sein, der Herr hier hat eben die Wohnung gegenüber von Ihrer gemietet ...«

Herr Bernard richtete seinen Blick auf Gottfried mit leicht begreiflicher Besorgnis; er schien sagen zu wollen:

›Das Unglück, vor dem ich mich immer fürchtete, ist endlich über mich hereingebrochen ...‹

»Mein Herr«, sagte er laut, »gedenken Sie wirklich, hier zu wohnen?«

»Jawohl, mein Herr«, erwiderte Gottfried höflich. »Das ist zwar keine Behausung für Leute, die zu den Glücklichen der Welt gehören, aber es ist das Billigste, das ich in diesem Bezirk gefunden habe. Frau Vauthier beansprucht wohl auch nicht, an Millionäre zu vermieten ... Adieu, meine gute Frau Vauthier, richten Sie es ein, dass ich heute Abend um sechs Uhr einziehen kann; ich werde pünktlich zu dieser Stunde da sein.«

Und Gottfried lenkte seine Schritte nach der Ecke der Rue de l'Ouest, indem er langsam ging, denn die Angst, die sich auf dem Gesichte des großen hageren Alten malte, ließ ihn annehmen, dass er noch eine Auseinandersetzung mit ihm haben würde. In der Tat wandte sich nach kurzem Zögern Herr Bernard um und kam hinter Gottfried her, um ihn einzuholen.

›Der alte Spion! Er will ihn verhindern, dass er wiederkommt ...‹, sagte die Vauthier zu sich, ›das ist schon das zweite Mal, dass er mir einen solchen Streich spielt ... Aber nur Geduld! In fünf Tagen muss er seine Miete bezahlen, und wenn er nicht auf Heller und Pfennig bezahlt, schmeiße ich ihn raus. Herr Barbet ist ein Tiger, den man nicht erst zu reizen braucht, und ... Aber ich möchte wohl wissen, was er ihm erzählt ...‹ »Felicitas! ... Felicitas! Du dicke Schlampe! Kommst du denn nicht?«... schrie die Witwe mit ihrer rauen, schrecklichen Stimme; vor Gottfried hatte sie sich bemüht, mit sanften Flötentönen zu reden. Das Mädchen, eine dicke, rothaarige, schielende Person, kam jetzt herbeigelaufen.

»Pass hier ein paar Augenblicke gut auf, verstehst du? Ich bin in fünf Minuten wieder hier.«

Und die Dame Vauthier, die frühere Köchin des Buchhändlers Barbet, eines der erbarmungslosesten Darleihers auf Wucherzinsen, schlich hinter ihren beiden Mietern her, um von Weitem zu horchen und mit Gottfried zu reden, wenn seine Unterhaltung mit Herrn Bernard beendet sein würde.

Herr Bernard bewegte sich langsam vorwärts, wie ein Mann, der unschlüssig ist, oder wie ein Schuldner, der für seinen Gläubiger, der ihn eben mit unheilvollen Absichten verlassen hat, neue Vorschläge aussinnt. Obwohl Gottfried vor dem Unbekannten herging, beobachtete er ihn doch, indem er so tat, als betrachte er die Umgebung. So geschah es, dass Herr Bernard Gottfried erst in der Mitte der großen Allee des Luxembourggartens ansprach.

»Ich bitte um Verzeihung, mein Herr«, sagte Herr Bernard und grüßte Gottfried, der seinen Gruß erwiderte; »ich bitte tausendmal um Verzeihung, dass ich Sie aufhalte, ohne die Ehre zu haben, von Ihnen gekannt zu sein, aber ist Ihre Absicht, in das scheußliche Haus, in dem ich wohne, einzuziehen, unwiderruflich?

»Aber, mein Herr ...«

»Gewiss«, unterbrach der Alte Gottfried mit befehlender Geste, »ich weiß wohl, dass Sie mich fragen können, mit welchem Rechte ich mich in Ihre Angelegenheiten einmische und Sie danach frage ... Aber hören Sie mich an, mein Herr, Sie sind jung, und ich bin sehr alt; ich sehe älter aus, als ich bin, und bin doch schon siebenundsechzig Jahr alt; man würde mich aber für achtzigjährig halten ... Alter und Unglück berechtigen Einen zu vielem, da ja auch das Gesetz die Siebzigjährigen von gewissen öffentlichen Pflichten entbindet ... Aber ich will Ihnen nicht von dem Recht sprechen, dass mir mein weißes Haar verleiht; es handelt sich hier um Sie. Wissen Sie, dass das Viertel, in dem Sie wohnen wollen, um acht Uhr abends ganz einsam ist und dass man sich dort Gefahren aussetzt, von denen die geringste ist, bestohlen zu werden? Haben Sie auf diese unbewohnten Strecken hier geachtet, auf diese Felder und Gärten? ... Sie werden mir antworten, dass ich ja auch hier wohne; aber ich, mein Herr, ich gehe nach sechs Uhr abends nicht mehr aus ... Sie werden einwerfen, dass hier ja auch zwei junge Leute in der zweiten Etage wohnen, über den Zimmern, die Sie mieten wollen ... Aber, mein Herr, das sind zwei arme junge Schriftsteller, die wegen einer Wechselschuld von ihren Gläubigern verfolgt werden und die sich versteckt halten, frühmorgens fortgehen und erst um Mitternacht nach Hause kommen; die fürchten weder Diebe noch Mörder; außerdem gehen sie immer zusammen und sind bewaffnet ... Ich habe ihnen auf der Polizeipräfektur die Erlaubnis verschafft, Waffen zu tragen ...«

»Oh, mein Herr«, sagte Gottfried, »die Diebe fürchte ich aus ähnlichen Gründen, wie sie diese Herren schützen, nicht, und auf das Leben lege ich so wenig wert, dass ich den Mörder, der mich irrtümlich ermordet, segnen würde ...«

»Sie sehen aber doch gar nicht so unglücklich aus«, entgegnete der Alte, der Gottfrieds Äußeres geprüft hatte.

»Ich besitze höchstens so viel, dass ich leben kann und gerade mein Brot habe, und ich bin hierhergekommen, mein Herr, weil es hier so still ist. Aber darf ich fragen, welches Interesse Sie daran haben, mich von dem Hause fernzuhalten?«

Der Alte zögerte mit seiner Antwort, da er Frau Vauthier kommen sah; Gottfried, der ihn aufmerksam beobachtete, war erstaunt, wie abgemagert er durch Kummer, vielleicht durch Hunger oder auch durch Arbeit war; Spuren aller dieser Gründe für seine Hinfälligkeit waren auf seinem Gesichte zu erkennen, an dem die vertrocknete Haut sich so eng über die Knochen spannte, als ob sie der glühenden Sonne Afrikas ausgesetzt gewesen wäre. Die hohe Stirn mit ihrem drohenden Ausdruck beschirmte mit ihrer Kuppel zwei stahlblaue Augen, zwei kalte, harte, kluge, vorsichtige Augen, wie die von Wilden, die aber von dunklen, tiefen, ganz runzlichen Ringen umgeben waren. Die gerade, lange, schmale Nase und das stark vorspringende Kinn verliehen dem Alten eine Ähnlichkeit mit dem bekannten, so populär gewordenen Bilde Don Quijotes; aber es war dies ein böser Don Quijote, ohne alle Illusionen, ein schreckenerregender Don Quijote.

Trotz seines durchaus strengen Wesens ließ der Alte doch etwas von Furcht und Schwäche durchblicken, wie sie die Bedürftigkeit allen Unglücklichen einflößt. Diese beiden Gefühle gruben gewissermaßen Risse in dieses so festgefügte Antlitz, an dem das zerstörende Beil des

Elends schartig geworden zu sein schien. Der Mund hatte einen ernsten, aber beredten Ausdruck. Es war eine Vereinigung Don Quijotes mit dem Präsidenten Montesquieu.

Seine gesamte Kleidung war aus schwarzem Tuch, aber aus Tuch, das fadenscheinig geworden war. Der altmodische Rock und das Beinkleid wiesen verschiedene ungeschickt ausgeführte Ausbesserungen auf. Die Knöpfe waren kürzlich erneuert worden. Der bis zum Kinn zugeknöpfte Rock ließ die Farbe der Wäsche nicht erkennen, und die Krawatte, deren Schwarz rot geworden war, verbarg geschickt den Hemdkragen. Diese seit Langem getragene schwarze Kleidung roch nach Elend. Aber das herrische Wesen des geheimnisvollen Alten, sein Auftreten, die Ideen, die hinter seiner Stirn wohnten und aus seinem Blick sprachen, schlossen den Gedanken an Armut aus. Ein Beobachter würde nicht gewusst haben, zu welcher Klasse er diesen Pariser zählen solle. Herr Bernard erschien so tief in Gedanken verloren, dass er für einen Universitätsprofessor genommen werden konnte, für einen in widerspenstige, quälende Grübeleien versunkenen Gelehrten; Gottfried fasste ein lebhaftes Interesse für ihn und wurde von einer Neugierde ergriffen, die seine Wohltätigkeitsmission noch mehr anstachelte.

»Wenn ich sicher wäre, mein Herr, dass Sie Ruhe und Zurückgezogenheit suchen, so würde ich Ihnen sagen: Mieten Sie sich neben mir ein«, fuhr der Alte fort. »Mieten Sie diese Zimmer«, sagte er so laut, dass die Vauthier ihn hören konnte, die vorbei kam und in der Tat horchte. »Ich bin Vater, mein Herr, und ich habe nichts mehr auf der Welt als meine Tochter und ihren Sohn, um mir das Elend des Lebens ertragen zu helfen; nun braucht meine Tochter Schweigen und absolute Ruhe ... Alle, die bisher erschienen waren, um die Zimmer, die Sie nehmen wollen, zu mieten, haben den Gründen und Bitten eines verzweifelten Vaters nachgegeben; es war ihnen gleichgültig, ob sie in der einen oder der anderen Straße eines vollkommen öden Viertels wohnen, wo es an billigen Wohnungen nicht mangelt, noch auch an Pensionen zu mäßigen Preisen. Aber ich sehe, dass Ihr Entschluss feststeht, und ich flehe Sie an, mein Herr, täuschen Sie mich nicht; denn sonst wäre ich genötigt, auszuziehen und mich ganz draußen einzumieten ... Aber erstens könnte ein Umzug meiner Tochter das Leben kosten,« sagte er mit erregter Stimme, »und dann, wer weiß, ob die Ärzte, die so schon nach meiner Tochter nur um Gottes willen sehen, auch nach dort hinauskommen würden ...«

Hätte dieser Mann weinen können, so wären seine Wangen bei diesen letzten Worten nass von Tränen gewesen; aber er hatte, nach einem jetzt allgemein üblichen Ausdruck, Tränen in seiner Stimme, und er bedeckte seine Stirn mit einer Hand, die nur noch aus Knochen und Muskeln bestand.

»An welcher Krankheit leidet denn Ihre Frau Tochter?«, fragte Gottfried teilnahmsvoll und freundlich. »An einer furchtbaren Krankheit, der die Ärzte alle möglichen Namen geben, oder, richtiger gesagt, die überhaupt keinen Namen hat ... Mein Vermögen ist dabei draufgegangen ...« Er fuhr dann mit einer Geste, wie sie nur den Unglücklichen eigen ist, fort: » Das wenige Geld, das ich noch besaß, denn ich war im Jahre 1830 ohne Vermögen und aus meiner hohen Stellung verdrängt – kurz, alles, was ich hatte, wurde schnell durch meine Tochter aufgezehrt, die schon ihre Mutter und die Familie ihres Gatten zugrunde gerichtet hatte ... Heute genügt die Pension, die ich beziehe, kaum, um das Nötigste zu bezahlen, das bei dem Zustand, in dem sich meine arme, gottergebene Tochter befindet, erforderlich ist ... Meine Fähigkeit, Tränen zu vergießen, ist erschöpft ... Ich habe unzählige Martern erlitten. Ich muss aus Granit sein, mein Herr, dass ich nicht schon gestorben bin, oder vielmehr: Gott hat dem Kinde den Vater erhalten, damit es einen Wärter und einen Schutzengel habe; denn die Mutter ist vor Kummer gestorben ... Ach, junger Mann, Sie kommen gerade in dem Moment, wo der alte Baum, der sich nie gebeugt hat, fühlt, wie ihm das Beil des Elends, vom Schmerz geschärft, ins Herz dringt ... Ich, der ich niemals geklagt habe, ich will Ihnen von dieser Krankheit erzählen, um Sie zu verhindern, in unser Haus zu ziehen, oder, wenn Sie doch dabei verharren, um Ihnen zu beweisen, wie notwendig es ist, unsere Ruhe nicht zu stören ... In diesem Moment, mein Herr, bellt meine Tochter wie ein Hund Tag und Nacht! ...«

»Ist sie denn geisteskrank?«, sagte Gottfried.

»Sie ist vollkommen bei Verstande, sie ist die reine Heilige«, antwortete der Alte. »Sie werden wahrscheinlich gleich denken, dass ich verrückt bin, sobald ich Ihnen alles mitgeteilt habe. Meine einzige Tochter ist das Kind einer Mutter, die sich der vortrefflichsten Gesundheit erfreute. Ich selbst habe in meinem ganzen Leben nur eine Frau geliebt, die Meinige; ich hatte sie mir erwählt. Ich habe eine Neigungsheirat gemacht, als ich die Tochter eines der tapfersten Obersten der kaiserlichen Garde, Tarlowskis, eines Polen, heiratete, eines ehemaligen Ordonnanzoffiziers des Kaisers. Das Amt, mit dem ich betraut war, verlangte von mir vollkommene Sittenreinheit; in meinem Herzen haben nicht vielerlei Empfindungen Platz, ich hab' mein Weib treu geliebt, das einer solchen Liebe auch würdig war. Und da ich ein Vater bin, wie ich ein Gatte war, so ist mit diesem einen Worte alles gesagt. Meine Tochter hat ihre Mutter niemals verlassen, und nie hat ein Kind keuscher und christlich frömmer gelebt als dies teure Kind. Sie war mehr als hübsch, sie war eine vollkommene Schönheit; und auch ihr Gatte, ein junger Mann, dessen sittliches Verhalten einwandfrei war – er war der Sohn eines meiner Freunde, eines Präsidenten am Obergericht, – hat sicherlich keinen Anlass zu der Krankheit meiner Tochter gegeben.

Gottfried und Herr Bernard schwiegen unwillkürlich eine Weile und betrachteten einander gegenseitig.

»Die Heirat verändert, wie Sie wissen werden, bisweilen die jungen Leute«, begann der Alte wieder. »Die erste Schwangerschaft verlief glücklich, es wurde ein Sohn geboren, mein Enkel, der jetzt bei mir wohnt, der einzige Nachkomme zweier verbundener Familien. Die zweite Schwangerschaft war von so merkwürdigen Symptomen begleitet, dass die Ärzte, die sich alle darüber wunderten, sie den seltsamen Erscheinungsformen, die dieser Zustand manchmal mit sich bringt und die sie in den Annalen der Wissenschaft sammeln, zuschrieben. Meine Tochter brachte ein totes Kind zur Welt, das buchstäblich verrenkt und erstickt war durch innerliche Bewe-

gungen. Jetzt begann erst die Krankheit, die Schwangerschaft hatte nichts mit ihr zu tun gehabt ... Sie sind vielleicht Student der Medizin?« Gottfried machte eine Bewegung, die man ebenso gut für eine Bejahung wie für
eine Verneinung halten konnte.

»Nach dieser schrecklichen, qualvollen Entbindung«,
fuhr Herr Bernard fort, »einer Entbindung, die einen so
furchtbaren Eindruck auf meinen Schwiegersohn machte, dass er in einen Zustand von Melancholie verfiel, die
seinen Tod herbeiführte, klagte zwei bis drei Monate
danach meine Tochter über eine allgemeine Schwäche in
den Füßen, die ihr, wie sie sich ausdrückte, wie aus Wat-
te vorkamen. Diese Schlaffheit ging in eine Lähmung
über und in was für eine Lähmung, mein Herr! Man
kann meiner Tochter die Füße biegen, man kann sie verrenken, ohne dass sie etwas spürt. Das Glied hat anscheinend weder Blut noch Muskeln noch Knochen. Dieses Leiden, das mit keiner bekannten Tatsache in Zusammenhang steht, hat auch die Arme und die Hände
ergriffen, sodass wir an irgendeinen Fall von Rücken-
markserkrankung geglaubt haben. Alle Ärzte und Heilmittel haben ihren Zustand nur verschlimmert, meine
arme Tochter konnte sich nicht mehr bewegen, ohne sich
die Hüften, die Schultern oder die Arme zu verrenken.
Lange Zeit haben wir einen ausgezeichneten Chirurgen
gehabt, der beinahe ständig bei uns weilte und der, im
Einverständnis mit dem Arzte oder den Ärzten (denn es
sind noch manche aus Wissbegierde zu uns gekommen)
damit beschäftigt war, ihr die Glieder wieder einzuren-
ken, und zwar – würden Sie das glauben, mein Herr? –
drei- bis viermal am Tage! ... Ach, diese Krankheit hat so

viele Symptome, dass ich vergaß, zu erwähnen, dass während der Periode der Schwäche vor der Lähmung der Glieder die merkwürdigsten Erscheinungen der Starrsucht bei meiner Tochter auftraten ... Sie wissen, was Starrsucht ist? Sie blieb mit offenen unbeweglichen Augen mehrere Tage in der Lage, in der sie dieser Zustand überfallen hatte. Sie hat die ungeheuerlichsten Arten von Anfällen dieses Leidens erduldet, bis zu Starrkrämpfen. Diese Phase ihrer Krankheit hat mich auf den Gedanken gebracht, ihre Heilung mit dem Magnetismus zu versuchen, da sie so eigenartig gelähmt war. Meine Tochter war von einer fabelhaften Hellsichtigkeit: Ihr Geist war der Schauplatz aller Wunder des Somnambulismus wie ihr Körper der aller Krankheiten ...«

Gottfried fragte sich, ob der Alte auch ganz bei Vernunft wäre.

»Ich, der ich in Wahrheit mit Voltaire, Diderot und Helvetius großgezogen wurde und ein Kind des achtzehnten Jahrhunderts bin«, fuhr er fort, ohne auf den Ausdruck in Gottfrieds Gesicht zu achten, »ich, ein Sohn der Revolution, ich hatte mich immer über alles lustig gemacht, was das Altertum und das Mittelalter von Besessenen erzählten; nun, mein Herr, nur Besessenheit kann den Zustand erklären, in dem sich mein Kind befindet. Obwohl somnambul, hat sie uns doch nie die Ursache ihrer Leiden angeben können; sie erkannte sie nicht, und alle Behandlungsmethoden, die sie uns angab, haben ihr, trotzdem sie aufs Peinlichste durchgeführt wurden, absolut nichts genützt. So wollte sie zum Beispiel in ein frisch geschlachtetes Schwein hineingesteckt werden; dann gab sie an, man solle ihr mit stark magnetisiertem, glühend gemachtem Eisen in die Beine stechen ... man solle ihr heißes Siegelwachs über den Rücken hinabfließen lassen ...

Und was für Verwüstungen hat die Krankheit angerichtet! Die Zähne sind ihr ausgefallen! Sie wurde taub und dann stumm; und nach sechs Monaten vollkommener Stummheit und Taubheit kehrten Gehör und Sprache bei ihr plötzlich wieder zurück. Ebenso unerwartet, wie er verloren geht, ist der Gebrauch der Hände auch wieder da; nur die Füße sind seit sieben Jahren unbeweglich geblieben. Sie hat ausgesprochene, ganz deutlich charakterisierte Anfälle von Wasserscheu gehabt. Nicht nur der Anblick, auch das Geräusch von Wasser, das Erblicken eines Glases, einer Tasse versetzte sie in Wut, und dazu hat sie sich auch noch angewöhnt, wie ein Hund zu bellen, so melancholisch zu bellen, wie die Hunde es tun, wenn sie Orgelspielen hören. Mehrmals schon lag sie im Sterben und hat die Letzte Ölung erhalten, und immer lebte sie wieder auf, um bei vollem Verstande und voller Geistesklarheit weiterzuleiden; denn ihr Verstand und ihr Gefühl sind unberührt geblieben ... Sie ist am Leben geblieben, mein Herr, aber sie hat den Tod ihres Mannes und ihrer Mutter herbeigeführt, die diesen Jammer nicht ertragen konnten. Und was ich Ihnen erzählt habe, mein Herr, das ist noch gar nichts. Alle körperlichen Funktionen sind bei ihr ins Gegenteil verkehrt, ein Mediziner allein könnte Ihnen die seltsame, unnatürliche Tätigkeit ihrer Organe erklären ... Und in diesem Zustande musste ich sie im Jahre 1829 aus der Provinz nach Paris überführen, denn die wenigen berühmten Pariser Ärzte, Desplein, Bianchon und Haudry, glaubten alle, dass man sie mystifizieren wolle. Der Magnetismus wurde damals von den Akademien sehr energisch abgelehnt; und ohne den Provinzärzten und mir selbst den guten Glauben abzusprechen, nahmen sie eine unzureichende Beobachtung, oder, wenn Sie wollen, eine Übertreibung an, wie sie bei Kranken und ihren Familien ziemlich häufig vorkommt. Aber sie sahen sich genötigt, ihre Ansicht aufzugeben, und gerade diese Phänomene gaben den Anlass für die Untersuchungen der letzten Zeit über Nervenkrankheiten; denn sie hielten diesen merkwürdigen Zustand für eine Neurose. Die letzte Konsultation dieser Herren ergab als Resultat, dass alle Medizin beiseitezulassen sei; sie erklärten, man müsse die Natur frei walten lassen und ihr Wirken studieren; und seitdem habe ich nur noch einen Arzt, und das ist der Armenarzt dieses Bezirks. Es genügt ja auch in der Tat, Palliativmittel anzuwenden, um die Schmerzen zu lindern, da man die wirkliche Ursache der Krankheit nicht kennt.

Hier stockte der Alte wie vernichtet von dieser entsetzlichen Eröffnung.

»Seit fünf Jahren«, fuhr er dann fort, »lebt meine Tochter zwischen Besserung und beständigen Rückfällen, aber es ist kein neues Phänomen aufgetreten. Sie leidet mehr oder weniger infolge der verschiedenartigen nervösen Anfälle, die ich Ihnen kurz geschildert habe, aber die Unbeweglichkeit der Beine und die Störung der natürlichen Funktionen dauert an. Die Not, in der wir uns befinden und die inzwischen noch schlimmer geworden ist, hat uns gezwungen, die Wohnung, die ich im Jahre 1829 in dem Viertel du Roule gemietet hatte, zu verlassen; und da meine Tochter einen nochmaligen Umzug nicht aushalten würde und ich sie bei einem solchen schon zweimal beinahe verloren hätte: das erste Mal, als ich sie nach Paris brachte, und dann, als ich mit ihr aus dem Beaujonviertel fortzog, so habe ich gleich meine jetzige Wohnung genommen, da ich das Unglück voraussah, dessen Hereinbrechen über mich auch nicht lange auf sich warten ließ; denn nach dreißig Dienstjahren hat man mich auf die Regelung meiner Pension bis zum Jahre 1833 warten lassen. Erst seit sechs Monaten erhalte ich sie, und die neue Regierung hat, in Verfolg ihrer sonstigen Härte gegen mich, mir auch nur das Minimum zugebilligt.«

Gottfried machte eine Bewegung des Erstaunens, die eine weitere Aufklärung verlangte; der Alte verstand das auch, denn er antwortete sofort, nicht ohne einen vorwurfsvollen Blick nach oben zu richten: »Ich bin eins von den tausend Opfern der politischen Reaktion. Ich verheimliche einen Namen, der der Gegenstand vieler Rachegedanken ist, und wenn die Lehren der Erfahrung, die eine Generation der anderen hinterlässt, nicht immer wieder verloren sein sollen, so denken Sie daran, junger Mann, dass Sie sich niemals zu harten Maßnahmen irgendeiner Politik hergeben sollen ... Nicht dass ich bereue, meine Pflicht erfüllt zu haben: mein Gewissen ist vollkommen ruhig; aber die heutigen Gebieter haben nicht mehr das Gefühl der Solidarität, die die Regierungen, so verschiedenartig sie auch sein mögen, miteinander verbinden muss; und wenn der Eifer belohnt wird, so geschieht das nur aus einer vorübergehenden Angst. Das Instrument, dessen man sich bedient hat, mag es noch so treue Dienste geleistet haben, gerät früher oder später vollkommen in Vergessenheit. Sie sehen in mir eine der festesten Stützen der älteren Linie der Bourbonen, ebenso wie ich es vorher für die kaiserliche Regierung gewesen war, und jetzt befinde ich mich in solchem Elend! Da ich zu stolz war, zu bitten, hat man sich niemals darum gekümmert, in welches unerhörte Unglück ich geraten bin. Vor fünf Tagen, mein Herr, hat mir der Bezirksarzt, der meine Tochter behandelt, oder, wenn Sie wollen, beobachtet, gesagt, dass er außerstande sei, eine Krankheit zu heilen, die alle vierzehn Tage unter einer anderen Form auftrete. Den Neurosen steht, wie er meint, die Medizin ratlos gegenüber, weil sie auf unerklärbaren Ursachen beruhen. Er hat mir geraten, ich solle mich an einen Arzt wenden, der allerdings nur für einen Empiriker gilt, und er hat mich darauf aufmerksam gemacht, dass es ein Ausländer sei, ein flüchtiger, polnischer Jude, dass die Ärzte sehr eifersüchtig auf ihn sind wegen einiger außerordentlicher Heilungen, von denen viel gesprochen wird, dass aber gewisse Persönlichkeiten ihn für sehr gelehrt und sehr geschickt halten. Nur ist er teuer und misstrauisch; er sucht sich seine Kranken aus und opfert seine Zeit nicht umsonst; schließlich ist er ... Kommunist ... er heißt Halpersohn. Mein Enkelsohn ist schon zweimal vergeblich bei ihm gewesen, denn er ist noch nicht zu uns gekommen, und ich kann mir denken, weshalb nicht! ...«

»Und weshalb nicht?«, sagte Gottfried.

»Oh, mein sechzehnjähriger Enkelsohn ist noch viel schlechter gekleidet als ich; und ich – würden Sie es glauben, mein Herr? – ich wage nicht, vor diesen Arzt hinzutreten; mein Äußeres steht in einem zu peinlichen Missverhältnis mit dem Auftreten, das man von einem alten würdigen Herrn, wie ich einer bin, erwartet. Wenn er den Großvater in diesem Aufzuge sieht, nachdem der Enkel ebenso schlecht gekleidet vor ihm erschienen ist, wird dieser Arzt meiner Tochter dann die erforderliche Sorgfalt angedeihen lassen? Er wird sie so behandeln, wie man arme Leute behandelt ... Und bedenken Sie, verehrter Herr, dass ich meine Tochter liebe um der Schmerzen willen, die sie mir bereitet hat, ebenso wie ich sie ehedem liebte um der Glückseligkeit willen, womit sie mich überhäufte.

Sie ist ein wahrer Engel geworden. Ach, sie ist nur noch Seele; der Körper existiert nicht mehr, denn sie hat die Schmerzen besiegt ... Stellen Sie sich vor, welcher Anblick das für einen Vater ist! Für meine Tochter ist ihr Zimmer ihre Welt! Sie muss hier Blumen haben, die sie liebt; sie liest viel, und wenn sie die Hände gebrauchen kann, macht sie feenhafte Handarbeiten ... Sie weiß nichts von der tiefen Armut, in die wir alle geraten sind ... Darum führen wir ein so merkwürdiges Leben, dass wir niemanden zu uns hineinlassen können ... Verstehen Sie mich jetzt richtig, mein Herr? Begreifen Sie, dass ich keinen Nachbar dulden kann? Ich würde zu viel von ihm verlangen müssen und würde zu viele Verpflichtungen auf mich laden, als dass ich sie wettmachen könnte. Denn erstens fehlt mir für alles das die Zeit; ich muss meinen Enkel erziehen, und ich arbeite so viel, mein Herr, dass ich nachts nicht mehr als drei bis vier Stunden schlafe.«

»Mein Herr«, unterbrach Gottfried den Alten, dem er bis dahin geduldig und mit teilnahmsvoller Aufmerksamkeit zugehört hatte, »ich werde doch Ihr Nachbar werden, und ich werde Ihnen hilfreich beistehen ...«

Der Alte machte eine stolze, unwillige Bewegung, denn er hatte keinen Glauben mehr an etwas Gutes vonseiten der Menschen.

»Ich werde Ihnen beistehen«, wiederholte Gottfried, ergriff die Hände des Alten und drückte sie mit achtungsvoller Freundlichkeit; »aber wie soll ich Ihnen beistehen? ... Hören Sie mich an. Was gedenken Sie, aus Ihrem Enkel zu machen?«

»Er wird bald Jura studieren, denn er soll Richter werden.«

»Ihr Enkel wird Sie jährlich sechshundert Franken kosten, also ...«

Der Alte verhielt sich schweigend.

Nach einer Pause fuhr Gottfried fort: »Ich selbst besitze nichts, aber ich vermag viel; ich werde Ihnen den jüdischen Arzt zuführen! Und wenn Ihre Tochter geheilt werden kann, so wird sie geheilt werden. Wir werden das Geld auftreiben, um Halpersohn zu bezahlen.«

»Oh, wenn meine Tochter geheilt würde, dann könnte ich ein Opfer bringen, wozu ich nur ein einziges Mal imstande wäre!«, rief der Alte aus. » Dann würde ich meine letzten Notgroschen hergeben!«

»Den werden Sie behalten! ...«

»Ach, die Jugend, die Jugend! ...«, rief der Alte kopfschüttelnd ... »Leben Sie wohl, mein Herr; oder vielmehr: auf Wiedersehn. Ich muss jetzt in die Bibliothek; da ich alle meine Bücher verkauft habe, bin ich gezwungen, meiner Arbeiten wegen täglich dorthin zu gehen ... Ich bin Ihnen dankbar für Ihre guten Absichten; wir wollen sehen, ob Sie die Rücksichten auf mich nehmen werden, die ich von einem Nachbar verlangen kann. Das ist alles, was ich von Ihnen erwarte ...«

»Jawohl, mein Herr, lassen Sie mich Ihren Nachbarn werden; denn, sehen Sie, Barbet ist nicht der Mann, um sich lange hinhalten zu lassen, und Sie könnten auf einen schlechteren Genossen in Ihrem Elend treffen als auf mich. Ich verlange jetzt nicht, dass Sie mir vertrauen, sondern dass Sie mir gestatten sollen, Ihnen nützlich zu sein ...«

»Und was für ein Interesse haben Sie daran?«, rief der Alte, während er sich anschickte, die Stufen des Kartäuserklosters hinabzusteigen, von wo man damals aus der großen Allee des Luxembourggartens in die Rue d'Enfer gelangte.

»Haben Sie denn während Ihrer Amtstätigkeit sich niemanden zu Danke verpflichtet?«

Der Alte betrachtete Gottfried mit gerunzelten Augenbrauen, in seiner Erinnerung nachforschend, wie ein Mann, der das Buch seines Lebens nachschlägt und nach einer Handlung sucht, der er eine so seltene Erkenntlichkeit zu verdanken hätte, und wandte sich dann ab mit einem Gruße, in dem seine Zweifel sich ausdrückten.

»Nun, für ein erstes Zusammentreffen hat er sich nicht allzu scheu gezeigt«, sagte sich der Ausgesandte. Gottfried begab sich nun sogleich in die Rue d'Enfer, in das Haus, das ihm Alain bezeichnet hatte, und fand dort den Doktor Berton, einen kühlen, ernsten Mann, der ihn sehr in Erstaunen setzte, als er ihm die Richtigkeit aller Einzelheiten bestätigte, die Herr Bernard ihm über die Krankheit seiner Tochter mitgeteilt hatte; er erhielt auch die Adresse Halpersohns.

Dieser polnische, seitdem berühmt gewordene Arzt wohnte damals in Chaillot, in der Rue Marbeuf, in einem kleinen, einzeln stehenden Hause, wo er das erste Stockwerk in Besitz hatte. Der General Roman Zarnowicki bewohnte das Erdgeschoss und die Dienerschaft der beiden Flüchtlinge das Dachgeschoss des kleinen Hauses, das nur eine Etage hoch war. Gottfried traf den Doktor nicht zu Hause; er hörte, dass er ziemlich weit weg in die Provinz zu einem reichen Kranken gefahren war; er war beinahe froh, ihn nicht getroffen zu haben, denn in seiner Eile hatte er vergessen, sich mit Geld zu versehen und war genötigt, in das Haus de la Chanterie zurückzukehren, um sich welches mit nach Hause zu nehmen. Durch diese Wege und die Zeit, die er mit seiner Mahlzeit in einem Restaurant in der Rue de l'Odéon verbrachte, war für Gottfried die Stunde herangerückt, wo er von seiner Wohnung am Boulevard Mont-Parnasse Besitz ergreifen musste. Nichts konnte elender sein, als das Mobiliar, mit dem Frau Vauthier die beiden Zimmer ausgestattet hatte. Diese Frau schien gewöhnt zu sein, Zimmer zu vermieten, die nicht bewohnt wurden. Das Bett, die Stühle, die Tische, die Kommode, der Sekretär, die Vorhänge rührten sicherlich von Zwangsversteigerungen her, oder ein Wucherer hatte sie als Pfand genommen, ohne sie dann verwerten zu können, ein Fall, der häufig vorkommt.

Frau Vauthier, die Fäuste in die Seiten gestemmt, schien einen Dank zu erwarten; sie nahm daher Gottfrieds Lächeln für ein Lächeln der Überraschung.

»Oh, ich habe Ihnen von allem, was wir haben, das Schönste ausgesucht, mein lieber Herr Gottfried«, sagte sie mit triumphierender Miene ... »Solche schönen seidenen Vorhänge und ein Mahagonibett, wo die Würmer noch nicht dran waren! ... Das hat dem Fürsten von Weißenburg gehört und stammt aus seinem Hause. Als er aus der Rue Louis le Grand wegzog, im Jahre 1809, war ich Küchenmädchen bei ihm ... Seitdem bin ich bei meinem Hauseigentümer im Dienst.

Gottfried hemmte den Fluss ihrer vertraulichen Herzensergießungen, indem er seine Miete auf einen Monat vorausbezahlte, und gab ihr auch die sechs Franken im Voraus, die er Frau Vauthier für die Aufwartung zu zahlen hatte. In diesem Augenblick vernahm er ein Hundegebell und wäre er nicht von Herrn Bernard verständigt worden, so hätte er glauben können, dass sein Nachbar einen Hund in der Wohnung halte.

»Bellt der Hund auch nachts?«

»Oh, seien Sie ganz beruhigt, mein Herr, nur etwas Geduld, Sie werden darunter nur noch diese Woche zu leiden haben. Herr Bernard wird seine Miete nicht bezahlen können und hinausgesetzt werden ... Aber es gibt wirklich recht merkwürdige Leute! Noch nie habe ich ihren Hund zu Gesicht bekommen. Monatelang, was sage ich, Monate? Sechs Monate lang kriegt man den

Hund nicht zu hören! Man möchte glauben, sie haben gar keinen Hund. Das Tier verlässt das Zimmer der Dame nie ... Es ist da eine sehr kranke Dame, wissen Sie. Seit ihrem Einzug hat sie ihr Zimmer nicht verlassen ... Der alte Herr Bernard arbeitet viel und der Sohn auch. Der ist Externer am Gymnasium Louis le Grand, wo er mit seinen sechzehn Jahren schon bald mit der höchsten Klasse fertig ist! Das ist tüchtig! Aber der kleine Bengel paukt auch wie ein Verrückter! ... Sie werden sehen, wie sie Blumen aus dem Zimmer der Dame herausbringen; sie leben nur von Brot, der Großvater und der Enkel, aber sie kaufen Blumen und Leckerbissen für die Dame ... Die Dame muss wohl sehr krank sein, dass sie seit ihrem Einzug hier nicht ausgegangen ist; wenn man Herrn Berton hört, den Arzt, der sie behandelt, wird sie hier wohl nur mit den Füßen nach vorn herauskommen.«

»Und was tut der Herr Bernard?«

»Das ist ein Gelehrter, wie es scheint; denn er schreibt und geht auf die Bibliothek arbeiten, und der Herr hat ihm auf das, woran er arbeitet, Geld geborgt.«

»Welcher Herr?«

»Mein Hausbesitzer, Herr Barbet, der frühere Buchhändler, der sechzehn Jahre etabliert war. Der ist aus der Normandie, hat erst auf der Straße Salat verkauft und ist dann 1818 Buchhändler auf den Kais geworden; nachher hat er einen kleinen Laden gehabt, und jetzt ist er sehr reich ... Das ist so eine Art Jude, der sechsunddreißig verschiedene Berufe betreibt, denn er war auch mit dem Italiener assoziiert, der die Baracke hier für die Seidenwürmer gebaut hat ...«

»Das Haus ist also ein Zufluchtsort für unglückliche Schriftsteller?«, sagte Gottfried.

»Sollte der Herr auch das Unglück haben, einer zu sein?«, fragte die Witwe Vauthier.

»Ich beginne erst damit«, antwortete Gottfried.

»Oh, mein lieber Herr, erbarmen Sie sich und lassen Sie die Hände davon ... Journalist, nun ja, da will ich nicht? Dagegen sagen ...«

Gottfried konnte ein Lächeln nicht unterdrücken und wünschte der Portierfrau Gute Nacht, die, ohne es zu wissen, ein Musterbild der Bourgeoisie war. Als er sich in dem scheußlichen Zimmer mit seinem Fußboden aus roten Ziegelsteinen, die nicht einmal von gleicher Farbe waren, und mit seiner Tapete zu sieben Sous die Rolle, zu Bett legte, sehnte sich Gottfried nicht nur nach seinem kleinen Zimmer in der Rue Chanoinesse, sondern auch nach der Gesellschaft der Frau de la Chanterie. Er empfand eine große innere Leere. Sein Geist hatte bereits eine andere Richtung genommen, und er erinnerte sich nicht, in seinem früheren Leben eine solche Sehnsucht nach irgendetwas empfunden zu haben. Der schnelle Vergleich machte einen tiefen Eindruck auf sein Gemüt; er begriff, dass kein Leben so viel wert war, wie das, mit dem er jetzt beginnen wollte, und sein Entschluss, dem guten Vater Alain nachzueifern, war unerschütterlich geworden. Wenn er noch kein Berufener war, so hatte er doch den Willen, einer zu werden. Am andern Morgen sah Gottfried, der sich bei seiner neuen Lebensweise an sehr frühes Aufstehen gewöhnt hatte, vom Fenster aus einen jungen Menschen von etwa siebzehn Jahren, bekleidet mit einer Bluse, der offenbar aus einem Brunnen Wasser holte, denn er trug in jeder Hand einen Wasserkrug. Auf dem Gesicht dieses jungen Menschen, der sich nicht beobachtet glaubte, spiegelte sich deutlich sein Empfinden, und nie hatte Gottfried etwas so Unschuldiges und gleichzeitig so Trauriges gesehen. Die jugendliche Grazie war von Elend, Arbeit und großer körperlicher Ermüdung überschattet. Der Enkelsohn des Herrn Bernard fiel auf durch einen Teint von ungewöhnlicher Weiße, die von dem dunkelbraunen Haar noch stärker hervorgehoben wurde. Dreimal machte er seinen Weg, beim letzten Mal sah er, wie eine Fuhre frisches Holz abgeladen wurde, das Gottfried am Abend vorher bestellt hatte, denn der im Jahre 1838 spät eingetretene Winter begann sich bemerkbar zu machen, und es hatte in der Nacht leicht geschneit.

Nepomuk, der seine Tagesarbeit damit begonnen hatte, das Holz zu holen, das Frau Vauthier sich reichlich hatte vorausbezahlen lassen, plauderte mit dem jungen Menschen, während er wartete, bis der Holzhacker ihm das Holz kleingemacht hatte, das er hinaufbringen sollte. Es war leicht zu merken, dass der plötzlich eingetretene Frost den Enkel des Herrn Bernard beunruhigte, und dass der Anblick des Holzes und der graue Himmel ihn an die Notwendigkeit mahnten, sich auch mit Vorräten zu versehen. Aber plötzlich ergriff der junge Mensch, wie wenn er sich Vorwürfe machte, dass er seine kostbare Zeit verliere, die beiden Krüge und ging eiligst ins Haus hinein. Es war in der Tat schon einhalb acht Uhr, und als er die Uhr des Klosters de la Visitation schlagen hörte, dachte er daran, dass er um einhalb neun Uhr im Gymnasium Louis le Grand sein müsse.

Gerade als er hineinkam, öffnete Gottfried der Frau Vauthier die Tür, die kam, um bei ihrem neuen Mieter einzuheizen, sodass Gottfried Zeuge der Szene wurde, die sich auf dem Treppenabsatz abspielte. Ein Gärtner aus der Nachbarschaft hatte mehrmals an der Tür des Herrn Bernard geklingelt, ohne dass jemand herauskam, denn die Glocke war mit Papier umwickelt, und hatte nun einen ziemlich groben Zank mit dem jungen Menschen angefangen, von dem er die für das Abonnement der von ihm gelieferten Blumen noch rückständige Bezahlung verlangte. Als der Gläubiger immer lauter wurde, ging die Tür auf, und Herr Bernard erschien.

»August«, sagte er zu seinem Enkel, »kleide dich um, du musst ins Gymnasium gehen.«

Dann nahm er die beiden Krüge und stellte sie in das erste Zimmer seiner Wohnung, wo sich Blumen in Jardinieren befanden; darauf schloss er die Tür wieder und kehrte zu dem Gärtner zurück. Gottfrieds Tür stand offen, denn Nepomuk hatte mit dem Heraufbringen des Holzes begonnen, das er im vorderen Zimmer aufschichtete. In Gegenwart des Herrn Bernard war der Gärtner still geworden; jener trug einen Hausrock von violetter Seide, der bis ans Kinn zugeknöpft war, und hatte ein achtunggebietendes Auftreten.

»Sie könnten das, was wir Ihnen schulden, auch ohne zu schreien verlangen«, sagte Herr Bernard.

»Seien Sie doch gerecht, mein lieber Herr«, sagte der Gärtner; »Sie wollten mich doch alle Woche bezahlen, und jetzt sind es drei Monate, zehn Wochen, und ich habe nichts bekommen; dabei sind Sie mir hundertundzwanzig Franken schuldig. Wir sind gewöhnt, dass reiche Leute bei uns ein Abonnement auf Blumen nehmen, das sie uns bezahlen, sobald wir es verlangen, und jetzt bin ich schon zum fünften Mal deswegen hier. Wir müssen doch unsere Miete und unsere Arbeiter bezahlen, und ich bin gewiss nicht reicher als Sie. Meine Frau, die Ihnen Milch und Eier liefert, wird heute nicht mehr damit kommen; ihr sind Sie dreißig Franken schuldig: Sie will lieber gar nicht kommen, als Sie drängen, sie ist eine gute Seele, meine Frau! Wenn es nach ihr ginge, dann könnte man überhaupt keine Geschäfte machen. Aber ich, ich höre auf diesem Ohr nicht, verstehen Sie ...«

In diesem Augenblick ging August fort mit einem elenden kurzen grünen Rock, einer Hose aus Tuch von gleicher Farbe, einer schwarzen Krawatte und abgetragenen Schuhen bekleidet. Seine Sachen, obwohl sauber abgebürstet, verrieten den äußersten Grad von Bedürftigkeit, denn sie waren so kurz und so eng, dass sie bei der geringsten Bewegung des Schülers aufzuplatzen drohten. Die weiß gewordenen Nähte, die eingeschrumpften Ränder, die trotz der Ausbesserungen ausgerissenen Knopflöcher zeigten auch dem ungeübtesten Auge die jammervollen Merkmale der Not. Diese Kleidung stand in schreiendem Gegensatz zu der frischen Jugend Augusts, der dahinging, ein Stück altes Brot kauend, das die Eindrücke seiner schönen starken Zähne aufwies. Er frühstückte so während seines Weges vom Boulevard Mont-Parnasse bis zur Rue Saint-Jacques, während er seine Bücher und Hefte unter dem Arm und auf dem Kopfe eine Mütze trug, die ihm zu klein war, und unter der sein prächtiges dunkles Haar hervorquoll.

Als er bei seinem Großvater vorbeiging, wechselte er mit ihm einen Blick voll tiefster Betrübnis, denn er sah ihn im Kampfe mit einer fast unüberwindlichen Schwierigkeit, deren Folgen schrecklich sein mussten. Um dem Primaner Platz zu machen, zog sich der Gärtner bis an die Tür Gottfrieds zurück; in diesem Moment verbarrikadierte Nepomuk mit seiner Tracht Holz den Treppenabsatz so, dass der Gläubiger bis ans Fenster zurücktreten musste.

»Herr Bernard«, schrie jetzt die Witwe Vauthier, »denken Sie etwa, dass Herr Gottfried seine Wohnung dazu gemietet hat, dass Sie hier Ihre Sitzungen abhalten?«

»Verzeihen Sie«, sagte der Gärtner, »der Flur war so voll ...«

»Ich habe das ja auch nicht zu Ihnen gesagt, Herr Cartier«, entgegnete die Witwe.

»Bleiben Sie nur hier«, rief Gottfried jetzt dem Gärtner zu. »Und Sie, mein verehrter Herr Nachbar,« wandte er sich an Herrn Bernard, der gegen diese grobe Beleidigung unempfindlich zu sein schien, »kommen Sie, wenn Sie mit dem Gärtner zu verhandeln haben, nur ruhig in mein Zimmer herein.« Der große Alte, vor Schmerz stumpf geworden, warf Gottfried einen Blick zu, in dem sich heiße Dankbarkeit ausdrückte.

»Was Sie anlangt, liebe Frau Vauthier, so seien Sie gefälligst nicht so grob gegen einen Herrn, der erstens ein Greis ist und dem Sie es auch zu verdanken haben, dass ich die Wohnung hier genommen habe.«

»Ach was!«, rief die Witwe.

»Außerdem aber, wenn die Leute, die nicht zu den Reichen gehören, sich nicht gegenseitig helfen, wer wird ihnen denn helfen? Lassen Sie uns jetzt allein, Frau Vauthier, ich werde selber einheizen. Lassen Sie mein Holz in Ihren Keller bringen, ich hoffe, Sie werden gut darauf achtgeben.«

Frau Vauthier verschwand; dass Gottfried ihr sein Holz zum Aufbewahren gegeben hatte, war ein rechtes Fressen für ihre Habgier. –

»Kommen Sie hier herein, meine Herren«, sagte Gottfried, machte dem Gärtner ein Zeichen und bot dem Schuldner und dem Gläubiger Stühle an.

Der Alte blieb stehen, aber der Gärtner setzte sich.

»Hören Sie, lieber Herr Cartier, die Reichen zahlen auch nicht so prompt, wie Sie behaupten, und Sie dürfen einen ehrenwerten Mann nicht wegen einiger Louisdor drängen. Der Herr bekommt seine Pension nur alle sechs Monate ausgezahlt und kann Ihnen keine Anweisung auf eine so unbedeutende Summe geben; ich werde das Geld vorstrecken, wenn Sie es durchaus verlangen.«

»Herr Bernard hat seine Pension vor etwa zwanzig Tagen empfangen und hat mich doch nicht bezahlt ... Es tut mir leid, dass ich ihm Umstände mache ...«

»Wie denn? Sie liefern ihm Blumen seit ...«

»Jawohl, lieber Herr, seit sechs Jahren, und er hat immer pünktlich bezahlt.«

Herr Bernard, der immer ängstlich auf das horchte, was in seiner Wohnung vorging, ohne auf die Diskussion zu achten, hörte plötzlich ein Geschrei durch die Tür und ging voll Schrecken, ohne ein Wort zu sagen, fort.

»Hören Sie, mein Bester, bringen Sie nur schöne Blumen, Ihre allerschönsten Blumen noch heute früh Herrn Bernard, und Ihre Frau soll ihm frische Eier und Milch schicken; ich werde es Ihnen heute Abend bezahlen.«

Cartier sah Gottfried mit eigentümlichem Ausdruck an.

»Sie sind jedenfalls besser unterrichtet als Frau Vauthier, die mir geraten hat, ich solle mich beeilen, wenn ich zu meinem Gelde kommen wolle. Weder Sie noch ich, mein Herr, können sich erklären, warum Leute, die sich von Brot ernähren und Gemüseabfall, die Reste von Mohrrüben, Bohnen und Kartoffeln an der Tür der Restaurants aufsammeln ... Jawohl, mein Herr, ich habe den Kleinen überrascht, wie er einen alten Handkorb damit füllte ... also, wie solche Leute mehr als vierzig Franken monatlich für Blumen ausgeben können ... Man erzählt sich, dass der Alte nur dreitausend Franken Pension hat.«

»Na, jedenfalls«, entgegnete Gottfried, »brauchen Sie sich doch nicht darüber zu beklagen, wenn sie sich mit der Ausgabe für Blumen ruinieren.«

»Gewiss, mein Herr, vorausgesetzt, dass Sie sie mir bezahlen.«

»Bringen Sie mir nur Ihre Rechnung.« »Sehr wohl, mein Herr«, sagte der Gärtner mit einem Anflug von Respekt, »der Herr will wohl die versteckte Dame zu Gesicht bekommen?«

»Hören Sie, mein Freund, Sie vergessen sich!«, erwiderte Gottfried trocken. »Gehen Sie nach Hause und suchen

Sie Ihre schönsten Blumen aus als Ersatz für die, die Sie abholen. Wenn Sie mir selbst gute Sahne und frische Eier liefern wollen, so können Sie meine Kundschaft bekommen, ich werde mir heute Vormittag Ihr Etablissement ansehen.«

»Das ist eins der schönsten in Paris, mein Herr, ich stelle auch im Luxembourg aus. Mein drei Morgen großer Garten liegt am Boulevard, hinter dem Garten der Grande Chaumière.«

»Schön, Herr Cartier. Wie mir scheint, sind Sie reicher als ich ... Sie müssen uns gut behandeln, wer weiß, ob wir einander nicht einmal brauchen werden.«

Der Gärtner entfernte sich jetzt, sehr beunruhigt darüber, wer Gottfried wohl sein möge. ›So bin ich auch mal gewesen‹, sagte Gottfried sich, während er seinen Kamin heizte. ›Was für ein Musterbild der heutigen Bourgeoisie! Klatschsüchtig, neugierig, auf die Gleichheit aller pochend, auf Kundschaft bedacht, wütend darüber, dass er nicht erfahren kann, warum eine arme Kranke in ihrem Zimmer bleibt und sich nicht sehen lässt, seine Wohlhabenheit verhehlend, aber so eingebildet, dass er sich doch ihrer rühmt, um seinen Nachbar herabsetzen zu können. Dieser Mensch muss mindestens Leutnantsrang in seiner Kompanie bekleiden. Mit welcher Leichtigkeit spielt sich doch zu allen Zeiten die Szene von Monsieur Dimanche ab! Noch einen Augenblick länger, und der Herr Cartier hätte mit mir Freundschaft geschlossen.‹

Der große alte Herr unterbrach jetzt das Selbstgespräch Gottfrieds, das bewies, wie sehr sich in den letzten vier Monaten seine Anschauungen geändert hatten.

»Verzeihen Sie, lieber Nachbar«, sagte er mit stockender Stimme, »ich sehe, dass Sie den Gärtner beruhigt haben, denn er hat mich höflich gegrüßt. Wahrhaftig, junger Mann, die Vorsehung scheint Sie uns express hierhergesandt zu haben, gerade als wir nicht mehr weiter konnten! Ach, die Indiskretion dieses Menschen hat Ihnen vieles klar werden lassen! Es ist richtig, dass ich meine halbjährliche Pension vor vierzehn Tagen empfangen habe; aber ich hatte dringendere Schulden als diese hier, und ich musste den Betrag für die Miete zurückbehalten, sonst wäre ich hier hinausgesetzt worden. Da ich Ihnen anvertraut habe, in welchem Zustande sich meine Tochter befindet, und da Sie gehört haben ...«

Er sah Gottfried unruhig an, der ihm ein zustimmendes Zeichen machte.

»Nun, so werden Sie beurteilen können, ob das nicht ihr Tod sein würde! ... Ich hätte sie ja ins Hospital bringen müssen! ... Mein Enkel und ich, wir fürchteten uns vor diesem Morgen, und zwar fürchteten wir am meisten nicht Cartier, sondern die Kälte ...«

»Mein lieber Herr Bernard, ich habe ja Holz, nehmen Sie sich nur davon«, versetzte Gottfried.

»Aber«, rief der Alte, »wie kann ich mich denn jemals für solche Dienste erkenntlich zeigen?«...

»Indem Sie sie ungeniert annehmen,« entgegnete Gottfried lebhaft, »und indem Sie mir Vertrauen schenken.«

»Aber welches Recht habe ich auf solche Freigebig-keit?«, fragte Herr Bernard, der wieder misstrauisch ge-worden war. »Mein Stolz und der meines Enkelsohnes ist ja gebrochen!«, rief er, »denn wir haben uns ja schon herablassen müssen, mit unsern zwei oder drei Gläubi-gern zu verhandeln. Ach, die Armen haben ja keine Gläubiger; dazu bedarf es eines gewissen äußeren Glan-zes, der uns entschwunden ist ... Aber ich habe noch nicht meinen gesunden Menschenverstand, meine Ver-nunft eingebüßt ...«, fügte er wie im Selbstgespräch hin-zu.

»Mein Herr«, erwiderte Gottfried ernst, »was Sie mir gestern mitgeteilt haben, könnte einen Wucherer zum Weinen bringen.«

»Ach nein, denn Barbet, dieser Buchhändler, unser Hauseigentümer, spekuliert ja gerade auf mein Elend und lässt mich durch diese Vauthier, seine ehemalige Dienerin, ausspionieren.«

»Worauf kann er denn bei Ihnen spekulieren?«, fragte Gottfried.

»Das werde ich Ihnen später mitteilen«, antwortete der Alte. »Meine Tochter könnte frieren, und da Sie es ge-statten wollen – ich bin ja in einer Lage, wo ich von mei-nem schlimmsten Feinde ein Almosen annehmen würde ...«

»Ich werde Ihnen Holz hinüberbringen«, sagte Gott-fried, trug ein Dutzend Scheite über den Treppenflur und legte sie im Vorderzimmer der Wohnung des Alten nieder.

Herr Bernard hatte ebenso viel hinübergebracht, und als er den kleinen Holzvorrat ansah, konnte er ein blödes und fast kindisches Lächeln nicht unterdrücken, mit denen sich bei Leuten, die aus einer scheinbar unüberwindlichen Todesgefahr gerettet wurden, ihre Freude kundtut, eine Freude, die das Schreckensgefühl noch nicht ausgelöscht hat.

»Nehmen Sie nur alles an, was ich Ihnen anbiete, mein lieber Herr Bernard, und seien Sie nicht misstrauisch; wenn Ihre Tochter gerettet und das Glück wieder bei Ihnen eingekehrt sein wird, werde ich Ihnen alles erklären ... Bis dahin aber lassen Sie mich handeln ... Ich war schon bei dem jüdischen Arzte, aber unglücklicherweise ist Halpersohn abwesend und kommt erst in zwei Tagen zurück.«

In diesem Moment rief eine Stimme, deren frischer melodischer Klang Gottfried auffiel, zweimal laut: »Papa, Papa!«

Während er mit dem Alten redete, hatte Gottfried an dem Türfalz gegenüber der Eingangstür die weißen Linien einer sorgfältigen Bemalung bemerkt, die auf einen großen Unterschied zwischen dem Zimmer der Kranken und den übrigen Räumen der Wohnung schließen ließen; seine lebhaft erregte Neugierde wurde dadurch nur noch höher geschraubt; seine Wohltätigkeitsmission war nur noch ein Vorwand, sein Ziel war, die Kranke zu Gesicht zu bekommen. Er konnte nicht glauben, dass ein Wesen mit solch einer Stimme ein Gegenstand des Widerwillens sein könne.

»Sie machen sich wirklich zu viel Mühe, Papa«, sagte die Stimme. »Warum nehmen Sie sich nicht mehr Dienstboten? ... bei Ihren Jahren! ... Mein Gott!«

»Du weißt doch, liebe Wanda, ich will nicht, dass andere dich bedienen als dein Sohn und ich!«

Diese beiden Sätze, die Gottfried durch die Tür vernahm oder vielmehr sich zusammendachte, denn eine Portiere dämpfte den Ton, ließen ihn die Wahrheit ahnen. Die von Luxus umgebene Kranke konnte keine Ahnung von der wirklichen Lage ihres Vaters und ihres Sohnes haben. Herrn Bernards seidener Hausrock, die Blumen und seine Unterredung mit Cartier hatten bereits den Verdacht Gottfrieds erregt, der nun wie gebannt vor diesem Übermaß väterlicher Liebe dastand. Der Kontrast zwischen dem Zimmer der Kranken, wie er es sich vorstellte, und dem übrigen war ja auch erstaunlich. Man mache sich nur ein Bild davon.

Durch die Tür des dritten Zimmers, das der Alte offen gelassen hatte, bemerkte Gottfried zwei gleiche hölzerne angestrichene Bettstellen, wie man solche in Pensionen unterster Sorte findet, die mit einem Strohsack, einer dünnen Matratze und nur einer Bettdecke versehen waren. Ein kleiner gusseiserner Ofen von der Art, wie sie die Portiers zum Kochen verwenden, und vor dem eine Menge Torfklumpen lagen, hätte die Not des Herrn Bernard genügend bewiesen, auch ohne die anderen Einzelheiten, die völlig zu diesem scheußlichen Ofen passten.

Als er einen Schritt weiter machte, erblickte Gottfried Geschirr, wie man es nur in den ärmsten Haushaltungen findet; glasierte irdene Näpfe, worin Kartoffeln in schmutzigem Wasser schwammen. Zwei Tische aus schwarz gewordenem Holz, die, mit Papieren und Büchern beladen, am Fenster standen, das nach der Rue Notre-Dame hinaus ging, zeugten von den nächtlichen Arbeiten des Großvaters und des Enkels. Zwei schmiedeeiserne Leuchter, wie arme Leute sie haben, standen auf den Tischen und waren mit den billigsten Kerzen, von denen acht auf das Pfund gehen, versehen.

Auf einem dritten, der als Küchentisch diente, glänzten zwei Kuverts und ein kleiner silbervergoldeter Löffel, Teller, ein Topf, Tassen aus Sèvresporzellan, ein vergoldetes Messer mit zwei stählernen Klingen in seinem Etui und das übrige Essgeschirr der Kranken.

Der Ofen brannte, das Wasser in dem Kessel dampfte schwach. Ein angestrichener Wandschrank enthielt jedenfalls die Wäsche und die Kleider der Tochter des Herrn Bernard; denn auf dem Bette des Vaters lag der Anzug, den Gottfried am Abend vorher bei ihm gesehen hatte, und zwar quergelegt, um als Fußwärmer zu dienen.

Andere Kleidungsstücke, die in gleicher Weise auf dem Bett des Enkels lagen, ließen annehmen, dass das ihre gesamte Garderobe war. Der sicherlich selten gereinigte Fußboden sah aus wie der der Schulklassen in Pensionaten. Ein angeschnittenes Sechspfundbrot lag auf einem Brett oberhalb des Tisches. Das Ganze war ein Bild des Elends auf seiner untersten Stufe, eines ganz planmäßig organisierten Elends, das man mit kühler Überlegung zu ertragen entschlossen ist, des abgehetzten Elends, dass trotz guten Willens, das Nötige zu tun, doch nicht alles im Hause zu tun vermag und daher von dem elenden Hausrat einen verkehrten Gebrauch macht. Dieser selten gereinigte Raum strömte einen scharfen ekelerregenden Geruch aus.

Das Vorzimmer, in dem sich Gottfried befand, war wenigstens anständig gehalten; er dachte sich, dass es dazu diente, die Scheußlichkeit des Zimmers, in dem der Enkelsohn und der Großvater hausten, zu kaschieren. Dieses Vorzimmer mit seiner schottisch karierten Tapete enthielt vier Stühle aus Nussbaumholz und einen kleinen Tisch; an den Wänden hingen bunte Stiche: ein Porträt des Kaisers von Horace Vernet, eins Ludwigs XVII. und dann die Karls X. und des Fürsten Poniatowski, jedenfalls eines Freundes des Schwiegervaters Bernards. Das Fenster hatte Kattunvorhänge mit roten Säumen und Fransen.

Gottfried, der auf Nepomuk aufpasste und hörte, wie er eine Tracht Holz heraufbrachte, machte ihm ein Zeichen, dass er sie ohne Geräusch in Herrn Bernards Vorzimmer hinlegen solle, und mit einer Vorsorge, die anzeigte, dass der Neophyt schon einige Fortschritte gemacht hatte, schloss er die Tür des Hundeloches, damit der Laufbursche der Witwe Vauthier nichts von dem Elend des Alten wahrnehmen könne.

Das Vorzimmer war gerade mit drei Jardinieren, die die herrlichsten Blumen enthielten, vollgestellt, zwei länglichen und einer runden, alle drei aus Polysanderholz und sehr elegant; daher konnte Nepomuk sich nicht enthalten, nachdem er das Holz auf dem Fußboden aufgeschichtet hatte, zu sagen:

»Ach, wie hübsch! ... Das muss viel Geld kosten! ...«

»Johann, mach doch nicht solchen Lärm! ...«, rief Herr Bernard.

»Haben Sie gehört?«, sagte Nepomuk zu Gottfried. »Der gute, alte Kerl ist wahrhaftig verrückt! ...«

»Weißt du, wie du in seinem Alter sein wirst? ...«

»O ja, das weiß ich ganz genau!«, antwortete Nepomuk. »Ich werde dann in einer Zuckerdose sein.«

»In einer Zuckerdose? ...«

»Jawohl, dann wird man gewiss Kohle aus meinen Knochen gemacht haben. Ich hab' gesehen, wie die Kutscher der Zuckerfabrikanten ziemlich häufig in Montsouris solche Kohle für die Fabriken geholt haben; die haben mir gesagt, dass man daraus Zucker macht.«

Und er ging nach diesem philosophischen Ausspruch fort, um weiter Holz hinaufzutragen.

Gottfried schloss diskret Herrn Bernards Tür, um ihn mit seiner Tochter allein zu lassen. Frau Vauthier hatte inzwischen das Frühstück für ihren neuen Mieter zubereitet und brachte es ihm, von Felicitas unterstützt, herein. Gottfried starrte in sein Kaminfeuer, in Nachdenken versunken. Er war in die Betrachtung dieses Elends vertieft, das so viele verschiedene Seiten aufwies, das aber auch die unaussprechliche Freude über die tausend Triumphe umfasste, die die kindliche und die väterliche Liebe davongetragen hatten. Sie waren wie auf groben Stoff aufgestickte Perlen.

›Welche Romane, und seien es auch die berühmtesten, kommen dieser nackten Wirklichkeit gleich?‹, sagte er sich. ›Aber wie reich ist ein Leben, das sich mit solchen Existenzen befasst! ... wo der Geist bis zu den Ursachen und den Wirkungen vordringt und Hilfe bringt, die Schmerzen lindert und zum Heile beiträgt! ... Sich so in das Unglück vertiefen, sich in solchen Haushaltungen festsetzen! Ständig mithandeln bei neu sich entwickelnden Tragödien, wie sie uns in den Dichtungen berühmter Schriftsteller entzücken ... Ich hatte nicht geahnt, dass das Gute reizvoller sein könne als das Böse.‹

»Ist der Herr so zufrieden? ...«, fragte Frau Vauthier, die mit Felicitas' Hilfe den Tisch vor Gottfried hinstellte.

Gottfried sah vor sich eine Tasse vortrefflichen Milchkaffee, ein heißes Omelett, frische Butter und kleine rosige Radieschen.

»Donnerwetter, wo haben Sie denn die Radieschen aufgetrieben?«, fragte Gottfried.

»Herr Cartier hat sie mir gegeben«, antwortete sie, »und ich wollte dem Herrn damit eine Freude machen.«

»Und wie viel verlangen Sie für ein solches tägliches Frühstück?«, sagte Gottfried.

»Na, lieber Herr, wenn Sie gerecht sein wollen, werden Sie mir zugeben, dass es sehr schwer wäre, es Ihnen billiger als für dreißig Sous zu liefern.«

»Nun, also meinetwegen für dreißig Sous«, sagte Gottfried; »wie kommt es denn aber, dass man nur fünfundvierzig Franken monatlich für das Diner verlangt, hier nebenan bei Frau Machillot? Das würde doch auch nur täglich dreißig Sous ausmachen? ...«

»Oh, lieber Herr, was ist das für ein Unterschied, ob man ein Diner für fünfzehn Personen herstellt, oder ob man alles zusammenholen muss, was für ein Frühstück erforderlich ist! Rechnen Sie mal: ein Brötchen, Eier, Butter, dann muss man Feuer anmachen, dann Zucker, Milch, Kaffee ... Bedenken Sie doch, dass man Ihnen auf dem Odeonplatz für eine einfache Tasse Milchkaffee sechzehn Sous abverlangt, und dann müssen Sie dem Kellner noch ein bis zwei Sous Trinkgeld geben! ... Hier aber haben Sie es ganz bequem, Sie frühstücken zu Hause in Pantoffeln.«

»Also, es ist gut«, antwortete Gottfried.

»Ohne Frau Cartier, die mir die Milch, die Eier und sonstiges liefert, könnte ich dabei nicht bestehen. Sie müssen sich mal ihr Etablissement ansehen, lieber Herr. Ach, das ist eine feine Sache! Sie beschäftigen fünf Gärtnerjungen, und Nepomuk schleppt ihnen den ganzen Sommer das Wasser; ich vermiete ihn zum Besprengen ... Sie verdienen viel Geld mit ihren Melonen und Erdbeeren ... Der Herr scheint sich ja sehr für Herrn Bernard zu interessieren ...?«, fragte die Witwe Vauthier dann mit süßer Stimme, »denn, wenn Sie für ihre Schulden einstehen wollen ... Der Herr weiß vielleicht nicht, was sie alles schuldig sind ... Da ist die Dame, die das Lesekabinett am Sankt-Michaels-Platz hat, die kommt alle drei bis vier Tage wegen ihrer dreißig Franken, und sie hat sie wirklich sehr nötig. Gott im Himmel, was liest die arme kranke Dame zusammen! Sie liest und liest! Und bei zwei Sous für den Band macht das dreißig Franken im Vierteljahr ...«

»Das wären ja hundert Bände im Monat!«, sagte Gott-fried.

»Ah, da holt der Alte die Sahne und das Brötchen für die Dame!«, fuhr die Witwe Vauthier fort. »Das ist für ihren Tee, denn sie lebt bloß von Tee, die Dame! Sie trinkt zweimal am Tage welchen und zweimal in der Woche muss sie Süßigkeiten haben ... Sie ist so ein Le-ckermaul! Der Alte kauft ihr Kuchen und Pasteten beim Konditor in der Rue Buci. Oh, wenn es sich um sie han-delt, da kommt's ihm nicht drauf an. Er sagt, sie ist seine Tochter! ... Als ob man in seinem Alter das, was er macht, für seine Tochter täte! ... Er quält sich für sie ab, er und sein August ... Denkt der Herr auch so wie ich? Zwanzig Franken würde ich gern springen lassen, wenn ich sie mal sehen könnte. Herr Berton sagt, sie ist ein Monstrum, eine Sache, die man für Geld zeigen könnte. Sie haben gut daran getan, dass sie in ein solches Viertel wie unsres gezogen sind, wo es so menschenleer ist ... Gedenkt der Herr also sein Diner bei der Frau Machillot einzunehmen?«

»Jawohl, ich wollte mich bei ihr abonnieren ...«

»Ich möchte Sie ja nicht davon abbringen, lieber Herr; aber eine Kneipe ist wie die andere, und da täten Sie besser, in der Rue de Tournon zu essen; da brauchen Sie sich nicht auf einen Monat zu binden, und für gewöhn-lich ist's da besser ...

»Wo ist das in der Rue de Tournon?«

»Bei dem Nachfolger der Mutter Girard... Da gehen die Herren hier oben häufig hin, und sie sind so zufrieden, wie man es nur sein kann«.

»Schön, Mutter Vauthier, ich werde Ihrem Rat folgen und dort essen ...«

»Mein lieber Herr«, sagte die Portiersfrau, durch die freundliche Haltung, die Gottfried ihr mit Absicht bezeigte, ermutigt, »ernsthaft gesprochen, sollten Sie wirklich auf den Leim gehen und Herrn Bernards Schulden bezahlen wollen? ... Das würde mir sehr leidtun; bedenken Sie doch, mein guter Herr Gottfried, dass er beinahe siebzig Jahr alt ist, und wenn er tot ist, ja Prosit, dann ist es alle mit der Pension! Und wer wird Ihnen dann Ihr Geld wiedergeben? ... Die jungen Leute sind so unvorsichtig! Wissen Sie auch, dass er mehr als tausend Taler schuldig sein muss?«

»Wem denn?«, fragte Gottfried.

»Ach, wem? Das geht mich nichts an«, erwiderte die Vauthier geheimnisvoll; »genug, er schuldet sie und unter uns gesagt, er verkehrt ja mit niemandem, und daher wird er in unserm Viertel auch nicht für einen Heller Kredit bekommen ...«

»Tausend Taler?« wiederholte Gottfried; »oh, da können Sie ganz beruhigt sein, wenn ich tausend Taler hätte, wäre ich nicht Ihr Mieter. Aber, sehen Sie, ich kann es nicht mit ansehen, wenn andere leiden, und für die paar hundert Franken, die mich das kosten kann, werde ich wenigstens wissen, dass mein Nachbar – ein Mann mit weißen Haaren! –– Brot und Holz hat ... Was wollen Sie, man verliert häufig so viel beim Kartenspiel ... Aber dreitausend Franken? Mein Gott, wo denken Sie hin!«

Durch die gespielte Offenherzigkeit Gottfrieds getäuscht, verzog die Mutter Vauthier ihr Gesicht zu einem süßlichen Lächeln der Befriedigung, das den Verdacht des Mieters bestärkte. Gottfried war überzeugt, dass die Alte an einem Komplott beteiligt war, das gegen den armen Herrn Bernard geschmiedet wurde.

»Es ist doch merkwürdig, mein Herr, was für Einbildungen man sich in den Kopf setzt! Sie werden mir sagen, dass ich sehr neugierig bin! Aber als ich Sie gestern hier mit Herrn Bernard plaudern sah, habe ich mir eingeredet, dass Sie Angestellter in einer Buchhandlung sind; denn das ist hier das Quartier der Buchhändler. Ich hatte hier einen Korrektor zu wohnen, dessen Druckerei in der Rue Vaugirard war, und der hieß ebenso wie Sie ...«

»Was interessiert Sie denn mein Beruf?«, sagte Gottfried.

»Na, ob Sie mir's nun sagen wollen oder nicht, begann die Vauthier wieder, »ich werde es doch erfahren ... Da ist zum Beispiel der Herr Bernard. Nun, anderthalb Jahre habe ich nichts über ihn erfahren können; aber einen Monat darauf habe ich doch endlich herausbekommen, dass er ein Beamter, ein Richter oder sonst so was bei der Justiz gewesen ist, und dass er jetzt darüber schreibt ... Was hat er nun davon, sage ich! Hätte er sich mir anvertraut, so hätte ich geschwiegen. So ist das!«

»Ich bin noch kein Angestellter in einer Buchhandlung, aber ich werde es vielleicht bald sein.«

»Das dachte ich mir doch «, sagte die Witwe Vauthier lebhaft, drehte sich um und verließ das Bett, das sie zurechtmachte, um einen Vorwand zu haben, bei ihrem Mieter zu verweilen. »Sie sind hergekommen, um ihnen die Sache vor der Nase wegzuschnappen. Wenn man gewarnt ist, ist man doppelt vorsichtig ...«

»Halt!«, rief Gottfried und stellte sich zwischen die Vauthier und die Tür. »Was für ein Interesse haben Sie denn, um sich da hineinzumischen?«

»Sieh, sieh!«, bemerkte die Alte und sah Gottfried schief an, »Sie sind ja wirklich ein gerissener Schlaukopf!«

Sie verriegelte die Türe des ersten Zimmers und setzte sich auf einen Stuhl am Kaminfeuer.

»Mein Ehrenwort, so wahr ich Vauthier heiße, ich habe Sie für einen Studenten gehalten, bis ich sah, wie Sie Ihr Holz dem alten Bernard schenkten. Ach, Sie sind ein Schlauberger! Donner noch mal, was sind Sie für ein Komödiant! ... Und da hielt ich Sie zuerst für einen Gimpel! Hören Sie mal, wollen Sie mir tausend Franken zusichern? So wahr, wie der Tag scheint, mein alter Barbet und Herr Métivier haben mir fünfhundert Franken versprochen, wenn ich gut aufpasse.«

»Die, und fünfhundert Franken? ... Gehen Sie doch!«, rief Gottfried, »höchstens zweihundert, Mütterchen, und auch bloß versprochen ... Sie werden sie deshalb nicht verklagen können! Wenn Sie mir das Geschäft zuschieben können, dass sie mit Herrn Bernard machen wollen, würde ich vierhundert Franken geben! ... Nun sagen Sie mal, wie weit stehen sie denn damit?«

»Sie haben fünfzehnhundert Franken Vorschuss auf das Werk gezahlt, und der Alte hat ihnen ein Anerkenntnis über tausend Taler ausgestellt ... Sie haben das immer so hundertfrankenweise hergegeben ... absichtlich so, dass er immer in Not blieb ... Sie sind es auch, die die Gläubiger auf ihn loslassen, sicher haben sie auch den Cartier hergeschickt ...«

Hier warf Gottfried einen durchdringenden ironischen Blick auf die Vauthier, der sie erkennen ließ, dass er verstanden hatte, welche Rolle sie zugunsten ihres Hausbesitzers spielte.

Ihre Worte brachten ihm in zwiefacher Richtung Klarheit, denn jetzt erklärte sich auch die ziemlich merkwürdige Szene, die sich zwischen dem Gärtner und ihm abgespielt hatte.

»Oh«, fuhr sie fort, »sie halten ihn an der Strippe; wo soll er jemals die tausend Taler hernehmen? Sie wollen ihm, wenn er ihnen die fertige Arbeit übergibt, fünfhundert Franken bieten und fünfhundert Franken für jeden Band, wenn er fertiggestellt ist ... Die Sache wird auf den Namen eines Buchhändlers gemacht, den die beiden Herrn am Quai des Augustins etabliert haben ...«

»Ach so, der kleine Dingsda?«

»Jawohl, Morand, der frühere Kommis des Herrn ... Es scheint, dass dabei viel Geld zu verdienen ist.«

»Oh, man muss da viel Geld hineinstecken«, erwiderte Gottfried und verzog den Mund in bezeichnender Weise.

Jetzt wurde leise an die Tür geklopft, und Gottfried, froh über die Unterbrechung, erhob sich, um zu öffnen.

»Was gesagt ist, bleibt gesagt, Mutter Vauthier«, bemerkte Gottfried, als er Herrn Bernard erblickte.

»Herr Bernard«, rief sie diesem zu, »ich habe einen Brief für Sie ...«

Der Alte ging einige Stufen mit ihr hinab.

»Ach nein, ich habe gar keinen Brief, Herr Bernard. Ich wollte Ihnen bloß sagen, dass Sie sich vor dem kleinen jungen Mann hüten sollen, das ist ein Buchhändler.«

»Ah, nun erklärt sich alles«, sagte der Alte zu sich. Und er kehrte zu seinem Nachbar mit völlig verändertem Gesichtsausdruck zurück.

Dieser Ausdruck kalter Ruhe, mit dem jetzt Herr Bernard wieder erschien, kontrastierte so sehr mit der liebenswürdigen offenen Miene, in der sich die Dankbarkeit gespiegelt hatte, dass Gottfried über diese plötzliche Veränderung betroffen war.

»Entschuldigen Sie, mein Herr, wenn ich Sie in Ihrer Ruhe störe; aber seit gestern überhäufen Sie mich mit Wohltaten, und der Wohltäter räumt dem Verpflichteten gewisse Rechte ein.«

Gottfried verneigte sich.

»Ich, der ich seit fünf Jahren alle vierzehn Tage die Passion Christi erdulde! Ich, der sechsunddreißig Jahre hindurch Vertreter der Gesellschaft und der Regierung als öffentlicher Ankläger war – ich mache mir, wie Sie sich denken können, keine Illusionen ... nein, ich vermag nur noch Schmerz zu empfinden. Nun, mein Herr, die Aufmerksamkeit, die Sie mir erwiesen, als Sie die Tür des Hundelochs schlossen, in dem ich mit meinem Enkelsohn hause, dieser unerhebliche Umstand war für mich das Glas Wasser, von dem Bossuet spricht ... Ja, ich habe da in meinem Herzen ... in diesem erschöpften Herzen, das keine Träne mehr hervorzubringen vermag, wie mein Körper keinen Schweiß mehr, – ich habe darin den letzten Tropfen jenes Elixiers gefunden, das uns in der Jugend alle menschlichen Handlungen schön färbt, und ich kam zu Ihnen, um Ihnen meine Hand zu reichen, die ich sonst nur meiner Tochter gebe; ich wollte Ihnen die himmlische Rose des Glaubens an das Gute bringen ...«

»Herr Bernard«, sagte Gottfried, der sich an die Lehren des guten Alains erinnerte, »ich habe nichts getan in der Absicht, mir Ihre Dankbarkeit zu erwerben ... Darin täuschen Sie sich ...«

»Ach, das nenne ich Offenheit«, fuhr der alte Beamte fort. »Nun, das gefällt mir. Ich wollte Ihnen Vorwürfe machen ... Verzeihen Sie, jetzt spreche ich Ihnen meine Achtung aus. Sie sind also ein Buchhändler und sind hergekommen, um der Firma Barbet, Métivier und Morand mein Werk wegzuschnappen ... Damit erklärt sich alles. Sie geben mir Vorschüsse, wie jene es gemacht haben; nur, dass Sie das in gefälliger Weise tun.«

»Hat Ihnen die Vauthier eben gesagt, dass ich Kommis eines Buchhändlers bin?«, fragte Gottfried den Alten.

»Jawohl«, antwortete dieser.

»Nun, Herr Bernard, um zu wissen, was ich mehr geben kann, als was Ihnen die Herren bieten, ist es erforderlich, dass Sie mir die Bedingungen nennen, die Sie mit ihnen vereinbart haben.«

»Das ist nicht mehr als billig«, bemerkte der ehemalige Beamte, der glücklich darüber zu sein schien, dass er Gegenstand einer Konkurrenz geworden war, bei der er nur gewinnen konnte. »Wissen Sie, um was für ein Werk es sich handelt?«

»Nein, ich weiß nur, dass damit ein gutes Geschäft zu machen ist.«

»Es ist jetzt erst einhalb zehn Uhr, meine Tochter hat schon gefrühstückt, mein Enkelsohn August kommt erst um dreiviertel elf zurück, und Cartier bringt die Blumen erst in einer Stunde; wir können also miteinander reden, Herr ...?«

»Gottfried.«

»Also, Herr Gottfried, das Werk, um das es sich handelt, ist von mir im Jahre 1825 begonnen worden, zu der Zeit, als das Ministerium, in Sorge über die andauernde Entwertung des Grundeigentums, den Gesetzentwurf über die Fideikommisse einbrachte, der abgelehnt wurde. Gewisse Mängel unserer Gesetzbücher und unserer französischen grundlegenden Institutionen hatten meine Aufmerksamkeit erregt. Unsere Codes sind Gegenstand wichtiger Arbeiten gewesen; aber alle diese Abhandlungen bewegten sich nur auf juristischem Boden; niemand hatte es gewagt, das Werk der Revolution, oder, wenn Sie wollen, Napoleons in seiner Gesamtheit zu prüfen, den Geist dieser Gesetze zu studieren und ihre Wirkungen zu beurteilen. Das behandelt in der Hauptsache mein Werk; es hat vorläufig den Titel: ›Der Geist der neuen Gesetze‹; es umfasst die Grundsätze der natürlichen Entwicklung ebenso wie die Codes, alle Codes, denn wir besitzen viel mehr als fünf Codes: Mein Buch wird also in fünf Bänden erscheinen und einem sechsten Bande mit Zitaten, Noten und Nachweisen. Ich habe noch drei Monate daran zu arbeiten. Der Eigentümer dieses Hauses, ein früherer Buchhändler, hat aus einigen Fragen, die ich an ihn gerichtet hatte, hierbei eine gute Spekulation geahnt oder gewittert, wenn Sie wollen. Ich habe von Anfang an dabei nur an das Wohl meines Landes gedacht. Aber dieser Barbet hat mich umgarnt ... Sie werden sich fragen, wie ein Buchhändler einen alten Beamten hat überlisten können; nun, mein Herr, Sie kennen meine Geschichte, und dieser Mensch ist ein Wucherer; er besitzt den Scharfblick und die Gerissenheit dieser Leute ... Sein Geld hat immer meiner Not ausgeholfen ... Er wusste sich immer einzufinden, wenn die Verzweiflung mich wehrlos gemacht hatte.«

»Ach nein, mein werter Herr«, sagte Gottfried; »er besaß in der Mutter Vauthier ganz einfach einen Spion; aber welches sind seine Bedingungen? Bitte, sagen Sie sie mir genau. «

»Man hat mir fünfzehnhundert Franken geliehen, für die jetzt als Unterlage drei Wechsel von mir über je tausend Franken vorliegen, und diese dreitausend Franken sind hypothekarisch durch Vertrag auf mein Eigentum an dem Werke eingetragen, über das ich also nur verfügen darf, wenn ich die Wechsel einlöse; die Wechsel sind nach kontradiktorischer Verhandlung protestiert ... das sind die Folgen meines Elends, mein Herr ... Bei bescheidenster Bewertung würde für die erste Auflage dieses riesigen Werkes, des Ergebnisses zehnjähriger Arbeit und sechsunddreißigjähriger Erfahrung, ein Preis von mindestens zehntausend Franken angemessen sein ... Nun, vor fünf Tagen bot mir Morand tausend Taler und meine quittierten Wechsel für das volle Eigentum daran ... da ich nicht dreitausendzweihundertvierzig Franken aufzutreiben vermag, so werde ich es ihnen, wenn Sie nicht dazwischen treten, wohl hingeben müssen ... Sie haben sich nicht mit meinem Ehrenworte begnügt; zu ihrer größeren Sicherheit verlangten sie Wechsel, die sie protestieren ließen und ausklagten, sodass sie mich verhaften lassen können. Wenn ich sie bezahle, dann haben die Wucherer ihr angelegtes Geld verdoppelt; wenn ich mit ihnen abschließe, werden sie ein Vermögen verdienen, denn der eine von ihnen ist ein früherer Papierhändler, und Gott weiß, wie viel sie noch bei der Drucklegung ersparen können. Und da sie meinen Namen dazu besitzen, so wissen sie, dass der Absatz von zehntausend Exemplaren garantiert ist.«

»Aber wie können Sie, mein Herr, Sie, ein ehemaliger hoher Beamter! ...«

»Was wollen Sie? Nicht einen Freund! Nicht einen, der sich meiner erinnerte! ... Und ich habe doch viele Köpfe gerettet, wenn ich auch welche abschlagen lassen musste! ... Und dann, meine Tochter, meine Tochter, deren Krankenwärter ich bin, der ich Gesellschaft leisten muss, denn ich arbeite nur nachts ... Ach, junger Mann, nur die Unglücklichen können über das Elend urteilen ... Heute denke ich, dass ich einstmals zu streng gewesen bin.«

»Mein Herr, ich wünsche nicht, Ihren Namen zu wissen. Ich kann nicht über tausend Taler verfügen, zumal da ich Halpersohn und Ihre kleinen Schulden bezahlen will; aber ich werde Sie retten, wenn Sie mir schwören, dass Sie nicht über Ihr Werk verfügen wollen, ohne mich vorher benachrichtigt zu haben; es ist nicht möglich, sich auf ein so bedeutendes Geschäft einzulassen, ohne Fachleute befragt zu haben. Meine Prinzipale sind vermögend, und ich kann Ihnen einen Erfolg versprechen, wenn Sie mir tiefstes Geheimnis zusichern wollen, selbst Ihren Kindern gegenüber, und wenn Sie Ihre Zusage halten ...«

»Der einzige Erfolg, den ich erstrebe, ist die Gesundheit meiner armen Wanda; denn solche Leiden löschen in dem Herzen eines Vaters jede andere Empfindung aus, und die Ruhmesliebe bedeutet dem nichts mehr, der das Grab vor sich offen sieht ...«

»Ich werde heute Abend zu Ihnen kommen; Halpersohn wird jeden Augenblick erwartet, ich habe mir vorgenommen, alle Tage nachzusehen, ob er zurückgekommen ist ... Ich will Ihnen den ganzen heutigen Tag opfern.«

»Oh, wenn Sie die Heilung meiner Tochter erreichen können, mein Herr ... mein Herr ..., dann will ich Ihnen mein Werk überlassen! ...«

»Mein Herr«, sagte Gottfried, »ich bin kein Buchhändler.«

Der Alte machte eine Bewegung des Erstaunens.

»Was wollen Sie, ich habe die alte Vauthier das glauben lassen, um besser hinter die Ihnen gestellte Falle zu kommen ...«

»Aber wer sind Sie denn?«

»Gottfried!«, erwiderte der Neophyt. »Und da Sie mir gestatten, Ihnen so viel anzubieten, dass Sie etwas besser leben können«, fügte er lächelnd hinzu, »so können Sie mich ja Gottfried von Bouillon nennen.«

Der Alte war zu erregt, als dass er über diesen Scherz hätte lachen können. Er streckte Gottfried die Hand hin und drückte die Hand seines Nachbars.

»Sie wollen Ihr Incognito bewahren? ...«, sagte er, und sein Blick zeigte eine Mischung von Traurigkeit und Beunruhigung.

»Wollen Sie mir das nicht erlauben?«

»Nun gut, machen Sie das, wie Sie wollen! ... Und kommen Sie heute Abend; Sie sollen meine Tochter sehen, wenn ihr Befinden es gestattet ...«

Das war offenbar das größte Zugeständnis, das der arme Vater machen konnte; und aus dem dankbaren Blick, den ihm Gottfried zuwarf, ersah der Alte mit Genugtuung, dass er verstanden worden war.

Eine Stunde später erschien Cartier mit herrlichen Blumen, erneuerte selbst den Inhalt der Jardinieren, tat frisches Moos hinein, und Gottfried bezahlte seine Rechnung ebenso wie die des Lesekabinetts, die bald darauf präsentiert wurde. Bücher und Blumen waren das Brot der armen kranken oder vielmehr gemarterten Frau, die sich mit so wenig Nahrung begnügte. Wenn er an diese, wie die des Laokoon, (dieses genialen Abbildes so vieler Existenzen) vom Unglück erdrückte Familie dachte, empfand Gottfried, der nach der Rue Marbeuf hin schlenderte, doch noch mehr Neugierde als Drang zur Wohltätigkeit. Diese inmitten des furchtbarsten Elends von Luxus umgebene Kranke ließ ihn die schauderhaften einzelnen Erscheinungen der abnormsten aller nervösen Erkrankungen vergessen, die glücklicherweise, wie mehrere Fachschriftsteller bekunden, eine ganz sel-

232

tene Ausnahme ist; einer unserer plauderlustigsten Berichterstatter, Tallemant des Réaux, erwähnt ein Beispiel davon. Man stellt sich die Frauen auch bei den furchtbarsten Leiden gern elegant vor. So versprach sich Gottfried auch ein Vergnügen davon, dass er nun in dieses Zimmer eindringen sollte, das seit sechs Jahren nur der Arzt, der Vater und der Sohn betreten hatten. Trotzdem schalt er sich schließlich wegen seiner Neugierde aus. Er begriff, dass dieses natürliche Gefühl in dem Maße zurücktreten müsste, in welchem er seinen Wohltätigkeitsdienst weiter ausüben würde, bei dem er immer neue Familien und immer neue Leiden zu sehen bekäme.

Man gelangt in der Tat schließlich zu der göttergleichen Anpassungsfähigkeit, in der Einen nichts mehr in Erstaunen setzt und überrascht, ebenso wie man in der Liebe zu der erhabenen Gemütsruhe gelangt, und durch beständige Fürsorge und Zärtlichkeit ihrer Kraft und Dauer sicher wird.

Gottfried erfuhr, dass Halpersohn in der Nacht zurückgekehrt war; aber schon frühmorgens hatte er zu seinen Kranken, die ihn erwarteten, fahren müssen. Die Portierfrau sagte Gottfried, er solle am nächsten Morgen vor neun Uhr wiederkommen.

Da er sich der Ermahnung Alains über die Sparsamkeit in persönlichen Ausgaben erinnerte, speiste Gottfried für fünfundzwanzig Sous in der Rue de Tournon und wurde für seine Selbstverleugnung belohnt, indem er sich hier mitten unter Setzern und Korrektoren einer Druckerei befand. Er hörte eine Diskussion über Herstellungskosten mit an, an der er sich beteiligte, und erfuhr so, dass ein Oktavband von vierzig Druckbogen bei einer Auflage von tausend Exemplaren nicht mehr als dreißig Sous pro Exemplar bei sorgfältigster Ausführung koste. Er nahm sich vor, sich noch über den Preis zu informieren, zu dem juristische Bücher verkauft wurden, um einer Verhandlung mit den Buchhändlern, die Herrn Bernard in der Hand hatten, gewachsen zu sein, wenn er mit ihnen zusammenträfe.

Gegen sieben Uhr abends kehrte er durch die Rues Vaugirard, Madame und de l'Ouest nach dem Boulevard Mont-Parnasse zurück und überzeugte sich, wie einsam dieses Viertel war, denn er begegnete keinem Menschen. Allerdings war strenge Kälte eingetreten, der Schnee fiel in dicken Flocken, und die Wagen fuhren geräuschlos über das Pflaster.

»Ah, da sind Sie ja, lieber Herr!«, sagte die Witwe Vauthier, als sie Gottfried erblickte; »hätte ich gewusst, dass Sie so früh nach Hause kommen würden, so hätte ich Ihnen Feuer gemacht.«

»Das ist überflüssig, antwortete Gottfried, als er sah, dass die Vauthier ihm folgte; »ich werde den Abend bei Herrn Bernard verbringen ...«

»Nanu, sind Sie denn sein Vetter, dass Sie schon am zweiten Tage auf Einladungsfuß mit ihm stehen? ... Ich dachte, der Herr würde die Besprechung mit mir, die wir angefangen hatten, fortsetzen.«

»Ach so, wegen der vierhundert Franken!«, sagte Gottfried leise zu der Witwe. »Hören Sie mal, Mama Vauthier, Sie wollen sich zwischen der Ziege und dem Kohlkopf hindurchschlängeln, und werden nun weder die Ziege noch den Kohlkopf bekommen; denn was mich betrifft, so haben Sie mich bereits verraten ... das Geschäft ist mir ganz misslungen ...«

»Aber glauben Sie doch das nicht, lieber Herr... Morgen früh, wenn Sie frühstücken ...«

»Oh, morgen muss ich, wie Ihre beiden Schriftsteller, schon bei Tagesanbruch fortgehen ...«

Das frühere Leben Gottfrieds als Dandy und als Journalist kam ihm darin zustatten, dass er genügend Erfahrung besaß, um sich denken zu können, dass, wenn er nicht so handelte, Barbets Spießgesellin den Buchhändler von jeder Gefahr benachrichtigen, und dass die Verfolgungen beginnen und sehr bald die Freiheit Bernards bedrohen würden; während das Trio der habgierigen Geschäftsleute, wenn er sie in dem Glauben ließ, dass sie keinerlei Gefahr liefen, sich ruhig verhalten mochte. Aber Gottfried kannte die Natur einer Pariserin noch nicht genügend, wenn sie sich als Witwe Vauthier verkleidet. Dieses Weib wollte Geld von Gottfried und von ihrem Hausbesitzer haben. Sie rannte also schnurstracks zu ihrem Herrn Barbet, während Gottfried seinen Anzug für den Besuch bei Herrn Bernards Tochter wechselte. Es schlug acht vom Kloster de la Visitation, auf der Turmuhr des Viertels, als der neugierige Gottfried leise an der Tür seines Nachbars klopfte. August öffnete; da es ein Sonnabend war, so hatte der junge Mensch den Abend für sich; Gottfried fand ihn mit einem kurzen Rock aus schwarzem Samt, blauseidener Krawatte und einer ziemlich guten schwarzen Hose bekleidet; aber sein Erstaunen, den jungen Mann so anders als sonst gekleidet zu sehen, schwand sofort, sobald er das Zimmer der

Kranken betreten hatte: Er begriff, weshalb der Vater und der Sohn hier gut angezogen sein mussten.

In der Tat war der Gegensatz zwischen der elenden Behausung, die er am Morgen gesehen hatte, und dem Luxus dieses Zimmers so stark, dass Gottfried davon geblendet sein musste, wenn er auch an das Raffinement und die Eleganz reicher Leute gewöhnt war.

Die Wände waren mit gelber Seide, unterbrochen von grünseidenen Streifen von lebhafter Farbe, bespannt und machten das Zimmer außerordentlich freundlich, dessen Fußboden ganz mit einem Moketteteppich mit weißem, geblümtem Fond bedeckt war. Die beiden Fenster, die schöne, mit weißer Seide gefütterte Vorhänge hatten, bildeten gleichsam zwei Bosketts, mit so viel Jardinieren waren sie vollkommen ausgefüllt. Stores ließen nichts von dem Reichtum, der in diesem Viertel so selten war, von draußen erkennen. Die in Leimfarbe ganz weiß gestrichene Holztäfelung wurde von einigen goldenen Streifen belebt.

An der Tür hing eine schwere, mit fein aufgenähter Stickerei geschmückte Portiere, die jedes von außen kommende Geräusch abhielt. Diese prächtige Portiere war von der Kranken verfertigt worden, die wie mit Feenfingern arbeitete, wenn sie ihre Hände gebrauchen konnte.

Im Hintergrunde des Zimmers, der Tür gegenüber, befand sich der Kamin, mit grünem Sammet bekleidet und mit einer ausgesuchten Garnitur geschmückt, den letzten Überbleibseln des Reichtums der beiden Familien; sie bestand aus einer merkwürdigen Uhr, (ein Elefant trug einen Porzellanturm, aus dem eine Unzahl von

Blumen heraushingen) aus zwei Kandelabern gleichen Stils und aus kostbaren Chinaarbeiten. Der Aschenkasten, die Feuerböcke, die Feuerschaufeln und -zangen, alles war äußerst kostbar.

Die größte der Jardinieren stand in der Mitte des Zimmers unter einem an einer Rosette hängenden Kronleuchter von Porzellanblumen.

Das Bett, in dem die Tochter des Beamten lag, war eins von den schönen Betten aus geschnitztem Holz, in Weiß und Gold gehalten, wie sie zur Zeit Ludwigs XV. hergestellt wurden. Am Kopfende stand ein hübscher Tisch mit eingelegter Arbeit, auf dem sich alles für ein solches Leben im Bette Erforderliche befand. An der Wand war ein zweiarmiger Wandleuchter befestigt, der mit einer leichten Handbewegung hin und her geschoben werden konnte. Ein außerordentlich bequemer, den Bedürfnissen der Kranken angepasster kleiner Tisch stand neben ihr. Das Bett hatte eine prachtvolle Steppdecke und aufgenommene Vorhänge und war ganz überdeckt mit Büchern und einem Handarbeitskorb; ohne die beiden Kerzen des beweglichen Wandleuchters hätte Gottfried die Kranke nur schwer hinter all diesen Dingen entdecken können.

Sie war nur noch ein Antlitz mit sehr weißem, um die Augen von den Schmerzen dunkel gewordenem Teint, in welchem Feueraugen brannten, und das als Hauptschmuck prachtvolles schwarzes Haar zeigte, dessen viele Riesenwellen in Locken herabhingen und zeigten, dass die Frisur die Kranke einen großen Teil des Morgens in Anspruch nahm, was sich auch aus einem tragbaren Spiegel am Fuße des Bettes ersehen ließ.

Nichts von modernem Raffinement fehlte hier. Verschiedenes Spielzeug, womit sich die arme Wanda die Zeit vertrieb, bewies, wie die väterliche Liebe sich bis zum Unsinnigen verstieg.

Der Alte erhob sich von einem prächtigen, in weiß und gold gehaltenen Lehnstuhl im Stile Ludwigs XV., der mit einer Stickerei bezogen war, und ging Gottfried einige Schritte entgegen, der ihn sicher nicht wiedererkannt hätte, denn das sonst so kühle strenge Gesicht hatte den heiteren Ausdruck, wie er alten Herren eigen ist, die die vornehmen Manieren und das gewandte Auftreten von Hofleuten beibehalten haben. Sein gesteppter brauner Rock stand in Einklang mit der Pracht ringsum, und er schnupfte aus einer goldenen, diamantenbesetzten Tabaksdose! ...

»Hier, mein liebes Kind«, sagte Herr Bernard zu seiner Tochter und nahm Gottfried bei der Hand, »ist der Nachbar, von dem ich dir erzählt habe.«

Und er machte seinem Enkelsohn ein Zeichen, dass er einen dem Lehnstuhl ähnlichen Sessel, von denen zwei zu beiden Seiten des Kamins standen, heranschieben solle.

»Der Herr heißt Herr Gottfried und ist außerordentlich liebenswürdig gegen uns.«

Wanda antwortete mit einem Kopfnicken auf Gottfrieds tiefe Verbeugung; an der Art, wie sich ihr Hals hin und her bewegte, sah Gottfried deutlich, dass das ganze Leben der Kranken auf das Haupt beschränkt war. Die abgemagerten Arme, die schlaffen Hände lagen auf der feinen weißen Decke wie zwei Dinge, die dem Körper fremd geworden waren, der gar keinen Platz in dem Bette einzunehmen schien. Die für die Kranke notwendigen Dinge befanden sich hinter ihrem Kopfkissen auf einer mit einem seidenen Vorhang verhüllten Etagere.

»Sie sind die erste Person, mein Herr, abgesehen von den Ärzten, die für mich keine Männer sind, die ich seit sechs Jahren zu Gesicht bekommen habe; Sie können sich daher nicht vorstellen, wie gespannt ich war, Sie zu sehen, als mein Vater mir Ihren Besuch ankündigte ... Meine Neugierde war wirklich unbezwinglich, leidenschaftlich, so wie die unserer Mutter Eva ... Mein Vater, der so gütig gegen mich ist, und mein Sohn, den ich so lieb habe, genügen ganz gewiss, um die Einsamkeit einer Seele zu beleben; die beinahe schon körperlos ist; aber die Seele ist doch trotzdem eine weibliche geblieben; ich habe das an der kindlichen Freude gemerkt, die mir die Erwartung Ihres Besuches einflößte ... Sie werden mir das Vergnügen machen, eine Tasse Tee mit uns zu nehmen, nicht wahr?«

»Der Herr hat mir den Abend zugesagt«, antwortete der Alte mit dem Anstand eines Millionärs, der in seinem Hause die Repräsentationspflichten erfüllt.

August, der auf einem mit Stickerei überzogenen Stuhl an einem kleinen Tisch mit eingelegter Arbeit und Bronzeverzierungen saß, las bei dem Lichte der Kandelaber auf dem Kamin.

»August, mein Kind, sag, dass Johann uns in einer Stunde den Tee bringen soll.«

Sie begleitete diese Worte mit einem ausdrucksvollen Blick, auf den August mit einem Nicken antwortete.

»Würden Sie glauben, mein Herr, dass ich seit sechs Jahren keine andere Bedienung habe als meinen Vater und meinen Sohn, und auch keine andere ertragen könnte? Wenn sie mir fehlten, würde ich sterben ... Mein Vater will nicht, dass Johann, ein armer Normanne, der seit dreißig Jahren in unserm Dienst steht, mein Zimmer betritt.

»Das meine ich wohl«, sagte der Alte schlau; »der Herr hat ihn gesehen, wie er Holz spaltete und es hinaufbrachte; er besorgt die Küche und die Gänge; er trägt eine schmutzige Schürze; er würde die ganze Eleganz hier zerstören, die meine Tochter so notwendig braucht, da dieses Zimmer ihre ganze Welt bedeutet ...«

»Oh, gnädige Frau, Ihr Herr Vater hat vollkommen recht ...«

»Aber warum denn?«, sagte sie. »Wenn Johann mein Zimmer beschädigte, so würde es mein Vater wieder neu herstellen lassen.«

»Gewiss, mein Kind; aber dem steht im Wege, dass du es doch nicht verlassen kannst; und die Pariser Tapezierer, die kennst du nicht! ... Sie würden drei Monate brauchen, um das Zimmer wieder neu herzustellen. Denke nur daran, was für einen Staub es geben würde, wenn man den Teppich aufnähme. Johann hier aufräumen lassen – wie kannst du nur an so etwas denken! ... Nur durch die peinlichste Vorsicht, deren allein ein Vater und ein Sohn fähig sind, haben wir das Ausfegen und den Staub vermieden ... Und wenn Johann bloß zum Bedienen herein käme, wäre es damit in einem Monat zu Ende ...«

»Es geschieht ja nicht aus Sparsamkeit«, sagte Gott-fried, »sondern Ihres Gesundheitszustandes wegen. Ihr Herr Vater hat recht ...«

»Ich beklage mich ja auch nicht«, versetzte Wanda in kokettem Tone.

Ihre Stimme klang wie Musik. Seele, Bewegung, Leben – alles konzentrierte sich in ihrem Blick und ihrer Stim-me; durch Übung, zu der ihr ja die Zeit nicht mangelte, war Wanda dahin gelangt, die Schwierigkeiten, die ihr aus dem Verlust der Zähne erwuchsen, zu überwinden.

»Ich bin immerhin noch glücklich zu nennen, mein Herr, bei all dem Unglück, das über mich hereingebro-chen ist; denn der Reichtum hilft sehr, solche Leiden zu ertragen ... Wären wir in Not, so würde ich schon vor achtzehn Jahren gestorben sein, so aber lebe ich noch! ... Ich kann mir Genüsse verschaffen, die umso köstlicher sind, als ich sie beständig dem Tode abringen muss ... Sie werden mich gewiss für sehr schwatzhaft halten ...« schloss sie lächelnd.

»Gnädige Frau«, erwiderte Gottfried, »ich möchte Sie am liebsten bitten, immer weiter zu sprechen, denn ich habe noch nie eine Stimme gehört, die mit der Ihrigen zu vergleichen wäre ... Das ist die reine Musik: Rubini kann Einen nicht mehr begeistern ...«

» Ach, sprechen Sie nicht von Rubini und der italieni-schen Oper«, sagte der Alte mit einem Anflug von Trau-rigkeit. »Wie reich wir auch sind, – es ist mir doch nicht möglich, meiner Tochter, die eine bedeutende Musikerin war, diesen Genuss, den sie leidenschaftlich begehrt, zu verschaffen.«

»Oh, verzeihen Sie«, sagte Gottfried.

»Sie müssen sich an uns gewöhnen«, bemerkte der Alte.

Lächelnd sagte die Kranke: »Das geschieht folgendermaßen: Wenn man Ihnen mehrmals ›Achtung‹ zugerufen haben wird, dann werden Sie das Blindekuhspiel unserer Unterhaltung begriffen haben.«

Gottfried wechselte einen schnellen Blick mit Herrn Bernard, der, als er Tränen in den Augen seines Nachbars sah, einen Finger auf den Mund legte, um ihm anzudeuten, er solle den Heroismus, den er mit seinem Enkelsohn seit sieben Jahren bewies, nicht erschüttern.

Dieser ständige erhabene Betrug, den die völlige Ahnungslosigkeit der Kranken bestätigte, machte auf Gottfried den Eindruck, als wenn zwei Gämsenjäger einen steilen Bergabsturz mühelos hinabstiegen. Die prachtvolle goldene, diamantenbesetzte Dose, mit der der Alte am Fußende des Bettes seiner Tochter unbefangen spielte, erschien als ein genialer Zug im Spiele eines überragenden Mannes, der einen Ruf der Bewunderung auslösen müsste. Gottfried betrachtete die Tabaksdose und fragte sich, warum sie nicht verkauft oder ins Leihhaus getragen worden sei; er beschloss, mit dem Alten darüber zu reden.

»Meine Tochter, Herr Gottfried, ist durch die Ankündigung Ihres Besuches heute Abend in eine solche Erregung geraten, dass alle die abnormen Erscheinungsformen ihrer Krankheit, die uns seit zwölf Tagen in Verzweiflung versetzten, vollkommen verschwunden sind ... Urteilen Sie also, ob ich Ihnen dankbar bin!«

»Und ich erst! ...«, rief die Kranke mit ihrer einschmeichelnden Stimme und machte eine kokette Kopfbewe-
gung. »Der Herr ist für mich der Abgesandte der großen
Welt ... Seit zwanzig Jahren, mein Herr, weiß ich nicht
mehr, was ein Salon, eine Soiree, ein Ball ist ... Dabei liebe ich den Tanz und schwärme fürs Theater, besonders
für die Oper. Ich kann mir alles nur in Gedanken vorstellen. Ich lese sehr viel. Und dann erzählt mir mein Vater, was in der Welt vorgeht ...«

Als er das hörte, machte Gottfried eine Bewegung, als
wolle er vor dem armen Alten niederknien.

»Ja, wenn er in die Italienische Oper geht, und er geht
oft hin, dann beschreibt er mir die Toiletten und berichtet mir, wie gesungen wurde. Ach, ich möchte so gern
gesund werden, zunächst um meines Vaters willen, der
einzig und allein für mich lebt, wie ich durch ihn und
für ihn lebe; dann für meinen Sohn, dem ich eine andere
Mutter sein möchte! Ach, mein Herr, was für vollkommene Wesen sind mein alter Vater ... und mein vortreff-
licher Sohn ... Aber ich möchte auch gesund werden, um
Lablache, Rubini, Tamburini, die Grisi und die Puritaner
zu hören ... Aber ...«

»Ruhe, mein Kind! ... Wenn wir über Musik reden,
dann sind wir verloren«, sagte der Alte lächelnd.

Er lächelte, und dieses Lächeln, das sein Gesicht ver-
jüngte, täuschte offenbar die Kranke immer.

»Ja, ich will artig sein«, sagte Wanda mit mutwilligem
Gesicht; »aber schenk mir das Akkordeon.«

Damals war dieses tragbare Musikinstrument erfunden
worden, das gerade auf dem Bettrande der Kranken

Platz hatte und das nur mit den Füßen getreten zu werden brauchte, um Orgeltöne von sich zu geben. In bester Ausführung kam dieses Instrument einem Klavier gleich; aber es kostete damals dreihundert Franken. Die Kranke hatte aus den Zeitungen und Revuen, die sie las, von der Existenz dieses Instruments erfahren und wünschte sich eins seit zwei Monaten.

»Ja, gnädige Frau, Sie sollen eins haben«, entgegnete Gottfried auf einen Blick, den ihm der Alte zuwarf. »Ein Freund von mir, der nach Algier geht, besitzt ein ausgezeichnetes, das ich mir von ihm leihen werde; bevor Sie sich eins kaufen, können Sie das ja ausprobieren ... Es wäre möglich, dass die stark vibrierenden Töne Ihnen nicht zusagen ...«

»Kann ich es morgen haben?«...« sagte sie mit der Lebhaftigkeit einer Kreolin.

»Morgen«, bemerkte Herr Bernard, »das wäre sehr schnell, und morgen ist Sonntag.«

»Ach! ...«, sagte sie und sah Gottfried an, der ihre Seele umherflattern zu sehen meinte, während er die überall hin gerichteten Blicke Wandas anstaunte.

Bisher hatte Gottfried noch nicht gewusst, welche Macht der Stimme und den Augen innewohnt, wenn sich das ganze Leben in ihnen konzentriert. Ihr Blick war kein Blick mehr, sondern eine Flamme oder, besser gesagt, ein göttliches Auflodern, ein sich mitteilender Strahl von Leben und Intelligenz, der sichtbar gewordene Gedanke! Diese Stimme mit ihren tausend Nuancen ersetzte die Bewegungen, die Gesten und die Haltung des Kopfes. Die Veränderung ihres Teints, der seine

Farbe wechselte wie das sagenhafte Chamäleon, machte diese Illusion oder, wenn man will, dieses Wunder vollständig. Das in die batistenen, mit Spitzen garnierten Kissen vergrabene Haupt war eine ganze Person.

In seinem ganzen Leben hatte Gottfried niemals ein so großartiges Schauspiel vor Augen gehabt, und er konnte seine Erregung kaum bewältigen. Dazu kam noch eine andere erhabene Wirkung! Denn die ganze Situation war so eigenartig, so poetisch und so grauenhaft, dass bei den Zuschauern nur noch die Seele lebendig war. Die nur von Empfindung gespeiste Atmosphäre übte einen wunderbaren Einfluss auf sie aus. Sie fühlten ihren Körper ebenso wenig wie die Kranke. Alle empfanden sich nur als geistig. Wenn er diesen dürftigen Überrest einer hübschen Frau betrachtete, vergaß Gottfried die tausend eleganten Details dieses Zimmers und fühlte sich wie im Freien. Erst nach Verlauf einer halben Stunde bemerkte er eine mit Kuriositäten besetzte Etagere, die unterhalb eines herrlichen Porträts angebracht war, das ihn die Kranke zu betrachten bat; denn es war von Géricault.

»Géricault«, sagte sie, »stammte aus Rouen, und da seine Familie meinem Vater, dem ersten Präsidenten, verpflichtet war, so stattete er uns seinen Dank mit diesem Meisterwerke ab, das mich im Alter von sechzehn Jahren darstellt.«

»Sie besitzen da ein sehr schönes Bild«, sagte Gottfried, »das denen, die sich mit den so seltenen Werken dieses Genies beschäftigt haben, völlig unbekannt ist.«

»Für mich«, entgegnete sie, »hat es nur als Zeichen der Freundschaft Bedeutung, ich lebe ja nur mit dem Herzen, und ich führe das schönste Leben,« fügte sie hinzu, sah ihren Vater an und legte ihre ganze Seele in diesen Blick. »Ach, mein Herr, wenn Sie wüssten, was ich für einen Vater habe! Wer hätte jemals geglaubt, dass dieser hohe strenge Beamte, dem sich der Kaiser so sehr verpflichtet fühlte, dass er ihm diese Tabaksdose schenkte, und den Karl X. mit jenem Sèvresgeschirr belohnen zu müssen glaubte, das dort,« sagte sie und zeigte auf die Konsole, »dass diese feste Stütze von Thron und Regierung, dieser gelehrte Publizist, in seinem Herzen von Eisen die Zartheit einer Mutter besäße. Oh, Papa, Papa, küsse mich! ... Komm! Ich verlange es, wenn du mich lieb hast.«

Der Greis erhob sich, neigte sich über das Bett und drückte einen Kuss auf die große, weiße, von poetischen Gedanken erfüllte Stirn seiner Tochter, deren krankhafte Einfälle nicht immer diesem Ausbruch von Zärtlichkeit glichen.

Dann ging er im Zimmer auf und ab in von seiner Tochter geflickten Pantoffeln, ohne das geringste Geräusch zu machen.

»Und womit beschäftigen Sie sich?«, fragte sie Gottfried nach einer Pause.

»Ich bin von frommen Leuten angestellt, gnädige Frau, um sehr unglücklichen Menschen Hilfe zu bringen.«

»Ach, was für ein schöner Beruf, mein Herr!«, sagte sie. »Würden Sie glauben, dass auch ich die Absicht hatte, mich ihm zu widmen? ... Aber was für Pläne habe ich nicht schon geschmiedet!« fuhr sie kopfschüttelnd fort. »Der Schmerz ist wie eine Fackel, die uns den Lebensweg erhellt ... Ach, wenn ich doch wieder gesund würde!«

»Dann würdest du dir Vergnügungen gönnen, mein Kind«, sagte der Alte.

»Gewiss,« entgegnete sie, »ich sehne mich danach, aber werde ich es auch können? Mein Sohn wird, so hoffe ich, ein seiner beiden Großväter würdiger Beamter werden, und er wird mich verlassen. Was soll ich tun? ... Wenn Gott mir das Leben wiederschenken sollte, werde ich es ihm weihen! Oh, aber erst, wenn ich euch alles vergolten haben werde, was ihr an mir getan habt!« rief sie und sah ihren Vater und ihren Sohn an. »Es gibt Augenblicke, lieber Vater, wo die Ideen des Herrn de Maistre mich beunruhigen, ich glaube, dass ich irgendetwas abzubüßen habe.

»Das kommt von dem vielen Lesen«, rief der Alte sichtlich bekümmert aus.

»Der tapfere polnische General, mein Urgroßvater, wird ganz ahnungslos bei der Teilung Polens mitgewirkt haben.«

»So, da sind wir wieder bei Polen!«, bemerkte Bernard.

»Was willst du, Papa! Meine Schmerzen sind unerträglich, sie machen mir das Dasein zur Hölle, es ekelt mir vor mir selber. Womit habe ich das nur verdient? Eine solche Krankheit ist keine einfache Störung der Gesundheit, alle Organe funktionieren falsch, und ...«

»Sing uns doch das Volkslied, das deine arme Mutter immer sang, du wirst dem Herrn eine Freude damit machen, ich habe ihm von deinem Gesang erzählt«, sagte der Alte, der anscheinend seine Tochter von den Gedanken, in die sie sich verrannte, abbringen wollte. Wanda begann nun mit leiser süßer Stimme ein polnisches Lied zu singen, das Gottfried starr vor Bewunderung machte und ihn in Trauer versetzte. Die Melodie, ähnlich den melancholischen Weisen der Bretagne, gehörte zu denen, die noch lange Zeit, nachdem man sie gehört hat, im Herzen nachklingen. Während Wanda sang, betrachtete Gottfried sie, aber er konnte den verzückten Blick dieses Überbleibsels einer Frau, die fast irrsinnig war, nicht ertragen und richtete seine Augen auf die Quasten, die an beiden Seiten des Betthimmels herabhingen.

»Ach«, sagte Wanda und begann über Gottfrieds aufmerksame Betrachtung zu lachen, »Sie fragen sich, wozu das dient!«

»Wanda, sagte der Vater, »beruhige dich doch, mein Kind! Sieh, hier kommt der Tee. Das, mein Herr,« wandte er sich an Gottfried, »ist eine sehr kostbare Maschinerie. Meine Tochter kann nicht aufstehen, und ebenso wenig kann sie in ihrem Bette bleiben, ohne dass es zurechtgemacht, und ohne dass die Wäsche gewechselt wird. Diese Schnüre laufen über Rollen, und indem wir ihr ein viereckiges Stück Leder unterschieben, das an den vier Ecken von den Schnüren gehalten wird, können wir sie ohne Anstrengung für sie und für uns in die Höhe heben.«

»So entführt man mich«, rief Wanda ausgelassen.

Glücklicherweise erschien jetzt August mit der Teekanne, die er auf einen kleinen Tisch stellte; daneben setzte er die Schüssel aus Sèvresporzellan und belegte sie mit Gebäck und Sandwichs. Dann brachte er Sahne und Butter. Der Anblick dieser Zurüstungen gab den Gedanken der Kranken, die eine Krisis befürchten ließen, eine ganz andere Richtung.

»Hier, Wanda, hast du den neuen Roman von Nathan. Wenn du heute Nacht wach wirst, dann hast du etwas zu lesen.«

»›Die Perle von Dol‹. Ach, das muss eine Liebesgeschichte sein! August, höre nur, ich werde ein Akkordeon bekommen.«

August richtete sich jäh auf und warf seinem Großvater einen eigentümlichen Blick zu.

»Sehen Sie nur, wie er seine Mutter lieb hat! Bemerkte Wanda. »Komm, küsse mich, mein Engel. Nein, nicht deinem Großvater, sondern dem Herrn hier musst du danken; denn unser Nachbar will mir morgen eins leihen. Wie ist es denn beschaffen?«

Auf einen Wink des Alten erklärte Gottfried eingehend das Akkordeon, während er den von August bereiteten Tee schlürfte, der von hervorragender Güte war.

Gegen einhalbelf Uhr zog sich Gottfried zurück, ermüdet von dem Schauspiel dieses unerhörten Kampfes von Vater und Sohn, indem er ihren Heroismus und ihre Geduld bewunderte, alle Tage diese Doppelrolle zu spielen, die in beiden Beziehungen gleich drückend war.

»Jetzt, mein Herr«, sagte Herr Bernard, der ihn in seine Wohnung begleitet hatte, »werden Sie das Leben, das ich führe, verstehen! Zu jeder Stunde fühle ich mich wie ein Dieb, der auf alles achtgeben muss. Ein Wort, eine

Geste könnten meiner Tochter den Tod bringen! Wenn eine Kleinigkeit unter den Dingen, die sie umgeben, fehlte, würde ihr Verstand, der durch die Mauern sieht, alles erraten.

»Mein Herr,« entgegnete Gottfried, »Montag wird Halpersohn seine Diagnose stellen; er ist zurückgekommen. Aber ich zweifle, ob die Wissenschaft diesen Körper wieder wird gesundmachen können ...«

»Oh, darauf rechne ich auch nicht«, sagte der alte Richter; »wenn man ihr nur das Leben erträglich machen kann ... Ich verließ mich auf Ihre Einsicht, mein Herr, und ich wollte Ihnen jetzt danken, dass Sie alles so gut verstanden haben ... Ach, da ist der Anfall wieder!« rief er, da er durch die Wände hindurch einen Schrei hörte; »sie hat sich über ihre Kräfte angestrengt!«

Und der Greis drückte Gottfried die Hand und eilte in seine Wohnung.

Am nächsten Morgen klopfte Gottfried um acht Uhr früh an die Tür des berühmten polnischen Arztes. Er wurde von einem Kammerdiener in die erste Etage des kleinen Hauses geführt, dass er betrachten konnte, während der Portier den Diener aufgesucht und benachrichtigt hatte.

Glücklicherweise ersparte, wie er sich das gedacht hatte, seine Pünktlichkeit Gottfried die Unannehmlichkeit, warten zu müssen; er war jedenfalls der zuerst Gekommene. Aus einem sehr bescheidenen Vorzimmer gelangte er in ein großes Arbeitszimmer, wo er einen Greis im Hausrock vorfand, der eine lange Pfeife rauchte. Der abgeschabte Hausrock rührte wohl schon aus der Zeit der Flucht aus Polen her.

»Womit kann ich Ihnen dienen?«, sagte der jüdische Arzt. »Sie sind doch nicht krank!«

Und er richtete auf Gottfried den neugierigen durchdringenden Blick der Augen eines polnischen Juden, dieser Augen, die hören zu können scheinen.

Zum lebhaften Erstaunen Gottfrieds war Halpersohn ein Mann von sechsundfünfzig Jahren, mit kleinen krummen Beinen und einem breiten, mächtigen Oberkörper. Er hatte etwas von einem Orientalen, in seiner Jugend musste sein Gesicht sehr schön gewesen sein; davon war jetzt nur noch eine jüdische Nase übrig geblieben, lang und krumm wie ein Damaszenersäbel. Die breite, edle, offenbar polnische Stirn, die mit Runzeln durchfurcht war wie ein zerknittertes Stück Papier, erinnerte an die des heiligen Josephs auf alten italienischen Bildern. Die meergrünen, wie bei Papageien mit grauer faltiger Haut umgebenen Augen drückten List und Habsucht in hohem Grade aus. Der wie eine Wunde eingeschnittene Mund gab dieser düsteren Physiognomie noch die volle Schärfe des Misstrauens. Das blasse magere Antlitz, denn Halpersohn war von auffallender Magerkeit, das von grauen, schlecht gekämmten Haaren bekrönt war, hatte als Schmuck einen langen, sehr starken schwarzen, grau gesprenkelten Bart, der die Hälfte des Gesichts verdeckte, sodass man nur die Stirn, die Augen, die Nase, die Backenknochen und den Mund sehen konnte.

Der Freund des Revolutionärs Lelewel trug ein schwarzsamtenes Käppchen, das mit einer Ecke über die Stirn hinabhing und den gelblichen, des Pinsels eines Rembrandt würdigen Teint nicht hervortreten ließ.

Die Frage des ebenso durch seine Begabung wie durch seine Habsucht berühmt gewordenen Arztes überraschte Gottfried ein wenig, der sich sagte: ›Sollte er mich für einen Dieb halten?‹‹

Die Antwort auf diese Frage gab der Tisch und der Kamin des Doktors. Gottfried glaubte als erster gekommen zu sein und war der letzte. Die Patienten hatten auf dem Kamin und dem Tischrand schon genügend reichliche Opfergaben niedergelegt; Gottfried sah Stapel von Zwanzigfrankenstücken, Vierzigfrankenstücken und zwei Tausendfrankenscheine. War dies das Ergebnis eines Morgens? Er bezweifelte das stark und glaubte an irgendeine kluge Vorspiegelung. Vielleicht wollte der habgierige, aber unfehlbare Doktor seine Einnahmen vermehren, indem er so seine Patienten, die er sich unter den Reichen auswählte, glauben ließ, dass man ihm Goldrollen statt Anweisungen brächte.

Moses Halpersohn hatte übrigens einen Anspruch auf hohe Honorare, denn er heilte seine Kranken wirklich, und er heilte gerade die verzweifelten Krankheiten, auf deren Heilung die Medizin verzichten musste. Man weiß in Europa noch nicht, dass die slawischen Völker viele Geheimmittel besitzen; sie kennen eine Fülle solcher unfehlbarer Mittel infolge ihrer Beziehungen zu den Chinesen, Persern, Kosaken, Türken und Tartaren. Manche als Zauberinnen geltenden Bäuerinnen heilen mit Kräuteraufgüssen vollkommen die Tollwut. Es gibt in diesem Lande eine Reihe von Beobachtungen, die nicht niedergeschrieben sind, über die Wirkungen gewisser Pflanzen und zerstoßener Baumrinden, die, von Geschlecht zu Geschlecht überliefert, wunderbare Kuren zustande bringen.

Halpersohn, der infolge seiner Pulver und seiner Medizinen fünf bis sechs Jahre lang für einen Kurpfuscher galt, besaß die großen Ärzten angeborene Begabung. Er war nicht nur ein Gelehrter und hatte nicht nur vieles beobachtet, er hatte auch Deutschland, Russland, Persien und die Türkei durchreist und dort viele Überlieferungen gesammelt; und da er in der Chemie Bescheid wusste, wurde er zu einer lebendigen Bibliothek der zerstreuten Geheimnisse der »weisen Frauen«, wie man in Frankreich sagt, aller Länder, in die ihn sein Weg mit seinem Vater, einem Hausierer, geführt hatte.

Man darf nicht glauben, dass die Szene aus »Richard in Palästina«, wo Saladin den König von England heilt, eine Erdichtung sei. Halpersohn besitzt eine seidene Börse, die er in Wasser taucht, das sich danach schwach färbt und gewisse Fieber verschwinden macht, wenn der Kranke dieses Wasser trinkt. Die Heilkraft der Pflanzen ist nach seiner Meinung unbegrenzt und macht die Heilung der furchtbarsten Krankheiten möglich. Gleichwohl steht auch er wie seine Kollegen manchmal vor unbegreiflichen Krankheitsbildern. Halpersohn schätzt die Homöopathie, mehr um ihrer Therapeutik willen als wegen ihrer medizinischen Lehre; er korrespondierte mit Hedenius in Dresden, mit Chelius in Heidelberg und mit andern berühmten deutschen Ärzten, wobei er aber immer seine zahlreichen Entdeckungen für sich behielt.

Er wollte keine Schule bilden. Der Rahmen passte übrigens gut zu diesem aus einem Gemälde Rembrandts herausgetretenen Porträt. Das Sprechzimmer mit seiner Tapete, einer Imitation von grünem Samt, war elend mit einem grünen Sofa möbliert. Der verschossene grüne Teppich war abgetreten. Ein großer schwarzledener Lehnstuhl für die Patienten stand am Fenster, das mit grünen Vorhängen versehen war. Ein Schreibtischsessel von römischer Form, aus Mahagoniholz und mit grünem Maroquinleder bezogen, diente dem Doktor als Sitz.

Zwischen dem Kamin und dem langen Tisch, an dem er schrieb, befand sich dem Kamin gegenüber eine gewöhnliche eiserne Kassette, auf der eine Uhr aus Wiener Granit mit einer Bronzegruppe, Amor mit dem Tode spielend, stand, das Geschenk eines großen deutschen Bildhauers, den Halpersohn gewiss geheilt hatte. Der Kaminaufsatz trug als einzigen Schmuck eine Schale zwischen zwei Leuchtern. Zu beiden Seiten des Diwans dienten zwei Eckschränke aus Ebenholz zum Abstellen von Tabletts, auf denen Gottfried silberne Schalen, Karaffen und Servietten wahrnahm.

Diese fast an Nacktheit streifende Einfachheit fiel Gottfried sehr auf, der alles das mit einem Blicke umfasste und seine Kaltblütigkeit wiedergewann.

»Ich bin ganz gesund, mein Herr; ich komme auch nicht meinetwegen, sondern um einer Dame willen, die Sie schon längst hätten besuchen sollen. Es handelt sich um eine Dame, die am Boulevard Mont-Parnasse wohnt ...«

»Ach ja, die Dame hat schon mehrmals ihren Sohn zu mir geschickt. Also, mein Herr, dann mag sie doch in meine Sprechstunde kommen.«

»Hierherkommen?«, sagte Gottfried unwillig; »aber, mein Herr, sie kann ja nicht einmal aus ihrem Bett auf einen Sessel gebracht werden; man muss sie mit Schnüren in die Höhe heben.«

»Sind Sie Arzt, mein Herr?«, fragte der jüdische Doktor und verzog sein Gesicht zu einer Grimasse, die es noch boshafter machte.

»Wenn der Baron von Nucingen Ihnen sagen ließe, er sei krank und wolle Sie sehen, würden Sie ihm da auch antworten, er solle herkommen?«

»Nein, da würde ich zu ihm gehen«, erwiderte der Jude kühl und spuckte in den holländischen Spucknapf aus Mahagoniholz, der mit Sand gefüllt war.

»«Sie würden zu ihm gehen,« fuhr Gottfried leise fort, »weil der Baron von Nucingen zwei Millionen Einkommen hat, und ...«

»Das Übrige hat nichts damit zu tun, ich würde jedenfalls hingehen.«

»Nun, mein Herr, aus demselben Grunde werden Sie auch die Kranke am Montparnasse aufsuchen. Ohne das Vermögen des Barons von Nucingen zu besitzen, bin ich hier, um Ihnen zu sagen, dass Sie selbst den Preis für die Heilung, oder, wenn sie misslingt, für Ihre Mühewaltung festsetzen sollen ... Ich erkläre mich bereit, vorher zu zahlen; aber, mein Herr, würden Sie, ein polnischer Emigrant, ein Kommunist, wie ich glaube, nicht für Polen ein Opfer bringen? Die Dame ist die Enkelin des

Obersten Tarlowski, des Freundes des Fürsten Poniatowski.«

»Mein Herr, Sie sind hergekommen, um mich zu bitten, die Dame gesund zu machen, nicht um mir Ratschläge zu erteilen. In Polen bin ich Pole, in Paris Pariser. Jeder tut Gutes auf seine Weise, und auch meine Habsucht hat, glauben Sie mir, ihre Gründe. Der Schatz, den ich zusammenraffe, hat seine Bestimmung, er ist unantastbar. Ich verkaufe die Gesundheit; die Reichen können zahlen und sie von mir kaufen. Die Armen haben ja ihre Ärzte ... Wenn ich nicht ein bestimmtes Ziel verfolgte, würde ich die ärztliche Tätigkeit nicht ausüben ... Ich lebe bescheiden und verbringe meine Zeit mit Umherrennen; von Natur aus bin ich faul und ein Spieler ... Ziehen Sie Ihre Schlüsse daraus, junger Mann! ... Sie sind noch zu jung, um über alte Leute urteilen zu können.«

Gottfried schwieg.

»Nach dem, was Sie mir sagen, handelt es sich um die Enkelin dieses Dummkopfs, der nicht den Mut hatte, sich zu schlagen, und sein Land an Katharina II. ausgeliefert hat?«

»Jawohl, mein Herr.«

»Seien Sie am Montag um drei Uhr bei der Kranken«, sagte der Arzt, nahm seine Pfeife aus dem Munde und schrieb einige Worte in sein Notizbuch. »Wenn ich komme, werden Sie mir zweihundert Franken übergeben, und wenn ich mich für die Heilung verbürge, tausend Taler ... Man hat mir erzählt, fuhr er fort, »dass die Dame zusammengeschrumpft ist, als ob sie ins Feuer gefallen wäre.«

»Nach der Ansicht der berühmtesten Ärzte von Paris handelt es sich um eine Neurose, deren verwüstende Wirkungen solche sind, dass sie sie leugneten, solange sie sie nicht selbst gesehen hatten.«

»Ach, ich erinnere mich jetzt an die Einzelheiten, die mir der kleine Kerl berichtet hat ... Also auf morgen, mein Herr.«

Gottfried entfernte sich, nachdem er sich von dem ebenso seltsamen wie ungewöhnlichen Manne verabschiedet hatte. Nichts an ihm zeigte, nichts verriet einen Arzt, selbst nicht sein kahles Empfangszimmer, dessen einziges ins Auge fallendes Möbel die riesige Kassette von Huret oder Fichet war.

Gottfried langte noch rechtzeitig in der Passage Vivienne an, um vor Schluss des Geschäfts ein prächtiges Akkordeon zu kaufen, das er, nach Angabe der Adresse, vor seinen Augen an Herrn Bernard schicken ließ.

Dann begab er sich nach der Rue Chanoinesse über den Quai des Augustins, wo er noch eins der Buchhändlergeschäfte offen zu finden hoffte; in der Tat entdeckte er ein solches und hatte dort mit einem jungen Angestellten eine lange Unterredung über juristische Bücher.

Er traf Frau de la Chanterie und ihre Freunde, als sie aus der Hauptmesse heimkehrten; auf den ersten Blick, den sie ihm zuwarf, antwortete Gottfried mit einem verständnisvollen Kopfnicken.

»Ist unser lieber Vater Alain nicht bei Ihnen?«, sagte er dann.

»Er kommt diesen Sonntag nicht«, erwiderte Frau de la Chanterie; »Sie werden ihn erst heute in acht Tagen zu

sehen bekommen ... es sei denn, dass Sie ihn an dem angegebenen Treffpunkt aufsuchen wollen.«

»Sie wissen ja, gnädige Frau«, sagte Gottfried leise zu
ihr, »dass er mich weniger einschüchtert als die andern
Herren, ich rechnete darauf, ihm meinen Bericht abstat-
ten zu können.«

»Und ich?«

»Oh, Ihnen würde ich alles sagen, und ich habe viel zu
erzählen. Ich habe bei meinem ersten Debüt das eigenar-
tigste Unglück vorgefunden, eine tolle Mischung von
Elend und Luxus; dazu Menschen von einer erhabenen
Gesinnung, die alle Fantasien unserer beliebtesten Ro-
mandichter hinter sich lassen.«

»Die Natur, und vor allem die seelische Seite der Natur, steht immer über der Kunst, ebenso wie Gott immer
über seinen Geschöpfen steht. Aber kommen Sie und erzählen Sie mir«, fuhr Frau de la Chanterie fort, »von Ihrer Expedition in die unbekannten Länder, in die Sie Ihre erste Reise geführt hat.«

Herr Nikolaus und Herr Joseph – der Abbé de Vèze
war noch für kurze Zeit in Notre-Dame zurückgeblieben
– ließen Frau de la Chanterie allein mit Gottfried, der,
noch unter dem Eindruck der Erregung des vorherge-
henden Abends, alles bis auf die kleinsten Einzelheiten
schilderte, und zwar mit der Frische und Verve, die der
erste Eindruck eines solchen Schauspiels mit seinen
handelnden Personen und seinen Kulissen hervorruft.
Er hatte großen Erfolg damit, denn die sanfte ruhige
Frau de la Chanterie musste weinen, so sehr sie daran
gewöhnt war, in die Abgründe des Elends hinabzustei-

gen. »Sie haben recht daran getan«, sagte sie, »dass Sie das Akkordeon hingesandt haben.«

»Ich möchte gern noch mehr tun, erwiderte Gottfried, »da diese Familie ja die erste ist, die mich die Freude, wohlzutun, kennengelehrt hat; ich möchte diesem edlen Greise den größten Teil des Gewinns an einem großen Werke zuwenden. Ich weiß nicht, ob Sie genügend Vertrauen zu meinen Fähigkeiten haben, um mich in den Stand zu setzen, ein solches Geschäft selber in die Hand zu nehmen. Nach den Erkundigungen, die ich eben eingezogen habe, sind für die Drucklegung des Buches bei einer Auflage von fünfzehnhundert Exemplaren etwa neuntausend Franken erforderlich, während ihr geringster Wert mit vierundzwanzigtausend Franken anzunehmen wäre. Da wir die dreitausend und etliche Hundert Franken, mit denen das Manuskript belastet ist, vorweg bezahlen müssten, wären also zwölftausend Franken dabei zu riskieren. Ach, gnädige Frau, wenn Sie wüssten, wie bitter ich auf dem Wege vom Quai des Augustins bis hierher bereut habe, dass ich mein kleines Vermögen so töricht vergeudete! Der Geist der Barmherzigkeit ist über mich gekommen und hat mir die heiße Sehnsucht des Neophyten eingeflößt; ich will auf das Getriebe der Welt verzichten, ich will ebenso leben wie die Herren hier, ich will Ihrer würdig werden. In den letzten zwei Tagen habe ich schon oftmals den Zufall gesegnet, der mich hierher geführt hat. Ich werde Ihnen in allen Stücken gehorchen, bis Sie mich für fähig halten, einer der Ihrigen zu werden.

Frau de la Chanterie überlegte reiflich und erwiderte dann in ernstem Tone: »Hören Sie mich an, ich habe

Ihnen wichtige Dinge mitzuteilen. Mein liebes Kind, Sie sind von der Poesie des Unglücks verführt worden. Ja, oft hat auch das Unglück einen poetischen Charakter; für mich beruht die Poesie auf der Empfindung, und der Schmerz ist auch eine Empfindung. Wie sehr lebt man manchmal vom Schmerze! ...

»Ja, gnädige Frau, ich bin vom Dämon der Neugierde überwältigt worden ... Was wollen Sie, ich bin noch nicht daran gewöhnt, den unglücklichen Wesen ins Herz zu schauen und mit der Ruhe Ihrer drei frommen Gottessoldaten vorzugehen. Bedenken Sie aber wohl, dass ich mich erst nach Aufgeben dieser Verirrung Ihrem Werke geweiht habe! ...«

»Also hören Sie, mein geliebtes Kind«, sagte Frau de la Chanterie, die diese drei Worte mit einer himmlischen Sanftmut aussprach, von der Gottfried seltsam berührt wurde, »wir haben uns absolut untersagt, und wir deuteln hier nicht an den Worten; was untersagt ist, das beschäftigt uns auch nicht einmal in Gedanken – also wir haben uns untersagt, spekulative Geschäfte zu machen. Ein Buch drucken, um es zu verkaufen und auf den Gewinn warten, das ist ein Geschäft, und Operationen solcher Art würden uns in alle Schwierigkeiten des Handels verwickeln. Gewiss erscheint mir dieses Geschäft ausführbar, sogar notwendig. Glauben Sie, dass dies der erste derartige Fall für uns ist? Zwanzigmal, hundertmal haben wir darin ein Mittel gesehen, um Familien oder Geschäftshäuser zu retten! Was würde aber aus uns bei Geschäften solcher Art werden? Wir wären Kaufleute geworden ... Bei einem Unglück mit Geld helfen, das heißt nicht selbst arbeiten, sondern das Unglück in den

Stand zu setzen, sich herauszuarbeiten. In einigen Tagen werden Sie noch viel fürchterlicherem Elend begegnen, als dieses hier ist; werden Sie da ebenso handeln? Sie würden dabei unterliegen. Bedenken Sie, mein Kind, dass die Herren Mongenod seit Jahresfrist nicht mehr imstande sind, sich mit unseren Abrechnungen zu befassen. Sie werden die Hälfte Ihrer Zeit auf unsere Buchführung verwenden müssen. Wir haben heute annähernd zweitausend Schuldner in Paris; es ist erforderlich, dass wir wenigstens bei denjenigen, die uns das Geld zurückgeben können, die Höhe ihrer Schuld kennen ... Wir fordern niemals zurück, wir warten ab. Wir rechnen damit, dass die Hälfte des ausgeliehenen Geldes verloren ist. Die andere Hälfte wird uns manchmal doppelt zurückgegeben. Nehmen Sie einmal an, dass dieser Richter stirbt, dann sind die zwölftausend Franken stark gefährdet. Setzen wir nun den Fall, dass seine Tochter geheilt wird, dass ihr Sohn Erfolg hat und eines Tages auch Richter wird ... Gewiss, wenn er Ehrgefühl hat, wird er sich der Schuld erinnern und uns das Geld der Armen mit Zinsen zurückgeben. Wissen Sie, dass mehr als eine Familie, die von uns aus dem Elend gerettet und auf den Weg gebracht worden ist, wieder durch unsere zinslosen Darlehen zu Vermögen zu gelangen, für die Armen einen Teil beiseitegelegt und uns die Beträge verdoppelt und manchmal verdreifacht zurückgegeben hat? ... Das sind unsere einzigen Spekulationsgeschäfte! Überlegen Sie zunächst einmal in Bezug auf das, was Sie beschäftigt (und es muss Sie beschäftigen), dass der Verkauf des Werkes dieses Richters von der Güte des Werkes abhängt; haben Sie es gelesen? Und dann, wenn auch das Buch vortrefflich ist, wie viel vortreffliche Bücher sind ein, zwei und drei Jahre liegen geblieben, bis sie den verdienten Erfolg hatten! Wie viel Kronen hat man auf Gräber legen müssen! Ich weiß auch, dass die Buchhändler eine Art haben, Geschäfte zu behandeln und zu realisieren, die ihren Beruf zu dem am meisten vom Glück abhängigen und am schwierigsten zu durchschauenden von allen Pariser Handelszweigen machen. Herr Nikolaus wird Ihnen auseinandersetzen, was für Schwierigkeiten mit dem Herausgeben von Büchern naturgemäß verbunden sind. Wir handeln also, wie Sie sehen, vernünftig, wir haben Erfahrung in Bezug auf jede Art von Unglück, wie auf jede Art von Geschäft, denn wir studieren Paris seit langer Zeit ... Die Mongenods unterstützen uns, wir besitzen in ihnen zwei Leuchten; und gerade von ihnen wissen wir, dass die Bank von Frankreich den Buchhandel ständig in Verdacht hat, obwohl es einer der schönsten Handelszweige ist; aber er wird schlecht geführt ... Was die erforderlichen viertausend Franken anlangt, um die edle Familie vor den Schrecken der Bedürftigkeit zu retten, denn es ist erforderlich, dass das arme Kind und sein Großvater sich ordentlich ernähren und anständig kleiden, so will ich sie Ihnen geben ... Es gibt Leiden, Elend und Wunden, wo wir unmittelbar helfen, ohne Zögern und ohne zu fragen, wem wir helfen; Religion, Ehre, Charakter, alles das ist gleichgültig; sobald es sich aber darum handelt, das Geld der Armen auszuleihen, um dem Unglück durch tätige Beteiligung an Industrie oder Handel zu helfen ... Oh, dann verlangen wir Garantien mit der Peinlichkeit eines Wucherers. Deshalb müssen Sie Ihre Begeisterung höchstenfalls darauf beschränken, für den Alten einen möglichst ehrenhaften Verleger zu finden. Das ist eine Sache, die Herrn Nikolaus angeht. Er kennt Advokaten, Professoren und Autoren von juristischen Büchern; und nächsten Sonntag wird er Ihnen gewiss einen guten Rat geben können ... Also seien Sie ruhig; wenn es möglich ist, wird sich diese Schwierigkeit beseitigen lassen. Immerhin wäre es vielleicht gut, wenn Herr Nikolaus das Werk des Richters lesen würde ... Sehen Sie zu, ob Sie das vermitteln können ...«

Gottfried war verblüfft über den klaren Verstand dieser Frau, die er allein vom Geiste der Barmherzigkeit erfüllt glaubte. Er kniete nieder, küsste die schöne Hand der Frau de la Chanterie und sagte: »Sie sind also auch der Inbegriff der Vernunft?«

»In unserer Lage muss man alles sein«, entgegnete sie mit der sanften Heiterkeit, die dem wahrhaft Frommen eigen ist.

Nach einem Moment des Schweigens rief Gottfried aus: »Zweitausend Schuldner, haben Sie gesagt, gnädige Frau? Zweitausend Konten!« wiederholte er, »aber das ist ja ungeheuer!«

»Oh, zweitausend Konten«, erwiderte sie, »bei denen man auf Rückgabe rechnen kann, die, wie ich Ihnen eben sagte, von dem Zartgefühl unserer Schuldner abhängt; denn wir haben noch gut dreitausend andere Familien, die uns niemals mit etwas anderem als mit Dankbarkeit entschädigen werden. Daher empfinden wir auch, ich wiederhole es Ihnen, die Notwendigkeit, Bücher zu führen. Und wenn Sie unbedingte Diskretion zu bewahren verstehen, dann können Sie unser finanzielles Orakel werden. Wir müssen ein Journal führen, ein Hauptbuch, ein Kontokorrent und ein Kassabuch. Wir machen uns wohl Notizen, aber wir verlieren zu viel Zeit mit Nachsuchen ... da kommen die Herren,« schloss sie.

Gottfried, der ernst und nachdenklich geworden war, nahm zuerst wenig teil an der Unterhaltung; er war ganz betroffen über die Eröffnungen, die ihm Frau de la Chanterie eben gemacht hatte, und zwar in einem Ton, der bewies, dass sie ihn für seinen Eifer belohnen wolle.

›Zweitausend unterstützte Familien‹, sagte er sich; ›aber wenn sie uns ebenso viel kosten, wie uns Herr Bernard kosten wird, dann haben wir ja Millionen über Paris ausgestreut!‹

Dieses Empfinden war eine der letzten Regungen weltlichen Geistes, der bei Gottfried ganz unmerklich erlosch. Bei näherer Überlegung begriff er, dass die vereinigten Vermögen der Frau de la Chanterie, der Herren Alain, Nikolaus und Joseph und das des Richters Popinot, die von dem Abbé de Vèze gesammelten Gaben und die Unterstützung des Hauses Mongenod ein erhebliches Kapital zusammengebracht haben mussten, und dass dieses Kapital in zwölf bis fünfzehn Jahren, vermehrt durch die Schuldner, die sich erkenntlich zeigten, wie ein Schneeball anschwellen musste, da die mildtätigen Personen ja nichts davon für sich ausgaben. Er wurde sich allmählich klar über das ungeheure Werk, und sein Wunsch, daran mitzuarbeiten, wurde immer stärker.

Er wollte um neun Uhr zu Fuß nach dem Boulevard Mont-Parnasse zurückkehren; aber Frau de la Chanterie, die Bedenken wegen der Einsamkeit der Gegend hatte, nötigte ihn, einen Wagen zu nehmen. Als er den Wagen verließ, vernahm Gottfried, obwohl die Fensterläden so sorgfältig geschlossen waren, dass kein Lichtstrahl hindurchdrang, die Töne des Instruments; und sobald er auf dem Treppenabsatz anlangte, öffnete August, der jedenfalls auf ihn gewartet hatte, die Tür der Wohnung und sagte:

»Mama möchte Sie gern begrüßen, und mein Großvater lässt Sie zu einer Tasse Tee bitten.«

Als Gottfried eintrat, fand er die Kranke von der Freude, Musik machen zu können, ganz verändert, ihr Gesicht leuchtete, und ihre Augen funkelten wie zwei Diamanten.

»Ich hätte eigentlich mit dem Anschlagen der ersten Akkorde auf Sie warten sollen; aber ich habe mich auf die kleine Orgel gestürzt wie ein Verhungerter auf ein Festmahl. Sie besitzen eine Seele, die mich verstehen wird, also ist mir verziehen.«

Wanda gab ihrem Sohn einen Wink, der sich näherte und die Pedale trat, die dem Instrument die Luft zuführten; und die Augen nach oben gerichtet, wie die heilige Cäcilie, wiederholte die Kranke, deren Finger vorübergehend ihre Kraft und Fertigkeit wiedererlangt hatten, Variationen über das Gebet Mosis, das ihr Sohn ihr gekauft, und die sie in wenigen Stunden komponiert hatte. Gottfried stellte fest, dass sie eine Begabung wie Chopin besaß. Es war eine Seele, die sich in himmlischen Tönen, bei denen eine sanfte Melancholie vorherrschte, kundgab. Herr Bernard hatte Gottfried mit einem Blick begrüßt, in dem ein seit Langem verschwundenes Gefühl zum Ausdruck kam. Wenn die Tränen bei diesem, von so vielen brennenden Schmerzen ausgetrockneten Greise nicht für immer versiegt wären, dann würde dieser Blick feucht gewesen sein. Das sah man.

Herr Bernard spielte mit seiner Dose und betrachtete seine Tochter mit unaussprechlichem Entzücken.

»Morgen, gnädige Frau«, begann Gottfried, als die Musik verstummt war, »morgen wird sich Ihr Schicksal entscheiden, ich bringe gute Nachrichten. Der berühmte Halpersohn wird morgen um drei Uhr zu Ihnen kommen. – Er hat mir versprochen,« sagte er leise zu Herrn Bernard, »dass er mir die Wahrheit sagen wird.«

Der Alte erhob sich, nahm Gottfried bei der Hand und zog ihn in den Winkel des Zimmers neben dem Kamin; er zitterte.

»Ach, was werde ich für eine Nacht verbringen! Es ist die endgültige Entscheidung!« sagte er leise zu ihm. »Meine Tochter wird geheilt werden, oder sie ist verloren!«

»Fassen Sie Mut«, erwiderte Gottfried, »und kommen Sie nach dem Tee zu mir herüber.«

»Hör' auf, mein Kind, hör' auf«, sagte der Alte jetzt, »du wirst wieder einen Anfall bekommen. Auf solche Kraftanstrengungen folgt die Erschöpfung.«

Er ließ das Instrument von August wegnehmen und reichte seiner Tochter ihre Tasse Tee mit der ganzen einschmeichelnden Art einer Amme, die der Ungeduld eines kleinen Kindes vorbeugen will.

»Wie ist dieser Arzt denn?«, fragte sie, die die Aussicht, ein neues Wesen zu Gesicht zu bekommen, schon auf andere Gedanken gebracht hatte.

Wanda war, wie alle Gefangenen, von Neugierde verzehrt. Wenn die physischen Erscheinungsformen ihrer Krankheit schwanden, schien sich diese auf das Psychische zu werfen; sie hatte dann wunderliche Launen und fantastische Gelüste. Sie wollte Rossini sehen, und sie weinte darüber, dass ihr Vater, den sie für allmächtig hielt, sich weigerte, ihn zu ihr zu bringen.

Gottfried gab nun eine minutiöse Beschreibung des jüdischen Arztes und seines Sprechzimmers, denn sie wusste nichts von den Schritten, die ihr Vater schon getan hatte. Bernard hatte seinem Enkelsohn über die Besuche bei Halpersohn Schweigen auferlegt, so sehr fürchtete er, bei seiner Tochter Hoffnungen zu erregen, die dann nicht erfüllbar gewesen wären. Wanda hing an den Lippen Gottfrieds, sie war entzückt und verfiel in eine Art von Tollheit, so brennend wurde ihr Wunsch, den fremden polnischen Juden zu Gesicht zu bekommen.

»Polen hat oft solche eigenartige, geheimnisvolle Wesen hervorgebracht«, sagte der alte Richter. »Heute haben wir zum Beispiel außer diesem Arzte Hoëné Wronski, den erleuchteten Mathematiker, den Dichter Mickiewicz, den Hellseher Tawianski und Chopin mit seinem übernatürlichen Talent. Große nationale Umwälzungen bringen immer solche Arten von Halbgiganten hervor.«

»Ach, lieber Papa, was bist du für ein Mann! Wenn du alles, was du uns hören lässt, bloß um mich zu unterhalten, niederschriebest, könntest du ein Vermögen damit erwerben ... Stellen Sie sich vor, mein Herr, dass mein alter Vater wundervolle Geschichten für mich erfindet, wenn ich keinen Roman zum Lesen habe, und mich so einschläfert. Seine Stimme wiegt mich in Schlaf, und oft besänftigt er mit seinem Geist meine Schmerzen ... Wer wird ihn jemals dafür belohnen? ... August, mein Kind, um meinetwillen müsstest du die Fußstapfen deines Großvaters küssen.«

Der junge Mann erhob seine schönen feuchten Augen zu seiner Mutter, und dieser Blick, in dem ein lange zurückgedrängtes Mitgefühl überströmte, war eine ganze Dichtung. Gottfried erhob sich und drückte August die Hand.

»Gott hat Ihnen zwei Engel an die Seite gestellt, gnädige Frau!«, rief er aus.

»Ja, das weiß ich. Deshalb werfe ich mir auch oft vor, dass ich ihnen Ärger bereite. Komm her, lieber August, umarme deine Mutter. Das ist ein Kind, mein Herr, auf das jede Mutter stolz sein würde. Er ist rein wie Gold, freimütig und eine Seele ohne Fehl, nur eine ein bisschen zu leidenschaftliche Seele wie die seiner armen Mutter. Gott hat mich vielleicht ans Bett geschmiedet, um mich vor den Torheiten zu bewahren, die die Frauen begehen ... die zu viel Herz besitzen ...«, fügte sie lächelnd hinzu.

Gottfried antwortete nur mit einem Lächeln und einer Verbeugung.

»Leben Sie wohl, mein Herr, und danken Sie vor allem Ihrem Freunde für das Instrument, das eine arme Kranke glücklich gemacht hat.«

»Herr Bernard«, sagte Gottfried, als er mit diesem, der ihn begleitet hatte, allein war, »ich glaube, ich kann Ihnen die Zusicherung geben, dass Sie von diesem edlen Trio nicht werden ausgebeutet werden. Ich besitze schon die erforderliche Summe, aber Sie müssen mir Ihren Vertrag bezüglich des Vorkaufsrechtes anvertrauen ... Um aber noch mehr für Sie zu tun, müssen Sie mir auch Ihr Werk zur Lektüre anvertrauen ... nicht mir selbst, ich besitze nicht Kenntnisse genug, um es beurteilen zu können, sondern einem ehemaligen Richter von absoluter Integrität, der es auf sich nehmen will, wenn das Werk es verdient, eine ehrenhafte Firma zu finden, mit der Sie einen gerechten Vertrag abschließen können ... Aber ich will Sie nicht dazu drängen. Inzwischen sind hier fünfhundert Franken,« fuhr er fort und reichte dem verblüfften alten Richter ein Bankbillett, »damit Sie Ihre dringendsten Bedürfnisse befriedigen können. Ich verlange keine Quittung von Ihnen, Sie sollen nur durch Ihr Gewissen gebunden sein, und auch das soll erst sprechen, sobald Sie in einigermaßen bessere Verhältnisse gekommen sind ... Halpersohn zu bezahlen, übernehme ich.«

»Aber wer sind Sie denn?«, sagte der Alte und sank auf einen Stuhl.

»Ich«, erwiderte Gottfried, »ich bin nichts; aber ich diene mächtigen Persönlichkeiten, denen Ihre Not jetzt bekannt geworden ist, und die sich für Sie interessieren ... Mehr fragen Sie mich nicht.«

»Und was ist der Beweggrund dieser Leute?«, fragte der Alte.

»Die Religion, mein Herr«, entgegnete Gottfried. »Wäre das möglich? ... Die Religion? ...«

»Ja, die römisch-katholische apostolische Religion.«

»Ah, Sie gehören zum Jesuitenorden?«

»Nein, mein Herr«, erwiderte Gottfried. »Seien Sie beruhigt; diese Personen verfolgen in Bezug auf Sie keine andere Absicht, als dass sie Ihnen helfen und Ihre Familie wieder glücklich machen wollen.

»Die Philanthropie ist also doch noch etwas anderes als ein Ausfluss der Eitelkeit? ...«

»Oh, mein Herr«, entgegnete Gottfried lebhaft, »beschimpfen Sie die heilige katholische Barmherzigkeit nicht, die Tugend, die der heilige Paul verkündigt hat! ...«

Als Herr Bernard diese Antwort vernahm, fing er an, mit großen Schritten im Zimmer auf und ab zu gehen.

»Ich nehme Ihren Vorschlag an«, sagte er dann plötzlich, »und ich kann Ihnen meinen Dank nur dadurch ausdrücken, dass ich Ihnen mein Werk anvertraue. Die Noten und Zitate sind für einen alten Richter überflüssig; ich brauche auch noch, wie ich Ihnen schon sagte, zwei Monate, um die Zitate herauszuschreiben ... Also auf morgen«, schloss er und drückte Gottfried die Hand.

›Sollte ich eine Bekehrung zustande gebracht haben? ...‹, fragte sich Gottfried, der betroffen von dem veränderten Ausdruck war, den das Gesicht des großen Alten bei seiner letzten Antwort gezeigt hatte. Am übernächsten Tage hielt um drei Uhr ein Mietwagen vor dem Hause; und Gottfried sah Halpersohn, in einem riesigen Bärenpelz vergraben, aussteigen. Während der Nacht hatte sich die Kälte verdoppelt, und das Thermometer zeigte zehn Grad.

Der jüdische Arzt musterte neugierig, wenn auch verstohlen, das Zimmer, in dem ihn sein Besucher vom Tage vorher empfing, und Gottfried bemerkte, dass ein misstrauischer Gedanke aus seinen Augen wie eine Dolchspitze herausleuchtete. Dieses schnelle Aufflackern eines Verdachtes ließ Gottfried ein kaltes Durchrieseln empfinden, und er dachte daran, dass dieser Mensch in geschäftlichen Angelegenheiten mitleidlos sein musste; es ist so natürlich, zu glauben, Genie sei immer mit Güte vereint, dass er ein neues Gefühl des Ekels empfand.

»Ich sehe, mein Herr«, sagte er, »dass die Einfachheit meiner Wohnung Sie in Unruhe versetzt; Sie werden sich daher über mein Vorgehen nicht wundern. Hier sind Ihre zweihundert Franken, und hier sind drei Billette, jedes zu tausend Franken,« fügte er hinzu und zog aus seiner Brieftasche die Billette, die ihm Frau de la Chanterie übergeben hatte, um Bernards Werk auszulösen; »sollten Sie aber noch Bedenken wegen meiner Zahlungsfähigkeit haben, so nenne ich Ihnen als Bürgen dafür, dass unsere Abmachungen innegehalten werden, die Bankiers Mongenod in der Rue de la Victoire.«

»Ich kenne sie«, antwortete Halpersohn und steckte die zehn Goldstücke in die Tasche.

›Er wird sie aufsuchen‹, dachte sich Gottfried.

»Und wo wohnt die Kranke«? Fragte der Arzt und erhob sich wie ein Mann, der den Wert seiner Zeit kennt.

»Hier, mein Herr«, sagte Gottfried und ging voran, um ihm den Weg zu zeigen.

Der Jude prüfte mit argwöhnischen durchdringenden Augen die Räume, durch die er ging; denn er besaß den Blick eines Spions; so bemerkte er recht gut die schrecklichen Anzeichen der Not durch die Tür des Zimmers, in dem der Richter und sein Enkelsohn schliefen; unglücklicherweise hatte Bernard sich den Anzug geholt, in dem er vor seiner Tochter zu erscheinen pflegte, und in seiner Eile, die Tür zu öffnen, hatte er die seines Hundelochs nicht richtig geschlossen.

Er begrüßte Halpersohn mit vornehmen Anstand und öffnete vorsichtig das Zimmer seiner Tochter. –

»Wanda, mein Kind, hier ist der Arzt«, sagte er. Und er trat beiseite, um Halpersohn vorbeizulassen, der seinen Pelz anbehielt. Der Jude staunte über den Kontrast, den das Zimmer darbot, das in dieser Gegend, und besonders in diesem Hause, eine Anomalie war; aber Halpersohns Erstaunen währte nicht lange, denn er hatte häufig bei deutschen und russischen Juden ähnliche Kontraste zwischen scheinbar äußerstem Elend und verborgenen Reichtümern zu sehen bekommen. Während er von der Tür bis an das Bett der Kranken ging, hörte er nicht auf, sie zu betrachten, und als er am Kopfende anlangte, fragte er sie auf Polnisch:

»Sind Sie Polin?«

»Ich nicht, aber meine Mutter war Polin.«

»Wen hat Ihr Großvater, der Oberst Tarlowski, geheiratet?«

»Eine Polin.«

»Aus welcher Provinz?«

»Eine Sobolewska aus Pinsk.«

»Schön. Ist der Herr Ihr Vater?«

»Ja, mein Herr.«

»Mein Herr«, fragte er diesen, »Ihre Frau Gemahlin ...«

»Sie ist tot«, antwortete Herr Bernard.

»War sie sehr bleich?«, sagte Halpersohn mit einer leichten Bewegung von Ungeduld, dass man ihn unterbrochen hatte.

»Hier ist ihr Bild«, erwiderte Herr Bernard, und nahm einen prächtigen Rahmen von der Wand ab, in dem sich mehrere schöne Miniaturen befanden. Halpersohn befühlte inzwischen den Kopf und das Haar der Kranken, während er das Bild der Wanda Tarlowska, geborenen Gräfin Sobolewska, betrachtete.

»Beschreiben Sie mir jetzt, wie sich Ihre Krankheit äußert.« Und er setzte sich auf das Sofa und sah Wanda während der zwanzig Minuten, die der abwechselnd von Vater und Tochter erstattete Bericht dauerte, starr an.

»Wie alt sind Sie?«

»Achtunddreißig Jahre.«

»Schön«, rief er jetzt und erhob sich, »ich stehe dafür ein, dass sie geheilt wird. Ich kann mich nicht dafür verbürgen, dass sie den Gebrauch der Beine wieder erlangt, aber gesund wird sie werden. Nur muss sie in eine Klinik in meiner Gegend gebracht werden.«

»Aber, mein Herr, meine Tochter ist ja nicht transportabel.«

»Ich übernehme die Verantwortung dafür«, sagte Halpersohn bestimmt; »aber ich übernehme die Verantwortung für Ihre Tochter nur unter dieser Bedingung ... Wissen Sie auch, dass sich ihre Krankheit in eine andere schreckliche Krankheit verwandeln wird, die vielleicht ein Jahr oder mindestens sechs Monate dauern wird? ... Sie können sie aber besuchen, da Sie ihr Vater sind.«

»Und sind Sie Ihrer Sache sicher?«, fragte Herr Bernard.

»Ganz sicher,« wiederholte der Jude. »Die Dame hat in ihrem Körper ein Gift, eine Nationalkrankheit, davon muss sie befreit werden. Sie werden sie mir nach der Rue Basse-Saint-Pierre in Chaillot in die Klinik des Doktors Halpersohn bringen.«

»Aber wie denn?«

»In einer Sänfte, so wie man alle Kranken ins Hospital bringt.«

»Aber die Überführung wird ihr Tod sein!«

»Nein!« Und Halpersohn war nach diesem trockenen »Nein« schon aus der Tür, sodass Gottfried ihn er erst auf der Treppe erreichte. Der Jude, der vor Hitze erstickte, sagte leise zu ihm: »Außer den tausend Talern kostet es fünfzehn Franken täglich, und davon sind drei Monate vorauszubezahlen.«

»Schön, mein Herr. Und«, fragte Gottfried, der auf den Tritt des Wagens, in den sich Halpersohn geworfen hatte, stieg, »Sie übernehmen die Verantwortung für die Heilung?«

»Ich übernehme sie«, wiederholte der jüdische Arzt.

»Sie lieben die Dame ...?«

»Nein«, sagte Gottfried.

»Was ich Ihnen jetzt anvertraue, werden Sie nicht weitersagen; ich teile es Ihnen nur mit, um Ihnen zu beweisen, dass ich meiner Sache sicher bin, und wenn Sie eine Indiskretion begehen, so könnte das der Tod der Dame sein ...«

Gottfried antwortete nur mit einer Geste.

»Sie ist seit siebzehn Jahren ein Opfer des polnischen Weichselzopfgiftes (Plica polonica), das alle diese Verwüstungen bei ihr hervorgerufen hat; ich habe noch viel schrecklichere Beispiele davon gesehen. Ich allein nur bin heute imstande, den Weichselzopf so zu vertreiben, dass Heilung erfolgt, denn nicht immer gelingt die Heilung. Sie sehen, mein Herr, dass ich recht uneigennützig handle. Wäre es eine große Dame, eine Baronin von Nucingen, oder jede andere Frau oder Tochter eines modernen Krösus, so würde mir eine solche Kur mit hundert-, mit zweihunderttausend Franken, mit jeder Summe, die ich fordern würde, bezahlt werden ... Aber das hier ist nur eine unerhebliche Sache.«

»Und die Überführung?«

»Bah! Es wird aussehen, als ob sie stürbe, aber sie wird nicht sterben! ... Sie hat noch für hundert Jahre Leben in sich, wenn sie einmal geheilt sein wird. Vorwärts, Jakob! ... Schnell nach der Rue de Monsieur! ... Schnell! ...« sagte er zu dem Kutscher. Und er ließ Gottfried auf dem Boulevard zurück, der verblüfft dem sich entfernenden Wagen nachblickte.

»Wer war denn der komische Mann in dem Bärenpelz? Fragte die alte Vauthier, der nichts entging. »Ist das wahr, was mir der Droschkenkutscher gesagt hat, dass das der berühmteste Pariser Arzt ist?«

»Was geht Sie denn das an, Mutter Vauthier?

»Ach, nichts!« entgegnete sie und verzog ihr Gesicht zu einer Grimasse.

»Sie haben sehr falsch gehandelt, dass Sie sich nicht auf meine Seite gestellt haben«, sagte Gottfried, der mit langsamen Schritten sich dem Hause wieder zuwandte, »Sie hätten mehr verdient als bei den Herren Barbet und Métivier, von denen Sie nichts bekommen werden.«

»Bin ich denn für diese Herren?« entgegnete sie und zuckte die Achseln. »Herr Barbet ist mein Hauseigentümer, das ist alles!«

Es bedurfte zweier Tage, bis sich Herr Bernard entschloss, sich von seiner Tochter zu trennen und sie nach Chaillot zu bringen. Gottfried und der alte Richter machten den Weg, jeder an einer Seite der Sänfte, die mit blauweiß gestreiften Vorhängen versehen war, und auf der die geliebte Kranke an die Matratze beinahe festgebunden war, so sehr fürchtete ihr Vater die Erschütterungen bei einer Nervenkrise. Endlich langte der

Zug, der um drei Uhr aufgebrochen war, gegen fünf Uhr bei Sonnenuntergang in der Klinik an. Gottfried bezahlte gegen Quittung die im Voraus verlangten vierhundertfünfzig Franken; als er dann hinunterging, um den beiden Trägern ein Trinkgeld zu geben, kam ihm Herr Bernard nach, zog ein unter der Matratze verstecktes, sehr umfangreiches, verschnürtes Paket hervor und übergab es Gottfried.

»Einer von den Leuten wird Ihnen einen Wagen holen«, sagte der Alte, »denn Sie könnten die vier Bände nicht lange tragen. Das ist mein Werk, übergeben Sie es meinem Zensor, ich vertraue es ihm für diese ganze Woche an. Ich werde mindestens acht Tage mich in dieser Gegend aufhalten, denn ich will meine Tochter nicht so alleinlassen. Ich kenne meinen Enkelsohn, er kann das Haus hüten, besonders wenn Sie ihn dabei unterstützen; im Übrigen empfehle ich ihn Ihrer Obhut. Wenn ich noch der alte wäre, würde ich Sie nach dem Namen meines Kritikers, des alten Richters, fragen, denn ich werde ihn wohl sicher kennen ...«

»Oh, das ist kein Geheimnis«, unterbrach Gottfried Herrn Bernard. »Da Sie Ihr volles Vertrauen in mich gesetzt haben, kann ich Ihnen sagen, dass Ihr Zensor der ehemalige Präsident Lecamus de Tresnes ist.«

»Ach, vom Obersten Gerichtshof in Paris! Hier, nehmen Sie! Das war einer der edelsten Charaktere seiner Zeit ... Er und der selige Popinot, der Richter am Tribunal erster Instanz, das waren Richter, würdig der schönsten Zeiten des alten Parlaments. Damit sind alle meine Befürchtungen, die ich noch hegte, zerstreut ...

Und wo wohnt er? Ich möchte ihm doch für die Mühe, die er sich machen will, danken.«

»Sie finden ihn in der Rue Chanoinesse unter dem Namen eines Herrn Nikolaus ... Ich gehe gerade dorthin. Und Ihr Vertrag mit den Schurken? ...«

»August wird ihn Ihnen übergeben«, sagte der Alte und kehrte wieder in den Hof der Klinik zurück.

Eine Droschke, die einer der Kommissionäre vom Quai Billy geholt hatte, fuhr jetzt vor; Gottfried stieg ein und versprach dem Kutscher ein gutes Trinkgeld, wenn er rechtzeitig in der Rue Chanoinesse ankäme, denn Gottfried wollte dort speisen.

Eine halbe Stunde nach dem Fortbringen Wandas stiegen drei schwarzgekleidete Männer, die die Vauthier von der Rue Notre-Dame des Champs her hereingeführt hatte, wo sie jedenfalls den geeigneten Moment abgewartet hatten, die Treppe, von dem weiblichen Judas begleitet, hinauf und klopften leise an die Tür von Herrn Bernards Wohnung. Da es gerade ein Donnerstag war, konnte der Schüler das Haus hüten. Er öffnete, und die drei Männer glitten wie Schatten in das erste Zimmer.

»Was wünschen Sie, meine Herren? Fragte der junge Mann.

»Wir sind hier doch bei Herrn Bernard ... das heißt bei dem Herrn Baron?«

»Aber was wünschen Sie denn?

»Ach, das wissen Sie ja recht gut, junger Mann; man hat uns gesagt, dass Ihr Großvater eben mit einer geschlossenen Sänfte abgezogen ist ... Das wundert uns nicht, das ist sein Recht. Ich bin Gerichtsvollzieher und werde hier alles mit Beschlag belegen ... Am Montag haben Sie die Aufforderung erhalten, dreitausend Franken als Hauptbetrag nebst den Kosten an Herrn Métivier bei Strafe der Verhaftung, die wir Ihnen angedroht haben, zu zahlen; und da ein alter Zwiebelhändler sich auf Bollen versteht, hat der Schuldner Reißaus genommen, um der Gefängniszelle in Clichy zu entgehen. Aber wenn wir ihn auch nicht fassen können, so werden wir uns doch wenigstens an sein reiches Mobiliar halten, denn wir wissen alles, junger Mann; und werden ein Protokoll aufnehmen.

»Da sind die Zustellungen, die Ihr Großvater nie hat annehmen wollen, sagte jetzt die Vauthier und steckte drei Zahlungsbefehle August in die Hand.

»Bleiben Sie hier, liebe Frau, wir werden Sie als gerichtlichen Verwahrer einsetzen. Das Gesetz billigt Ihnen täglich vierzig Sous zu; das ist auch nicht zu verachten.

»Ach, da werde ich ja endlich sehen, was in dem schönen Zimmer ist! Rief die Vauthier.

»Sie werden nicht in das Zimmer meiner Mutter hineingehen!«, rief der junge Mann mit furchtbarer Stimme und sprang zwischen die Tür und die drei schwarzen Männer.

Auf einen Wink des Gerichtsvollziehers packten die beiden Gehilfen und der erste Schreiber, der dazugekommen war, August.

»Keinen Widerstand, junger Mann; Sie sind hier nicht der Herr; sonst werden wir ein Protokoll aufnehmen und Sie auf die Polizeiwache bringen ... Als er dieses verhängnisvolle Wort hörte, brach August in Tränen aus.

»Ach, was für ein Glück«, sagte er, »dass Mama fort ist! Das wäre ihr Tod gewesen!

Es wurde jetzt eine Art von Konferenz zwischen den Gehilfen, dem Gerichtsvollzieher und der Vauthier abgehalten. August verstand, so leise sie auch sprachen, dass man die Manuskripte seines Großvaters beschlagnahmen wolle; daraufhin öffnete er die Tür des Zimmers.

»Kommen Sie herein, meine Herren, aber beschädigen Sie nichts«, sagte er. »Morgen werden Sie Zahlung erhalten.« Und er ging weinend in sein elendes Zimmer, wo er die Papiere seines Großvaters nahm und sie in den Ofen steckte, in dem, wie er wusste, kein Funken mehr glimmte.

Das wurde so schnell ausgeführt, dass der Gerichtsvollzieher, ein schlauer, gerissener, seiner Auftraggeber Barbet und Métivier würdiger Kerl, den jungen Mann weinend auf einem Stuhl vorfand, als er in seine Höhle eilte, nachdem er sich überzeugt hatte, dass die Manuskripte in dem Vorzimmer nicht zu finden waren. Obgleich sonst weder Bücher noch Manuskripte beschlagnahmt werden dürfen, hätte der von dem alten Richter unterzeichnete Vertrag dieses Vorgehen gerechtfertigt. Aber man konnte sich leicht durch aufschiebende Anträge gegen eine solche Beschlagnahme wehren, was Herr Bernard auch sicher nicht unterlassen hätte. Daher erschien es nötig, mit Verschlagenheit vorzugehen. Deshalb hatte auch die Witwe Vauthier ihren Hauseigentü-

mer wundervoll unterstützt, indem sie die Zahlungsbefehle den Mietern gar nicht zustellte; sie rechnete darauf,
sie ins Zimmer werfen zu können, wenn sie mit den
Leuten der Justiz hereinkäme, oder nötigenfalls Herrn
Bernard zu sagen, dass sie geglaubt hätte, es seien Zustellungen für die beiden Schriftsteller, die seit zwei Tagen abwesend waren.

Das Protokoll über die Beschlagnahme nahm etwa eine
Stunde in Anspruch; der Gerichtsvollzieher ließ nichts
beiseite und erachtete dann den Wert der beschlag-
nahmten Sachen für ausreichend zur Bezahlung der
Schuld. Sobald der Gerichtsvollzieher sich entfernt hatte,
nahm der arme junge Mann die Zahlungsbefehle und
eilte fort, um seinen Großvater in der Klinik aufzusuchen, nachdem der Gerichtsvollzieher ihm mitgeteilt
hatte, dass die Vauthier bei schwerer Strafe für die be-
schlagnahmten Gegenstände verantwortlich sei. Er
konnte also die Wohnung ohne Bedenken verlassen.

Der Gedanke, seinen Großvater wegen Schulden ins
Gefängnis geschleppt zu sehen, machte das arme Kind
toll, so toll, wie junge Menschen es werden können, das
heißt, er wurde die Beute einer gefährlichen und verhängnisvollen Aufregung, in der alle Kraft der Jugend
auf einmal emporschießt und sie ebenso wohl schlimme
Handlungen, wie heroische Taten begehen lässt. Als er
in der Rue Basse-Saint- Pierre anlangte, sagte der Portier
dem armen August, dass er nicht wisse, was aus dem
Vater der Dame geworden sei, die um einhalb fünf Uhr
eingeliefert wurde, dass aber Herr Halpersohn verboten
habe, irgendjemanden, selbst nicht den Vater, in den

nächsten acht Tagen die Dame besuchen zu lassen, da sonst ihr Leben in Gefahr sei.

Dieser Bescheid brachte August vollends außer sich. Er ging wieder nach dem Boulevard Mont-Parnasse zurück, voller Verzweiflung und die wildesten Pläne schmiedend. Gegen einhalb neun Uhr abends kehrte er heim, fast noch nüchtern und derart von Hunger und Schmerz erschöpft, dass er der Vauthier folgte, als sie ihm vorschlug, ihr Abendessen zu teilen, das aus einem Hammelragout mit Kartoffeln bestand. Das arme Kind fiel halb tot neben diesem grässlichen Weibe auf einen Stuhl. Ermutigt durch die hinterlistigen honigsüßen Worte der Alten, antwortete er auf mehrere geschickt gestellte Fragen über Gottfried und gab ihr zu verstehen, dass der Mieter morgen die Schulden des Großvaters bezahlen würde, denn ihm habe man die glückliche Veränderung ihrer Situation seit einer Woche zu verdanken. Die Witwe hörte diese Eröffnungen mit zweifelndem Gesichtsausdruck mit an und nötigte August, mehrere Glas Wein zu trinken.

Gegen zehn Uhr hörte man das Rollen eines Wagens, der vor dem Hause hielt, und die Witwe rief:

»Da ist Herr Gottfried.«

Sogleich nahm August den Schlüssel seiner Wohnung und ging hinauf, um den Gönner seiner Familie zu begrüßen; aber er fand Gottfrieds Gesicht dermaßen verändert, dass er gezögert hätte, ihn anzureden, wenn nicht die Gefahr, in der sein Großvater schwebte, das edelmütige Kind dazu bestimmt hätte. Inzwischen hatte sich in der Rue Chanoinesse etwas ereignet, was den strengen Ausdruck, den Gottfrieds Gesicht zeigte, erklärt. Rechtzeitig eingetroffen, hatte der Neophyt Frau de la Chanterie und ihre Getreuen im Salon vorgefunden und hatte Herr Nikolaus beiseite genommen, um ihm die vier Bände des »Geistes der neuen Gesetze« zu übergeben. Herr Nikolaus brachte sogleich das Manuskript in sein Zimmer und kam dann wieder zum Essen herunter; nachdem er dann den ersten Teil des Abends verplaudert hatte, ging er wieder hinauf, um mit der Lektüre des Werkes zu beginnen. Gottfried war nun sehr erstaunt, als er wenige Augenblicke nach dem Verschwinden des Herrn Nikolaus durch Manon ersucht wurde, zu ihm hinaufzukommen. Er ging mit Manon zu Herrn Nikolaus und konnte sich gar nicht in seiner Wohnung umsehen, so ergriffen war er von dem bestürzten Gesichtsausdruck dieses sonst so ruhigen, gemessenen Mannes.

»Kennen Sie«, fragte Herr Nikolaus, der wieder der alte Präsident geworden war, »kennen Sie den Namen des Verfassers dieser Arbeit?«

»Es ist ein Herr Bernard«, erwiderte Gottfried, »ich kenne ihn nur unter diesem Namen. Ich habe ja das Paket nicht geöffnet ...«

»Ach, richtig«, sagte sich Herr Nikolaus, »ich habe es ja selbst aufgemacht. Sie haben nicht«, fuhr er dann laut fort, »versucht, sich über sein Vorleben zu informieren?«

»Nein. Ich weiß nur, dass er aus Liebe die Tochter des Generals Tarlowski geheiratet hat; dass seine Tochter wie ihre Mutter Wanda heißt und sein Enkelsohn August; das Porträt, das ich von Herrn Bernard gesehen habe, war, wie ich glaube, das eines Präsidenten des Obersten Gerichtshofs in roter Robe.«

»Hier, lesen Sie«, sagte Herr Nikolaus und zeigte auf den Titel des Werkes, der, von Augusts Hand in kalligrafischer Schrift geschrieben, so lautete:

Geist
der neuen Gesetze.
Von M. Bernard-Jean-Baptiste Macloud Baron Bourlac,
Ehemaligem Generalstaatsanwalt am Obergericht von Rouen,
Großoffizier der Ehrenlegion.

»Ah, der Henker der gnädigen Frau, ihrer Tochter und des Chevaliers du Vissard!«, sagte Gottfried mit matter Stimme. Seine Beine wurden ihm schwach, und er ließ sich auf einen Sessel fallen. –

»Ein hübsches Debüt«, murmelte er.

»Dies, mein lieber Gottfried«, fuhr Herr Nikolaus fort, »ist eine Sache, die uns alle angeht: Sie haben Ihre Arbeit getan, das Übrige ist unsre Sache. Mischen Sie sich, ich bitte Sie, weiter in nichts und holen Sie alles, was Sie noch dort gelassen haben, ab. Kein Wort weiter und absolutes Stillschweigen! Und dem Baron Bourlac sagen Sie, er solle sich an mich wenden. Bis dahin werden wir uns schlüssig gemacht haben, wie wir weiter in dieser Angelegenheit verfahren wollen.«

Gottfried ging hinunter, entfernte sich, nahm einen Wagen und langte schnell am Boulevard Mont-Parnasse an, voller Entsetzen, wenn er an den Prozess vor dem Gerichte in Caen, an das blutige Ende des Dramas auf dem Schafott und an den Aufenthalt der Frau de la

Chanterie in Bicêtre dachte. Er verstand jetzt die Verlassenheit, in der der frühere Generalstaatsanwalt, ähnlich einem Foucquier-Tinville, seine letzten Tage verbrachte, und die Gründe für sein so sorgsam bewahrtes Incognito.

»Möchte doch Herr Nikolaus die arme Frau de la Chanterie recht grausam an ihm rächen!« Als er diesen nicht sehr katholischen Wunsch im Geiste formulierte, bemerkte er August.

»Was wünschen Sie von mir?«, fragte Gottfried.

»Mein guter Herr, uns ist eben ein Unglück passiert, das mich ganz toll macht! Verbrecher haben alles bei meiner Mutter beschlagnahmt, und man sucht nach meinem Großvater, um ihn zu verhaften. Aber nicht um dieses Unglücks willen flehe ich Sie an,« sagte der Jüngling mit römischem Stolz, »sondern nur um Sie zu bitten, uns einen Dienst zu leisten, den man auch zum Tode Verurteilten nicht abschlägt ...«

»Sprechen Sie«, sagte Gottfried.

»Man hat sich der Manuskripte meines Großvaters bemächtigen wollen; und da ich glaube, dass er Ihnen sein Werk übergeben hat, so wollte ich Sie bitten, auch die Notizen an sich zu nehmen, denn die Portiersfrau wird mich nichts von hier fortbringen lassen ... Tun Sie sie zu den Bänden, und ...«

»Gut, gut«, erwiderte Gottfried, »holen Sie sie schnell.«

Während der junge Mann in sein Zimmer eilte, um sogleich wiederzukommen, überlegte sich Gottfried, dass dieses Kind an dem Verbrechen unschuldig war, und dass er es nicht zur Verzweiflung bringen dürfe, indem er ihm von seinem Großvater und der Verlassenheit rede, mit der sein trauriges Alter für die Grausamkeiten seines politischen Wirkens bestraft wurde, und er nahm das Paket mit einer gewissen Freundlichkeit entgegen.

»Wie heißt Ihre Mutter eigentlich?«, fragte er.

»Meine Mutter, mein Herr, ist die Baronin de Mergi; mein Vater war der Sohn des Ersten Präsidenten am Obergericht von Rouen.«

»Ah«, sagte Gottfried, »Ihr Großvater hat also seine Tochter mit dem Sohne des berühmten Präsidenten Mergi verheiratet?«

»Jawohl, mein Herr.«

»Lassen Sie mich jetzt allein, junger Freund«, sagte Gottfried. Er begleitete den jungen Baron bis zum Treppenabsatz und rief dann nach der Vauthier.

»Mutter Vauthier, sagte er, »Sie können über meine Wohnung verfügen, ich komme nicht mehr hierher.« Und er ging hinunter, um in seinen Wagen zu steigen.

»Haben Sie dem Herrn da etwas übergeben?«, fragte die Vauthier August.

»Ja«, sagte der junge Mann.

»Sie sind gut! Das ist ja ein Agent ihrer Feinde! Er hat hier alles angezettelt, das ist sicher. Und der Beweis, dass der Streich geglückt ist, ist der, dass er gar nicht mehr hierherkommt ... Er hat mir gesagt, dass ich seine Wohnung anderweitig vermieten kann.«

August stürzte auf den Boulevard hinaus, rannte hinter dem Wagen her und brachte ihn endlich zum Halten, so laut schrie er.

»Was wollen Sie denn noch von mir?«, fragte Gottfried.

»Die Manuskripte meines Großvaters! ...«

»Sagen Sie ihm, er soll sie sich bei Herrn Nikolaus holen.«

Der junge Mann hielt diese Worte für den grausamen Spott eines Diebes, der alles Schamgefühl verloren hat, und fiel auf den Schnee hin, als er sah, wie der Wagen seinen Weg eiligst fortsetzte. Dann erhob er sich mit wildem Entschlusse und begab sich zu Bett, erschöpft von dem schnellen Laufen und gebrochenen Herzens. Am andern Morgen erwachte August de Mergi allein in seiner Wohnung, in der noch am Tage vorher seine Mutter und sein Großvater sich befunden hatten, in peinlicher Erregung über die Lage, in die er sich versetzt sah. Die tiefe Stille der sonst so belebten Wohnung, wo für jeden Moment eine Pflichterfüllung, eine Tätigkeit vorgezeichnet war, ließ ihn so viel Unglück gewahr werden, dass er hinabging und die Mutter Vauthier fragte, ob sein Großvater nicht in der Nacht oder am frühen Morgen zurückgekommen sei; denn er war erst sehr spät aufgewacht und nahm an, dass, wenn der Baron Bourlac heimgekehrt wäre, ihn die Portierfrau von der Nachsuche nach ihm in Kenntnis gesetzt haben würde. Aber die Portierfrau antwortete ihm höhnisch, er wisse doch recht gut, wo sein Großvater zu finden sei; und wenn er diesen Morgen nicht zurückgekommen wäre, so sei das deshalb, weil er im Schloss Clichy wohne. Dieser Spott vonseiten einer Frau, die ihn noch am Abend vorher so freundlich behandelt hatte, versetzte den jungen Mann wieder völlig in Wut, und er eilte nach der Klinik in der

Rue Basse-St-Pierre, verzweifelt bei dem Gedanken, dass sein Großvater im Gefängnis sei.

Der Baron Boulcac war die ganze Nacht um die Klinik, deren Eintritt ihm untersagt war, und um das Haus des Doktors Halpersohn herumgeirrt, von dem er natürlich Rechenschaft über ein solches Verfahren verlangen wollte. Der Doktor war erst um zwei Uhr morgens nach Hause gekommen. Um einhalb zwei Uhr war der Alte an der Tür des Doktors gewesen und dann in der großen Allee der Champs-Elysées umhergegangen; als er um einhalb drei Uhr wiederkam, sagte ihm der Portier, dass Herr Halpersohn heimgekehrt und schlafen gegangen sei, und dass er ihn nicht wecken dürfe.

Seit einhalb drei Uhr irrte der arme verzweifelte Vater in der Gegend am Quai unter den mit Raufrost überzogenen Bäumen der Seitenalleen des Cours-la-Reine umher und wartete, bis es Tag wurde. Um neun Uhr morgens erschien er bei dem Arzt und fragte ihn, warum er seine Tochter derart abgesperrt halte.

»Mein Herr, erwiderte der Doktor, »gestern habe ich die Verantwortung für die Gesundheit Ihrer Tochter übernommen; aber jetzt bin ich Ihnen für ihr Leben verantwortlich, und Sie werden begreifen, dass ich in einem solchen Falle unbeschränkter Herr sein muss. Ich muss Ihnen mitteilen, dass Ihre Tochter gestern eine Arznei bekommen hat, die den Grundstoff des Weichselzopfes heraustreiben soll, und solange dieser schreckliche Krankheitsstoff nicht entfernt ist, darf niemand zu ihr. Ich will nicht, dass eine heftige Erregung, ein Diätfehler mir die Kranke und Ihnen die Tochter raubt; wenn Sie sie durchaus sehen wollen, so werde ich drei Ärzte zu einer Konsultation zusammenberufen, um mich von der Verantwortlichkeit zu entlasten, denn die Kranke könnte sterben!«

Von Müdigkeit überwältigt, sank der Alte auf einen Stuhl, erhob sich aber schnell und sagte: »Verzeihen Sie mir, mein Herr. Ich habe die ganze Nacht mit entsetzlicher Angst auf Sie gewartet; Sie wissen nicht, wie ich meine Tochter liebe, die ich seit fünfzehn Jahren zwischen Leben und Tod schwebend mir erhalten habe, und diese acht Tage des Wartens sind für mich eine Folter.«

Der Baron verließ Halpersohns Sprechzimmer wankend wie ein Betrunkener. Ungefähr eine Stunde nach seinem Fortgehen, wobei ihn der jüdische Arzt am Arm bis an das Geländer der Treppe führen musste, erschien August bei diesem. Der arme junge Mann hatte die Portierfrau der Klinik ausgefragt und von ihr gehört, dass der Vater der am Tage vorher eingelieferten Dame am Abend wiedergekommen sei, dass er nach ihr gefragt und davon gesprochen habe, am Morgen den Doktor Halpersohn aufzusuchen; dort würde er sicher Näheres über ihn erfahren. Als August de Mergi in das Arbeitszimmer Halpersohns trat, frühstückte dieser gerade eine Tasse Schokolade nebst einem Glas Wasser, alles auf einem kleinen Tisch neben ihm stehend; er ließ sich durch den jungen Menschen nicht stören und fuhr fort, seine Schnitte in die Schokolade zu tauchen; er aß niemals etwas anderes als ein Franzbrot, das mit einer Genauigkeit in vier Teile geteilt war, die die Geschicklichkeit eines Operateurs verriet. Halpersohn war in der Tat auf seinen Reisen auch als Chirurg tätig gewesen.

»Nun, junger Mann, sagte er, als er Wandas Sohn hereintreten sah, »kommen Sie auch, um Rechenschaft wegen Ihrer Mutter zu verlangen? ...«

»Ja, mein Herr«, erwiderte August de Mergi.

August hatte sich dem Tisch genähert, auf dem gleich mehrere Bankbillette zwischen etlichen Goldrollen ihm in die Augen stachen. Bei der Lage, in der sich das arme Kind befand, war die Verführung stärker als seine Grundsätze, so fest sie auch sonst sein mochten. Hier sah er eine Möglichkeit, seinen Großvater und die Frucht von dessen zwanzigjähriger Arbeit, die von schlauen Spekulanten bedroht war, zu retten. Er unterlag der Versuchung. Die Verblendung überfiel ihn mit Gedankenschnelle und erschien dem armen Kinde gerechtfertigt durch seine opfervolle Hingebung. Er sagte sich: ›Wenn ich mich auch ins Verderben stürze, so rette ich doch meine Mutter und meinen Großvater! ...‹

Bei diesem Kampf zwischen Vernunft und Verbrechen entwickelte er, wie die Wahnsinnigen, eine eigenartige momentane Gewandtheit; statt nach seinem Großvater zu fragen, ging er auf die Unterhaltung des Arztes ein. Halpersohn hatte sich, wie alle bedeutenden Beobachter, rückblickend das Leben des Alten, des Kindes und der Mutter zurechtgelegt. Er ahnte oder erkannte die Wahrheit, die die Gespräche mit der Baronin de Mergi ihm enthüllt hatten, und er empfand ein gewisses Wohlwollen für seine neue Klientin; zu Respekt oder Bewunderung war er unfähig.

»Nun, mein lieber Junge«, erwiderte er in vertraulichem Tone, »ich werde Ihnen Ihre Mutter am Leben er-

halten und sie Ihnen jung, schön und gesund wiedergeben. Sie hat eine von den seltenen Krankheiten, die das
Interesse der Ärzte erregen, und außerdem stammt sie
durch ihre Mutter aus demselben Lande wie ich. Sie und
Ihr Großvater müssen den Mut aufbringen, zwei Wochen auszuhalten, ohne sie zu sehen ...«

»Die Baronin de Mergi...«

»Wenn sie Baronin ist, dann sind Sie also ein Baron?«,
fragte Halpersohn.

In diesem Augenblick wurde der Diebstahl vollführt.
Während der Arzt seine mit Schokolade getränkte Brot-
schnitte betrachtete, hatte August vier zusammengefal-
tete Bankbillette genommen und sie in seine Hosenta-
sche gesteckt, indem er so tat, als stecke er seine Hand
hinein, um Haltung zu bewahren.

»Jawohl, mein Herr, ich bin Baron. Auch mein Großvater ist Baron; er war Generalstaatsanwalt unter der Restauration.«

»Sie werden rot, junger Mann; man braucht nicht zu erröten, weil man arm und ein Baron ist, das kommt sehr
oft vor.«

»Wer hat Ihnen denn gesagt, mein Herr, dass wir arm
sind?«

»Ihr Großvater hat mir erzählt, dass er die Nacht in den
Champs-Elysées verbracht hat; und wenn ich auch keinen Palast mit einer ebenso schönen Decke kenne, wie
die, die dort um zwei Uhr morgens strahlte, so versiche-
re ich Ihnen doch, dass es in dem Palast, in dem Ihr
Großvater promenierte, recht kalt war. Man sucht nicht

aus Liebhaberei das Hotel zu den ›schönen Sternen‹ auf ...«

»Mein Großvater war hier?«, unterbrach ihn August, der die Gelegenheit ergriff, um fortzukommen; »ich danke Ihnen, mein Herr; wenn Sie gestatten, werde ich wiederkommen, um mir Nachricht über meine Mutter zu holen.«

Sobald er hinausgelangt war, begab sich der junge Baron zu dem Gerichtsvollzieher, indem er einen Wagen nahm, um schneller hinzukommen, und bezahlte die Schuld seines Großvaters. Der Gerichtsvollzieher übergab ihm die Schuldurkunden und die Kostenaufstellung und sagte ihm dann, er solle sich einen seiner Gehilfen mitnehmen, um die gerichtliche Verwahrerin ihres Amtes zu entheben.

»Die Herren Barbet und Métivier wohnen ja in Ihrem Viertel«, fügte er hinzu; »mein junger Mann wird ihnen das Geld bringen und ihnen sagen, dass sie Ihnen die Urkunde über das Vorkaufsrecht herausgeben ...«

August, der nichts von diesen Fachausdrücken und Formalitäten verstand, ließ alles mit sich machen. Er erhielt siebenhundert Franken in Silber auf die viertausend Franken zurück und entfernte sich in Begleitung eines Schreibers. Er stieg in den Wagen in einem Zustande unsagbarer Betäubung: Denn nachdem die Sache gelungen war, begannen sich die Gewissensbisse zu regen, er sah sich entehrt, von seinem Großvater, dessen Unbeugsamkeit er kannte, verflucht, und er musste daran denken, dass seine Mutter vor Schmerz, ihn schuldig zu wissen, sterben würde. Das Aussehen der ganzen Natur erschien ihm verändert. Es wurde ihm heiß, er sah den Schnee nicht mehr, die Häuser erschienen ihm wie Gespenster. Zu Hause angelangt, fasste der junge Baron einen Entschluss, wie er jedenfalls einen ehrenhaften jungen Mann ziemte. Er ging in das Zimmer seiner Mutter, um dort die diamantenbesetzte Dose zu holen, die der Kaiser seinem Großvater geschenkt hatte, und sie mit den siebenhundert Franken an den Doktor Halpersohn mit folgendem Brief, für den mehrere Entwürfe nötig waren, zu schicken:

»Mein Herr,

die Frucht zwanzigjähriger Arbeit meines Großvaters sollte von Wucherern vernichtet werden, die auch seine Freiheit bedrohten. Dreitausenddreihundert Franken konnten ihn retten, und als ich so viel Gold auf Ihrem Tische sah, konnte ich dem Verlangen, meinen Ahnherrn frei zu sehen und ihm den Lohn für seine durcharbeiteten Nächte zu erhalten, nicht widerstehen. Ich habe von Ihnen, ohne Ihre Einwilligung einzuholen, viertausend Franken entliehen; aber da nur dreitausenddreihundert Franken erforderlich waren, so schicke ich Ihnen die übrigen siebenhundert Franken zurück und lege eine diamantenbesetzte Dose bei, ein Geschenk des Kaisers an meinen Großvater, deren Wert der übrigen Summe entsprechen wird.

Wenn Sie an die ehrenhafte Gesinnung desjenigen, der sein Leben lang in Ihnen seinen Wohltäter sehen wird, nicht glauben sollten, so bewahren Sie wenigstens über eine Handlung, die in jedem andern Falle nicht zu rechtfertigen wäre, Schweigen. Dann werden Sie meinen

Großvater ebenso wie meine Mutter retten, und ich werde mein Leben hindurch Ihr ergebener Sklave bleiben.

August de Mergi«

Gegen einhalb drei Uhr ließ August, der bis nach den Champs-Elysées gegangen war, durch einen Kommissionär bei dem Doktor Halpersohn eine geschlossene Schachtel abgeben, in der sich zehn Louisdors, ein Fünfhundertfrankenbillett und die Dose befanden; dann kehrte er langsam zu Fuß über den Pont d'Iéna, den Invalidenplatz und die Boulevards nach Hause zurück, indem er auf den Edelmut Halpersohns rechnete. Der Arzt, der den Diebstahl bemerkt hatte, änderte sofort seine Ansicht über seine Klienten. Er nahm an, dass der Alte gekommen war, um ihn zu bestehlen, und dass er, da ihm das nicht geglückt war, den jungen Menschen geschickt habe. Er bezweifelte, ob sie das seien, wofür sie sich ausgaben, und begab sich direkt zum Staatsanwalt, um seine Klage einzureichen und sofortige Verfolgung zu verlangen.

Die Vorsicht, mit der die Justiz zu handeln pflegt, erlaubt ein so schnelles Vorgehen, wie es die klagenden Parteien verlangen, nur selten; aber schon um drei Uhr richtete ein Polizeikommissar, der von Agenten begleitet war, die auf den Boulevards zu flanieren schienen, an die Mutter Vauthier Fragen über ihre Mieter, und die Witwe verstärkte, ohne etwas von der Sache zu wissen, noch den Verdacht des Polizeikommissars.

Nepomuk, der die Polizeiagenten witterte, glaubte, dass man den Alten verhaften wolle; da er Herrn August gern hatte, lief er Herrn Bernard entgegen, und als er ihn in der Avenue de l'Observatoire bemerkte, rief er ihm zu:

»Retten Sie sich, Herr! Man will Sie verhaften. Gestern sind die Gerichtsvollzieher bei Ihnen gewesen. Die alte Vauthier, die die Zahlungsbefehle versteckt hatte, hat gesagt, Sie würden heute oder morgen in Clichy schlafen. Da, sehen Sie die Polizisten?«

Dem alten Generalstaatsanwalt genügte ein Blick, um in den Polizeiagenten Gerichtsvollzieher zu erkennen, und ihm wurde alles klar.

»Und Herr Gottfried?«

»Der ist fort und kommt nicht mehr wieder. Die alte Vauthier sagt, dass er ein Spion ihrer Feinde war. Der Baron Bourlac entschloss sich sogleich, zu Barbet zu gehen, bei dem er nach einer guten Viertelstunde eintraf; der ehemalige Buchhändler wohnte in der Rue Sainte-Catherine d'Enfer.

»Ach, Sie wollen sich Ihr Anerkenntnis über das Vorkaufsrecht holen?«, sagte der frühere Buchhändler und erwiderte den Gruß seines Opfers; »hier ist es.«

Und zum großen Erstaunen des Barons Bourlac reichte er ihm das Papier hin, das der alte Generalstaatsanwalt an sich nahm, während er sagte:

»Ich verstehe nicht ...«

»Waren Sie es denn nicht, der mir Zahlung geleistet hat?«

»Sie sind bezahlt worden?«

»Ihr Enkelsohn hat das Geld heute früh zu dem Gerichtsvollzieher gebracht.

»Ist es wahr, dass Sie gestern bei mir beschlagnahmt haben? ...«

»Sind Sie denn die letzten zwei Tage nicht nach Hause gekommen?«, fragte Barbet; »Ein Generalstaatsanwalt weiß doch recht gut, was die Androhung der Verhaftung bedeutet ...«

Nach diesen Worten verabschiedete sich der Baron kühl von Barbet und kehrte nach Hause zurück im Glauben, dass der Gerichtsvollzieher zweifellos wegen der in der zweiten Etage versteckten Schriftsteller sich dort aufhielte. Er ging langsamen Schritts, mit unbestimmten Vermutungen beschäftigt; je weiter er kam, desto dunkler und unerklärlicher erschienen ihm Nepomuks Worte. Sollte Gottfried ihn wirklich verraten haben? Mechanisch bog er in die Rue Notre-Dame des Champs ein, ging durch die kleine Tür, die zufällig offen stand, und stieß hier auf Nepomuk.

»Ach, Herr, kommen Sie doch schnell! Man bringt Herrn August ins Gefängnis! Er ist auf dem Boulevard verhaftet worden; er war's, den sie gesucht haben; sie haben ihn ausgefragt ...«

Mit einem Sprung wie ein Tiger flog der Alte über die Allee durch das Haus und den Garten wie ein Pfeil auf den Boulevard und kam gerade noch rechtzeitig, um zu sehen, wie sein Enkelsohn zwischen drei Männern in einen Wagen stieg.

»Was soll das bedeuten, August?«, sagte er.

Der junge Mann brach in Tränen aus und wurde ohnmächtig.

»Mein Herr, ich bin der Baron Bourlac, der frühere Generalstaatsanwalt«, sagte er zu dem Polizeikommissar, den er an der Schärpe erkannte, »ums Himmels willen erklären Sie mir ...«

»Wenn Sie der Baron Bourlac sind, mein Herr, so werden Sie alles begreifen, wenn ich Ihnen in zwei Worten sage: Ich habe den jungen Mann eben vernommen, und er hat gestanden ...«

»Was denn?«

»Dass er einen Diebstahl von viertausend Franken bei dem Doktor Halpersohn begangen hat.«

»Aber wie ist das möglich, August?«

»Großvater, ich habe ihm dafür als Unterpfand deine Diamantendose geschickt; ich wollte dich vor der Schande, ins Gefängnis zu kommen, retten.«

»Unglücklicher, was hast du getan!?«, rief der Baron aus. »Die Diamanten sind ja falsch, die echten habe ich schon vor drei Jahren verkauft.«

Der Polizeikommissar und sein Gehilfe sahen sich mit eigentümlichen Blicken an. Diese vielsagenden Blicke, die der Baron Bourlac auffing, schmetterten ihn zu Boden.

»Herr Kommissar,« begann der alte Generalstaatsanwalt wieder, »seien Sie beruhigt, ich gehe selbst zu dem Herrn Staatsanwalt; Sie werden mir aber bezeugen können, dass ich meinen Enkel und meine Tochter in Unkenntnis gelassen habe. Sie müssen Ihre Pflicht tun; aber

im Namen der Menschlichkeit bitte ich Sie, meinem Enkelsohn ein besonderes Zimmer zu geben ... Ich werde
selbst in das Gefängnis kommen ... Wohin bringen Sie
ihn denn?«

»Sind Sie auch wirklich der Baron Bourlac?«, fragte der
Polizeikommissar.

»Oh, mein Herr!«

»Ich frage deshalb, weil der Staatsanwalt, der Untersuchungsrichter und ich nicht glauben wollten, dass Leute
wie Sie und Ihr Enkelsohn schuldig sein könnten, und
weil wir, ebenso wie der Doktor, annahmen, dass
Schurken sich für Sie ausgegeben hätten.«

Er nahm den Baron beiseite und sagte zu ihm:

»Waren Sie heute Morgen bei dem Doktor Halpersohn?«

»Jawohl.

»Und ist Ihr Enkelsohn eine halbe Stunde nach Ihnen
dort erschienen?«

»Davon weiß ich nichts, mein Herr, denn ich komme
eben nach Hause und habe meinen Enkel seit gestern
nicht gesehen.«

»Die Zahlungsbefehle, die er uns gezeigt hat, und die
Akten haben alles erklärt«, fuhr der Polizeikommissar
fort, »ich kenne den Grund für das Verbrechen. Eigentlich müsste ich Sie, mein Herr, als Mitschuldigen Ihres
Enkels ebenfalls verhaften, denn Ihre Antworten bestä-
tigen die in der Klage angeführten Tatsachen; aber die
Zahlungsbefehle, die Ihnen zugestellt wurden, und die
ich Ihnen hier zurückgebe,« sagte er und reichte ihm die

Stempelpapiere hin, »beweisen, dass Sie wirklich der Baron von Bourlac sind. Jedenfalls aber müssen Sie sich bereithalten, vor Herrn Marest, dem Untersuchungsrichter, der mit der Angelegenheit betraut ist, zu erscheinen. Ich denke, dass ich mir mit Rücksicht auf Ihr früheres Amt ein scharfes Vorgehen ersparen darf. Was Ihren Enkelsohn anlangt, so will ich gleich mit dem Staatsanwalt sprechen, und wir werden dem Enkel eines früheren Ersten Präsidenten, dem Opfer einer jugendlichen Verirrung, jede Rücksicht angedeihen lassen. Aber die Klage ist angestrengt, der Angeklagte gesteht, ich habe ein Protokoll aufgenommen, es ist ein Haftbefehl ergangen: Ich kann also nichts ändern. Was das Gefängnis anlangt, so werden wir Ihren Enkelsohn in die Conciergerie bringen.«

»Ich danke Ihnen, mein Herr!«, sagte der unglückliche Bourlac.

Und er fiel der Länge nach auf den Schnee hin und rollte in eine der Vertiefungen, die sich damals zwischen den Bäumen des Boulevards befanden.

Der Polizeikommissar rief nach Hilfe, und Nepomuk lief mit der alten Vauthier herbei. Man brachte den Greis in seine Wohnung, und die Vauthier bat den Polizeikommissar, wenn er durch die Rue d'Enfer käme, so schnell als möglich den Doktor Berton herzuschicken.

»Was ist denn meinem Großvater?«, fragte der arme August.

»Er ist wahnsinnig geworden! ... das kommt davon, wenn man stiehlt! ...«

August machte eine Bewegung, als ob er sich den Kopf zerschmettern wolle, aber die beiden Agenten hielten ihn fest.

»Ruhig, junger Mann!«, sagte der Polizeikommissar, »ruhig! Sie haben zwar unrecht gehandelt, aber das ist wieder gut zu machen! ...«

»Aber, lieber Herr, sagen Sie der Frau doch, dass mein Großvater wahrscheinlich seit vierundzwanzig Stunden nichts zu sich genommen hat! ...«

»Ach, die armen Leute!«, sagte der Kommissar leise. Er ließ den Wagen, der schon abgefahren war, halten und sagte leise ein paar Worte zu seinem Sekretär, der hinlief, um mit der Vauthier zu reden, und gleich wiederkam.

Herr Berton hielt die Krankheit des Herrn Bernard, den er nur unter diesem Namen kannte, für ein sehr heftiges, hitziges Fieber; nachdem ihm aber die Vauthier die Ereignisse, die diesen Zustand herbeigeführt hatten, in der Weise, wie Portierfrauen zu erzählen pflegen, berichtet hatte, hielt er es für nötig, am andern Morgen Herrn Alain von der Sache in Kenntnis zu setzen, und dieser sandte durch einen Kommissionär ein paar mit Bleistift beschriebene Zeilen an Herrn Nikolaus in die Rue Chanoinesse.

Gottfried hatte am Abend vorher beim Nachhausekommen die Notizen zu der Arbeit Herrn Nikolaus übergeben, der den größten Teil der Nacht damit zubrachte, den ersten Band von Baron Bourlacs Werk zu lesen.

Am andern Morgen forderte Frau de la Chanterie den Neophyten auf, sich, wenn er immer noch an seinem Entschlusse festhielte, sofort an die Arbeit zu machen. Gottfried, von ihr in die Finanzgeheimnisse der Gesellschaft eingeweiht, arbeitete nun mehrere Monate hindurch täglich sieben bis acht Stunden unter der Aufsicht Friedrich Mongenods, der alle Sonntag seine Arbeiten prüfte, und von dem er Lobsprüche darüber erntete.

»Sie sind«, sagte er, als alle Konten abgeschlossen waren und eine klare Übersicht gestatteten, »eine kostbare Akquisition für die frommen Leute, in deren Mitte Sie leben. Von jetzt aber werden zwei bis drei Stunden täglich genügen, um die Bücher kurrent zu halten, und in der übrigen Zeit werden Sie ihnen helfen können, wenn Sie sich immer noch ebenso dazu berufen fühlen, wie Sie vor sechs Monaten erklärten ...«

Man befand sich damals im Monat Juli des Jahres 1838. Während der ganzen Zeit, die seit dem Abenteuer am Boulevard Mont Parnasse verflossen war, hatte Gottfried, bestrebt, sich seiner Freunde würdig zu zeigen, keine einzige Frage in Bezug auf den Baron Bourlac gestellt; da er kein Wort darüber sprechen hörte und nichts in den darauf bezüglichen Schriftstücken fand, so sah er das über die beiden Henker der Frau de la Chanterie bewahrte Stillschweigen für eine Prüfung an, der man ihn unterwarf, oder für einen Beweis, dass die Freunde der edlen Frau sie gerächt hatten.

Er war zwei Monate danach bei einem Spaziergang bis zum Boulevard Mont-Parnasse gekommen, hatte es eingerichtet, mit der Witwe Vauthier zusammenzutreffen und sich bei ihr nach der Familie Bernard erkundigt.

»Weiß ich denn, mein lieber Herr Gottfried, was aus den Leuten geworden ist? ... Zwei Tage nach Ihrem Vorgehen – denn Sie waren es doch, Sie Schlaukopf, der die Sache meinem Eigentümer gesteckt hat – sind Leute gekommen, die uns von diesem alten hochnäsigen Kerl befreit haben. In vierundzwanzig Stunden war alles weggebracht, und aus den Augen, aus dem Sinn! Niemand hat mir eine Silbe verraten wollen. Ich glaube, er ist mit seinem Briganten von Enkel nach Algier gegangen; denn Nepomuk, der eine Schwäche für den Dieb hatte und der auch nicht mehr wert ist als er, hat ihn nicht mehr in der Conciergerie vorgefunden, und er allein weiß, wo sie sind, der Schuft, der mich hier hat sitzen lassen ... Da soll man noch Findelkinder aufziehen! Als Lohn lassen sie Einen in der Patsche sitzen. Ich habe noch keinen andern für ihn gefunden, und da die Gegend sehr in Aufnahme kommt, so ist das ganze Haus vermietet, und ich komme um vor Arbeit.«

Niemals hätte Gottfried etwas über den Baron Bourlac erfahren, hätte nicht diese Angelegenheit ihre Lösung infolge einer jener Begegnungen gefunden, wie sie in Paris vorkommen.

Es war im September, als Gottfried die große Avenue des Champs-Elysées entlang ging und dabei an den Doktor Halpersohn denken musste, als er an der Rue Marbeuf vorbeikam.

»Ich müsste ihn eigentlich aufsuchen«, sagte er sich, »um zu hören, ob er die Tochter Bourlacs geheilt hat! ... Was hatte sie für eine Stimme und für eine Begabung! ... Und dabei wollte sie ins Kloster gehn!«

Als er an dem Rondell angelangt war, überquerte Gottfried es schnell wegen der Wagen, die eilig vorbeifuhren, und stieß in der Allee einen jungen Mann an, der eine Dame am Arm führte.

»Sehen Sie sich doch vor!«, rief der junge Mann.

»Sind Sie denn blind?«

»Was, Sie sind es?«, erwiderte Gottfried, der in dem jungen Manne August de Mergi erkannt hatte.

August war gut gekleidet, hübsch, elegant und stolz, dass er seinen Arm der Dame reichen durfte, die Gottfried ohne die Erinnerungen, die er wieder wach werden ließ, nicht wiedererkannt haben würde.

»Ach, das ist ja der gute Herr Gottfried«, sagte die Dame.

Als er den himmlischen Klang von Wandas entzückendem Organ vernahm und sie gehen sah, blieb Gottfried wie festgewurzelt liehen.

»Geheilt!«, sagte er.

»Seit zehn Tagen darf ich gehen! ...«, erwiderte sie.

»Halpersohn? ...«

»Ja», sagte sie. »Aber warum haben Sie uns denn nicht besucht?«, fuhr sie fort ..., »Oh, Sie haben Recht daran getan! Erst vor acht Tagen haben sie mir meine Haare abgeschnitten! Was Sie an mir sehen, ist eine Perücke; aber der Doktor hat mir heilig versichert, dass sie wieder wachsen werden! ... Ach, was haben wir uns alles zu erzählen! ... Kommen Sie doch zum Essen zu uns! ... Oh, und Ihr Akkordeon! ... Oh, lieber Herr ...«

Und sie führte ihr Taschentuch an die Augen.

»Ich werde es mein Lebelang behalten! Und mein Sohn wird es wie eine Reliquie aufbewahren! Mein Vater hat in ganz Paris nach Ihnen geforscht; außerdem ist er auf der Suche nach seinen unbekannten Wohltätern; er würde vor Kummer sterben, wenn Sie ihm nicht helfen, sie zu finden ... Eine düstere Melancholie nagt an ihm, deren ich nicht alle Tage Herr zu werden vermag.«

Ebenso von der Stimme der reizenden, dem Grabe entstiegenen Frau verführt, wie von brennender Neugierde verzehrt, bot Gottfried der Baronin de Mergi den Arm, die ihren Sohn vorausgehen ließ; sie hatte ihm durch einen Wink einen Auftrag erteilt, den der junge Mann wohl verstanden hatte.

»Ich entführe Sie, aber nicht weit weg, wir wohnen in der Allee d'Antin, in einem hübschen kleinen Hause in englischem Stil; wir bewohnen es ganz allein; jeder von uns hat ein Stockwerk für sich. Oh, es geht uns recht gut. Mein Vater ist der Ansicht, dass Sie eine große Rolle bei den Glücksfällen spielen, die uns in so reichem Maße zuteilgeworden sind! ...«

»Ich? ...«

»Wissen Sie denn nicht, dass man für ihn infolge eines Berichtes des Unterrichtsministers einen Lehrstuhl für vergleichende Rechtswissenschaft an der Sorbonne geschaffen hat? Im nächsten November wird mein Vater seine erste Vorlesung halten. Das große Werk, an dem er arbeitete, erscheint in einem Monat; das Verlagshaus Cavalier gibt es heraus und teilt den Gewinn mit meinem Vater; als Vorschuss auf seinen Anteil hat es ihm dreißigtausend Franken ausgezahlt, daher konnte er auch das Haus, in dem wir jetzt wohnen, kaufen. Der Justizminister hat mir eine Pension von zwölfhundert Franken bewilligt, als jährliche Beihilfe für die Tochter eines ehemaligen Richters; mein Vater hat seine Pension von tausend Talern und fünftausend Franken als Professor. Wir leben so bescheiden, dass wir beinahe reich werden könnten. In zwei Monaten beginnt mein August sein Rechtsstudium; aber er arbeitet jetzt schon im Bureau des Generalstaatsanwalts und verdient dort zwölfhundert Franken ... Ach, Herr Gottfried, reden wir nicht von der unglückseligen Affäre meines August. Ich segne ihn jeden Morgen um dieser Tat willen, die sein Großvater ihm immer noch nicht verzeihen kann! Seine Mutter segnet ihn, Halpersohn ist in ihn verliebt, nur der alte Generalstaatsanwalt ist unnachgiebig.«

»Welche Affäre meinen Sie denn?«, sagte Gottfried.

»Ach, daran erkenne ich Ihre vornehme Gesinnung!«, rief Wanda. »Was haben Sie für ein edles Herz! ... Ihre Mutter muss sehr stolz auf Sie sein.« Sie blieb stehen, als ob sie Herzbeschwerden empfände.

»Ich schwöre Ihnen, dass ich nichts von der Angelegenheit weiß, von der Sie reden«, sagte Gottfried.

»Ach, Sie kennen sie wirklich nicht?«

»Wenn wir vor dem Herrn Baron Bourlac nicht darüber sprechen dürfen«, bemerkte Gottfried, »so erzählen Sie mir doch, was mit Ihrem Sohn geworden ist ...«

»Aber«, erwiderte Wanda, »ich glaube, ich sagte Ihnen schon, dass er bei dem Generalstaatsanwalt tätig ist, der ihm ein außerordentliches Wohlwollen bezeigt. Er ist nur achtundvierzig Stunden in der Conciergerie geblieben, wo er bei dem Direktor untergebracht war. Der gute Doktor, der den schönen, hochherzigen Brief Augusts erst abends vorgefunden hat, nahm seine Klage zurück; und infolge der Intervention eines ehemaligen Präsidenten des höchsten Gerichtshofs, den mein Vater nie gesehen hat, hat der Generalstaatsanwalt das Protokoll des Polizeikommissars annulliert und den Haftbefehl zurückgenommen. Es ist also von dem ganzen Vorfall keine Spur mehr vorhanden als die in meinem Herzen, im Gewissen meines Sohnes und im Kopfe seines Großvaters, der seit jenem Tage ›Sie‹ zu August sagt und ihn wie einen Fremden behandelt. Gestern erst hat Halpersohn um Gnade für ihn gebeten; aber mein Vater, der selbst mich zurückweist, mich, die er so sehr liebt, hat geantwortet: ›Sie sind der Befohlene, Sie können ihm verzeihen; aber ich bin für den Dieb verantwortlich ... und als ich noch Generalstaatsanwalt war, habe ich niemals verziehen! ...‹ ›Aber Sie werden damit Ihre Tochter töten!‹ hat Halpersohn gesagt, während ich zuhörte. Mein Vater aber hat dazu geschwiegen.«

»Aber wer hat Ihnen denn Beistand geleistet?«

»Ein Herr, von dem wir annehmen, dass er beauftragt ist, im Namen der Königin Wohltaten zu erweisen.«

»Wie sieht er denn aus?«, fragte Gottfried.

»Er ist ein feierlicher, magerer Herr von traurigem Wesen, so wie mein Vater ... Er war es, der meinen Vater in das Haus bringen ließ, das wir bewohnen, als er von dem hitzigen Fieber befallen wurde. Stellen Sie sich vor, dass man mich, sobald mein Vater wiederhergestellt war, aus der Klinik dorthin gebracht hat, und dass ich mich wieder in meinem Zimmer befand, das so war, als ob ich es nie verlassen hätte. Halpersohn, den dieser lange Herr, ich weiß nicht wie, für sich zu gewinnen verstand, hat mir dann von all den Leiden erzählt, die mein Vater durchgemacht hat! Von den verkauften Diamanten der Dose! Und wie mein Sohn und mein Vater den größten Teil der Zeit hungerten und vor mir die Reichen spielten! ... Oh, Herr Gottfried! ... Die beiden sind ja wahre Märtyrer ... Was soll ich meinem Vater sagen? ... Zwischen meinem Sohne und ihm stehend, kann ich ihnen nicht Gleiches mit Gleichem vergelten und um ihretwillen leiden, wie sie für mich gelitten haben.«

»Sieht dieser lange Herr nicht etwas soldatisch aus? ...«

»Ah, Sie kennen ihn also?!«, rief Wanda, als sie an der Tür des Hauses angelangt waren.

Und sie nahm Gottfried bei der Hand mit der Kraft einer Frau, die einen Nervenanfall hat, zog ihn mit sich in den Salon, dessen Tür sich öffnete, und rief: »Vater! Herr Gottfried kennt deinen Wohltäter.« Der Baron Bourlac, der, wie Gottfried bemerkte, gekleidet war, wie es einem früheren Beamten von so hohem Range geziemte, erhob sich, reichte Gottfried die Hand und sagte: »Ich dachte es mir!«

Gottfried machte eine verneinende Bewegung, als wollte er eine so edle Rache ablehnen; aber der Generalstaatsanwalt ließ ihn nicht zu Worte kommen. »Ach, mein Herr, fuhr er fort, »nur die Vorsehung ist mächtiger, nur die Liebe ist erfindungsreicher, nur die Mütterlichkeit ist scharfblickender als Ihre Freunde, die von allen diesen drei erhabenen göttlichen Dingen etwas haben ... Ich segne den Zufall, dem wir unser Zusammen-treffen verdanken; denn Herr Joseph ist für immer verschwunden, und da er sich allen Fallen, die ich ihm stellte, um seinen wahren Namen und seine Wohnung zu erfahren, zu entziehen verstanden hat, so wäre ich vor Kummer darüber zugrunde gegangen ... Hier, lesen Sie seinen Brief. Aber kennen Sie ihn denn?«

Gottfried las folgende Zeilen:

»Herr Baron Bourlac,

Die Summen, die wir auf Anordnung einer wohltätigen Dame für Sie ausgegeben haben, belaufen sich auf fünfzehntausend Franken. Nehmen Sie Kenntnis davon, um sie uns selbst oder durch Ihre Deszendenten wieder zurückzugeben, wenn die Wohlhabenheit Ihrer Familie es gestatten wird. Sobald das möglich sein wird, zahlen Sie den geschuldeten Betrag bei dem Bankhause der Brüder Mongenod ein. Möge Gott Ihnen Ihre Schuld vergeben!«

Fünf Kreuze bildeten die geheimnisvolle Unterschrift dieses Briefes, den Gottfried wieder zurückgab.

»Die fünf Kreuze sind ...«, sagte er zu sich.

»Ach, mein Herr«, sagte der Alte, »Sie, der Sie alles wissen, der von der geheimnisvollen Dame entsandt wurde ... nennen Sie mir doch ihren Namen!«

»Ihren Namen?«, rief Gottfried. »Ihren Namen? Unglückseliger! Fragen Sie niemals nach ihm! Versuchen Sie niemals, ihn zu erfahren! Ach, gnädige Frau,« sagte Gottfried und fasste mit zitternden Händen die Hand der Frau de Mergi, »sorgen Sie dafür, dass er in Unkenntnis bleibe und auch nicht den geringsten Schritt in dieser Sache tue!«

Tiefstes Erstaunen ließ den Vater, die Tochter und August erstarren.

»Aber wer ...?«, fragte Wanda.

»Nun, die, die Ihre Tochter gerettet«, fuhr Gottfried fort und sah den Alten an, »die sie Ihnen jung, schön, frisch, neu belebt wiedergeschenkt, die sie aus dem Grabe hat auferstehen lassen; die Ihnen erspart hat, dass Ihr Enkelsohn ehrlos wurde, die Ihnen ein glückliches, ehrenvolles Alter geschenkt hat und die Retterin von Ihnen dreien geworden ist ...«

Er stockte.

»Das ist eine Frau, die Sie unschuldig auf zwanzig Jahre ins Zuchthaus geschickt haben!«, rief Gottfried dem Baron Bourlac zu; »die Sie in Ihrem Amt mit den grausamsten Beschimpfungen überhäuft, deren heiliges Wesen Sie schimpflich verdächtigt und der Sie eine reizende Tochter entrissen haben, um sie dem schrecklichsten Tode zu überantworten, denn sie starb auf dem Schafott! ...«

Als Gottfried sah, dass Wanda ohnmächtig auf einen Sessel gesunken war, eilte er über den Korridor in die Allee d'Antin und fing an, aus Leibeskräften zu laufen.

»Wenn du dir meine Verzeihung verdienen willst«, sagte der Baron Bourlac zu seinem Enkel, »dann folge diesem Manne und suche herauszubekommen, wo er wohnt! ...«

August flog davon wie ein Pfeil.

Am nächsten Morgen klopfte der Baron Bourlac um einhalb neun Uhr an die alte gelbe Tür des Hauses la

Chanterie in der Rue Chanoinesse und fragte beim Portier nach Frau de la Chanterie, der auf die Freitreppe hinwies. Es war glücklicherweise die Zeit der Frühstücksstunde, und Gottfried hatte durch eins der Fenster, die dem Korridor Licht gaben, den Baron im Hofe bemerkt; er hatte gerade noch Zeit, hinunterzugehen, in den Salon zu stürzen, in dem alle versammelt waren, und zu rufen:

»Der Baron Bourlac! ...«

Als sie diesen Namen hörte, zog sich Frau de la Chanterie, von dem Abbé de Vèze gestützt, in ihr Zimmer zurück.

»Du kommst hier nicht herein, du Satansbraten!«, rief Manon ihm zu, die den Generalstaatsanwalt wiedererkannte und sich vor die Tür des Salons hinstellte. »Willst du die gnädige Frau töten?«

»Vorwärts, Manon, mach dem Herrn Platz«, sagte Herr Alain.

Manon fiel auf einen Stuhl, als ob sie ihre Beine nicht mehr tragen wollten.

»Meine Herren«, sagte der Baron in tief bewegtem Tone, als er Gottfried und Herrn Joseph erkannte und sich vor den beiden andern verneigt hatte, »die Wohltat gibt auch dem Verpflichteten Rechte!«

»Sie haben keine Verpflichtungen gegen uns, mein Herr«, sagte der gute Alain, »sondern nur gegen Gott ...«

»Sie sind heilige Männer, und Sie besitzen die Ruhe der Heiligen«, sagte der alte Richter. »Aber Sie werden mich anhören! ... Ich weiß, dass die übermenschlichen Wohltaten, mit denen ich seit anderthalb Jahren überhäuft werde, das Werk einer Person sind, die ich bei der Erfüllung meiner Pflicht schwer verletzt habe; fünfzehn Jahre waren nötig, bis ich mich von ihrer Unschuld überzeugte, und das, meine Herren, sind die einzigen Gewissensbisse, die ich im Rückblick auf die Ausübung meiner Tätigkeit empfunden habe. – Hören Sie mich an! Ich habe nicht mehr lange zu leben, aber ich will das Wenige vom Leben, was mir noch bleibt, und was für meine von Frau de la Chanterie geretteten Kinder so nötig ist, verlieren, wenn sie mir nicht verzeihen will. Meine Herren, ich werde vor dem Tor von Notre-Dame so lange auf den Knien liegen, bis sie ein Wort zu mir gesprochen hat ... Dort werde ich auf sie harren ... Ich werde die Spur ihrer Füße küssen, ich werde Tränen finden, um sie zu rühren, ich, den die Martern meines Kindes ausgetrocknet haben, wie Stroh ...«

Jetzt öffnete sich die Tür des Zimmers der Frau de la Chanterie, der Abbé de Vèze glitt wie ein Schatten heraus und sagte zu Herrn Joseph: »Die Stimme bringt der gnädigen Frau noch den Tod.«

»Ach, sie ist hier! Sie ist hier vorbeigekommen!« sagte der Baron Bourlac.

Und er fiel auf die Knie, küsste den Fußboden, brach in Tränen aus und rief mit herzzerreißender Stimme: »Im Namen Jesu Christi, der am Kreuze gestorben ist, verzeihen Sie mir, verzeihen Sie mir, denn meine Tochter hat tausend Tode erduldet!«

Und der Greis sank so völlig zu Boden, dass die Anwesenden ihn für tot hielten. In diesem Augenblick erschien Frau de la Chanterie wie ein Schemen im Rahmen der Tür ihres Zimmers, an die sie sich halb ohnmächtig klammerte.

»Im Namen Ludwigs XVI. und Marie-Antoinettes, die ich auf dem Schafott erblicke, im Namen der Prinzessin Elisabeth, im Namen meiner Tochter, in Ihrem Namen und im Namen Jesu Christi verzeihe ich Ihnen ...«

Als er das letzte Wort vernahm, erhob der alte Staatsanwalt die Augen und sagte: »So rächen sich *nur* die Engel.«

Herr Joseph und Herr Nikolaus richteten den Baron Bourlac auf und führten ihn in den Hof hinab; Gottfried ließ einen Wagen holen, und als er heranrollte, setzte Herr Nikolaus den Alten hinein und sagte:

»Kommen Sie niemals wieder hierher, mein Herr, sonst würden Sie die Mutter töten, wie Sie die Tochter getötet haben; Gottes Macht ist unbeschränkt, aber die menschliche Natur hat ihre Grenzen.«

An diesem Tage wurde Gottfried in den Orden der Brüder der Barmherzigkeit aufgenommen.